TOD IN DER WIEK

Jobst Schlennstedt, 1976 in Herford geboren und dort aufgewachsen, studierte Geografie an der Universität Bayreuth. Seit Anfang 2004 lebt er in Lübeck. Hauptberuflich arbeitet er als Senior Consultant für ein großes dänisches Unternehmen und berät die Hafen- und Logistikwirtschaft. 2006 erschien sein erster Kriminalroman. »Tod in der Wiek« ist sein vierundzwanzigster Roman im Emons Verlag und der dreizehnte Fall des Teams der Lübecker Mordkommission mit dem Ermittler Morten Sandt und Kultkommissar Birger Andresen.
www.jobst-schlennstedt.de

JOBST SCHLENNSTEDT

TOD IN DER WIEK

Küsten Krimi

emons

Bibliografische Information der Deutschen Nationalbibliothek
Die Deutsche Nationalbibliothek verzeichnet diese Publikation in der Deutschen Nationalbibliografie; detaillierte bibliografische Daten sind im Internet über http://dnb.d-nb.de abrufbar.

FSC www.fsc.org
MIX
Papier | Fördert gute Waldnutzung
FSC® C083411

Umschlagmotiv: mauritius images/Thomas Ebelt
Umschlaggestaltung: Nina Schäfer, nach einem Konzept von Leonardo Magrelli und Nina Schäfer
Umsetzung: Tobias Doetsch
Gestaltung Innenteil: DÜDE Satz und Grafik, Odenthal
Lektorat: Hilla Czinczoll
Druck und Bindung: CPI – Clausen & Bosse, Leck
Printed in Germany 2024
ISBN 978-3-7408-2216-3
Küsten Krimi
Originalausgabe

Wenn ihr eure Augen nicht gebraucht, um zu sehen,
werdet ihr sie brauchen, um zu weinen.

Jean-Paul Sartre

Überleben

Manchmal denke ich, dass mein Leben genau richtig verlaufen ist. Dass ich nichts vermisse und froh darüber sein kann, meinen Weg eingeschlagen zu haben. Ich führe nach außen ein normales Leben. Ich könnte sogar stolz darauf sein, was ich erreicht habe.

Diese Momente sind allerdings selten. Sehr selten sogar.

Um bei der Wahrheit zu bleiben, es sind auch nur recht kurze Augenblicke, in denen ich so denke. Denn eigentlich hasse ich mein Leben abgrundtief. Jede einzelne Sekunde, an jedem verdammten Tag.

Nur wenn ich all das, was geschehen ist, nicht mehr ertragen kann und mit Tabletten oder zu viel Arbeit zu verdrängen versuche, ändert sich mein Gemütszustand. Dann verblasst die Vergangenheit für wenige Stunden, und ich rede mir ein, dass mein Schicksal vielleicht doch nicht so schlecht war. Ich belüge mich dabei selbst. In der Hoffnung, dann auch im nüchternen Zustand akzeptieren zu können, was passiert ist.

Umso frustrierender ist es jedoch, immer wieder einzusehen, dass es nicht funktioniert. Bei klarem Verstand sind die Bilder sofort wieder da. Dann kommt die Wut zurück. Die Wut auf mein Leben. Und auf diejenigen, die dafür gesorgt haben, dass ich es hasse.

Von diesen Personen gibt es mehr, als ein einzelner Mensch verkraften kann. Aber die meisten sind mir einfach nicht wichtig genug, als dass sich mein Hass dauerhaft bei ihnen verfangen könnte. Ich habe gelernt, diesen Menschen gegenüber gleichgültig zu bleiben. Jede neue Erniedrigung ertrage ich mit einem aufgesetzten Lächeln. Worte verhallen, bevor sie in meinen Gehörgang treten. Abfällige Gesten hinter meinem Rücken stecke ich gedanklich in eine Schublade ganz weit hinten in meinem Kopf.

So kann ich meine Wut besser kanalisieren. Auf die Schuldigen. Auf diejenigen, die mir am meisten zugesetzt haben. Die mich systematisch zerstört haben. Die mich ausgegrenzt und, solange meine Erinnerung zurückreicht, wie aussätzig behandelt haben.

Ich muss fokussiert bleiben. So wie ich es in den beiden letzten Jahren gewesen bin. Endlich ist es mir gelungen, Klarheit zu erlangen. Mir Ziele zu setzen und die dunkle Seite nicht die Oberhand über mich gewinnen zu lassen.

Was geschehen ist, werde ich nicht mehr los. Es gehört zu mir, und das akzeptiere ich mittlerweile. Trotz aller Höhen und Tiefen, die ich auch heute noch durchlaufe, habe ich eine innere Mitte gefunden. Getrieben von meinem Ziel, das mir die Kraft gibt, jeden einzelnen Tag zu überstehen. Denn der Hass auf mein Leben wird unterschwellig immer bleiben.

Ich muss aus dem Schatten heraustreten, in dem ich seit viel zu langer Zeit lebe. In dem mich kaum jemand wahrnimmt. Ich bin da – und gleichzeitig auch wieder nicht. Ein Leben in einem leeren, gut isolierten Raum, aus dem meine Hilfeschreie nicht nach außen dringen.

Die wenigsten wissen, wer ich tatsächlich bin. Wo ich lebe. Niemand ahnt, was ich denke. Was ich plane. Denn wüssten sie es, könnte ich es niemals umsetzen. Ich muss im Verborgenen bleiben. Das ist vielleicht das Wichtigste, was ich dazugelernt habe. Nicht laut zu sein, nicht aufzufallen.

Mir ist vollkommen klar, was zu tun ist. Und das beunruhigt mich manchmal und sorgt für schlaflose Nächte. Denn unter anderen Umständen würde ich das, was ich tun werde, niemals in Betracht ziehen. Ich bin kein Mensch, der anderen Böses will. Der sie zerstören will, wie sie mich zerstört haben. Jeder auf seine eigene Art und Weise. Niemals würde ich jemanden so bestrafen, wie ich es nun zu tun plane. Niemals Menschen zur Rechenschaft ziehen, indem ich sie aus dem Leben reiße.

Aber mein Hass auf mich selbst kann nur verschwinden, wenn ich die Wurzeln meines Übels vernichte. Und zwar so, dass sie niemals mehr nachwachsen können. Niemals mehr

Schaden anrichten können. Einfach aus dieser Welt verschwinden.

Ohne ihren Brief hätte ich niemals die Wahrheit erfahren. Ich muss es natürlich auch für sie tun. Ohne ihre Worte würde ich hier jetzt nicht im Mondschein an der Trave sitzen und mich vom leichten Wellenschlag des Wassers gegen den Rumpf der »Passat« beruhigen lassen. Wahrscheinlicher wäre, dass ich wie in den Jahren zuvor unter meine Bettdecke verschwinden würde, geplagt von Depressionen und Ängsten. Diese Zeiten sind vorbei. Und sie hat mir den Weg gewiesen. Auch unser Verhältnis war kaputt, aber der Brief hat alles geändert. Mir war sofort klar, dass ich sie rächen werde. Nichts anderes bin ich ihr schuldig.

Im Gegensatz zu ihr werde ich überleben. Und meine Wut wird nachlassen. Irgendwann werde ich aus dem Schatten treten und ein anderer Mensch sein. Der keine Tabletten mehr braucht, um sich für einen kurzen Moment aus den Fängen der bösen Erinnerungen zu befreien. Einfach nur ein Mensch sein, der leben und lieben kann. Und selbst geliebt wird. So wie ich bin. Mit allen Ecken und Kanten. Aber ohne meine Vergangenheit. Denn niemand wird jemals erfahren, wer ich bin und was ich getan habe.

Getötet. Und nicht nur einmal.

Blinder Passagier

Jan Ahrens lächelte innerlich. Hätte es jemanden gegeben, der ihn wirklich gut kannte, hätte diese Person seine Zufriedenheit wohl direkt wahrgenommen.

Aber es gab niemanden, der ihn besser kannte. Zum Glück. Die größte Angst in seinem Leben bestand darin, zu viel von sich preiszugeben. Zu durchschaubar zu sein. Solange er zurückdenken konnte, hatte er alles dafür getan, seine Gedanken und Gefühle ausschließlich für sich zu behalten. Für andere Menschen war er ein Buch mit sieben Siegeln.

Dreiundvierzig Jahre lang hatte er niemanden an seinem Seelenleben teilhaben lassen. In den ersten Jahren sicherlich noch nicht bewusst, aber er erinnerte sich an Augenblicke, als er bestimmt nicht älter als acht oder neun gewesen war, in denen sich etwas in ihm dagegengestemmt hatte, mit seinen Freunden darüber zu sprechen, wie er sich fühlte und weshalb er manchmal so still und unnahbar war und an anderen Tagen fröhlich und laut. Dass Letzteres schon damals nur eine Fassade war, hatte er nicht verraten.

Genauso wenig sprach er über seine introvertierte Art. Nicht, weil er den Grund nicht kannte – schon damals war ihm ziemlich klar gewesen, was die Ursache für sein Verhalten war. Aber er wollte von Anfang an unter allen Umständen vermeiden, dass von diesen Dingen etwas nach außen drang. Dass irgendjemand davon erfuhr, was ihn zu dem Menschen gemacht hatte, der er selbst als Kind schon gewesen war. Und dass sie schlimmstenfalls sogar dahinterkamen, dass er im Grunde schwach war.

Nach und nach hatte er sich angepasst. Sich gewissermaßen ein zweites Ich zugelegt. Einen neuen Charakter, der das komplette Gegenteil von seinem alten war. Eine Schale, die immer dicker geworden war und sich bis heute fast komplett um ihn gehüllt hatte. Niemand konnte und sollte wissen, dass der Kern darunter ein ganz anderer war. Schüchtern, verletzlich und traumatisiert. Die Umstände, unter denen er aufgewachsen war, hätten wahrscheinlich die wenigsten einfach so wegestecken können. Viele hätten kein halbwegs normales Leben führen können, war er sich sicher. Aber er war stark gewesen. Nicht nur stark genug, um mit dem Erlebten umzugehen. Er hatte sich nach außen in einen anderen, selbstbewussten Menschen verwandelt, den jeder respektierte und vielleicht sogar mochte.

Jan Ahrens lächelte bei dem Gedanken daran erneut. Natürlich nur innerlich.

Die Momente, in denen er sich fragte, wie er diesen Weg so radikal gehen konnte, ohne umzufallen, waren im Laufe der Jahre immer seltener geworden. Das Ganze hatte sich irgendwann verselbstständigt. Manchmal kam es ihm sogar so vor, als existiere sein altes Ich gar nicht mehr. Aber das war nichts weiter als sein innigster Wunsch. Selbstverständlich war er tief im Innern noch immer die Person, die damals als Kind oftmals apathisch gewirkt hatte, weil die Gedanken ständig um das kreisten, was um ihn herum tagtäglich geschah. Niemals würde er diese Dinge ganz abschütteln können. Vollkommen egal, wie sein äußeres Ich sich verhielt.

Jan ließ seinen Blick schweifen. Es gab nicht viele Orte, an denen er sich wohl und unbeobachtet fühlte. Dieser gehörte aber definitiv dazu. Wenn er hier in der Pötenitzer Wiek mit dem Boot ankerte, war es, als würde die Welt um ihn herum stillstehen. Travemünde, im Hintergrund das Maritim, das weit über die Bucht hinausragte, und die Priwallpromenade waren nur einige hundert Meter entfernt, aber dieser Ort hier kam ihm wie ein kleines Paradies vor. Nur ein paar wenige Segelboote, umso mehr Schwäne und Enten, die in Ufernähe zwischen dem Schiff schwammen, und eine Ruhe, die er nicht mehr missen wollte.

Die letzten Tage waren besonders herausfordernd gewesen, rief er sich vor Augen. Mit seinem Bruder so lange auf engstem

Raum zusammen zu sein, hatte er sich derart anstrengend nicht ausgemalt, und gleichzeitig war es eine Erfahrung, die sie viel früher hätten teilen müssen. Es war spät dazu gekommen, aber nicht zu spät, um sich auszusprechen und ihr Verhältnis zu kitten.

Auf ihrer kurzen Reise hatte er die meiste Zeit gezweifelt, dass sein Plan funktionieren würde. Als blinder Passagier in ein neues Leben aufzubrechen, während sein Bruder dafür sorgte, dass sein Verschwinden wie ein tragischer Unfall auf der Ostsee aussähe. Und trotzdem hatte er die Hoffnung, Henning davon zu überzeugen, niemals aufgegeben und jeden Tag aufs Neue an ihn appelliert. Es war der einzige Weg, wenn die Sache einen positiven Ausgang für ihn nehmen sollte.

Als sie auf Fehmarn festgemacht hatten, war die Stimmung zwischen ihnen am absoluten Nullpunkt gewesen. Henning war ausgerastet, als Jan ihm die Details seines Plans erzählt hatte. Er hatte ihm schwere Vorwürfe gemacht, sich auf diese Weise aus dem Staub machen zu wollen. Entweder er solle es in Ordnung bringen oder, wenn es dafür längst zu spät sei, mit den Konsequenzen leben.

Einen halben Tag lang hatten sie kein Wort miteinander gewechselt. Erst in Dänemark hatte sich die Situation wieder entspannt. Schließlich hatte Jan einen letzten Anlauf genommen und zu einem Mittel gegriffen, das er eigentlich nicht anwenden wollte. Er musste Henning in die ganze Sache mit reinziehen und hatte damit gedroht, dass im schlechtesten Fall auch dessen Leben nicht mehr sicher sei.

Ein riskanter Zug. Henning hätte erst recht wütend auf ihn sein können. Schließlich waren es seine krummen Geschäfte und finanziellen Probleme, die er lösen musste, und nicht die seines Bruders. Henning hätte den gemeinsamen Segeltörn abbrechen und von Bord gehen können, um zurück nach Kopenhagen zu fahren, wo er mittlerweile seit einem Jahrzehnt lebte.

Aber das Gegenteil war der Fall gewesen. Henning hatte tatsächlich eingewilligt. Oder zumindest hatte er nicht widersprochen. Es war wieder still zwischen ihnen geworden, und es war seinem Bruder deutlich anzusehen, dass ihn die Situation innerlich auffraß. Aber er hatte genickt. Obwohl er Jan wahrscheinlich lieber eine Ohrfeige verpasst hätte, um ihn aufzurütteln.

Auch auf der Rückfahrt nach Travemünde hatten sie nur das Nötigste miteinander gesprochen. Über Windstärken und Koordinaten. Ein paar unverfängliche Anweisungen. Kein Wort über den Plan, den er geschmiedet hatte.

Es war sein Wunsch gewesen, hier in der Wiek zu ankern, bevor Henning morgen in den frühen Morgenstunden noch einmal raus auf die Ostsee fahren würde, um das Ganze durchzuziehen, was er sich ausgedacht hatte.

Danach würde dann auf ihn selbst ein anderes Leben warten, das nichts mehr mit dem bisherigen zu tun hatte. Er würde sein äußeres Ich wieder ablegen und seinem inneren endlich die Chance geben, der Mensch zu sein, der er tatsächlich war. Oder zumindest wieder der, der er als unschuldiges Kind einmal gewesen war.

Oft hatte Jan darüber nachgedacht, wie es sein würde, nie wieder hierherzukommen. Nie wieder jemanden von den Leuten, mit denen er sich täglich umgab, sehen zu können. Er hatte sich gefragt, ob er dieses Leben hier nicht doch stärker vermissen würde, als er sich eingestehen wollte. Aber jede Überlegung endete mit demselben Ergebnis. Er hatte das Leben hier satt. Die Zeit war gekommen, um mit sich selbst und Lübeck zu brechen.

Es dämmerte mittlerweile stark. Spätestens in zehn Minuten würde die Sonne endgültig über Travemünde untergehen. Dann würde er unter Deck gehen, wo sich Henning noch immer ausruhte, den guten Whisky rausholen und mit seinem Bruder auf den letzten Abend anstoßen. Er würde ihm ein letztes Mal alles erklären und ihn auf die Geschichte einschwören, die er ihm in den vergangenen Tagen eingetrichtert hatte.

Vielleicht würden sie sentimental werden, wenn die letzten

Stunden anbrachen, aber auf keinen Fall würde er schwach werden, so viel stand fest. Selbst Henning kannte ihn nur als die Person, die er selbst ihm all die Jahre vorgespielt hatte. Niemand wusste von seiner Maskerade, und dabei sollte es bleiben. Auch sein Bruder sollte ihn so in Erinnerung behalten. Nicht als den traurigen, in sich gekehrten Menschen, der er war. Und er hoffte, dass Henning längst vergessen hatte, wie still er schon als Kind gewesen war, weil die Welt um ihn herum ihn überforderte.

Er hatte Henning damals nie gefragt, wie er mit dem Erlebten zurechtgekommen war. Vielleicht hätte er das als großer Bruder tun müssen – etwas, das er sich vorwerfen lassen musste. Ganz zu schweigen von Caroline, deren Leiden er sich gar nicht vorzustellen vermochte. Er hatte ihr nicht geholfen. Niemand war für sie da gewesen. Statt zusammenzuhalten, hatten sie alle geschwiegen.

Sein Bruder und er waren damals wegen Lappalien so sehr in Streit geraten, dass Henning in letzter Konsequenz sogar nach Dänemark ausgewandert war und alle Zelte in Lübeck abgebrochen hatte. Konsequent hatte sein Bruder seinem vorherigen Leben den Rücken gekehrt und das getan, was er selbst nun vorhatte. Ihren Streit hatten sie bis heute nicht aufgearbeitet. Auch in den letzten Tagen auf dem Boot hatten sie dieses Thema nicht angesprochen. Wenn sie etwas gemein hatten, dann die Fähigkeit, über wichtige Dinge einfach den Mantel des Schweigens zu legen.

Der Signalton eines Fährschiffs hallte plötzlich dumpf über die Wiek und den Skandinavienkai auf der anderen Seite der Trave. Jan hatte eine leise Ahnung, dass es die Fähre war, auf die er sich morgen schleichen würde.

Henning wusste, was zu tun war. Nicht nur morgen früh, sondern auch in den kommenden Tagen und Wochen, wenn er mantraartig die Geschichte wiederholen musste, die Jan ihm eingebläut hatte. Nicht nur gegenüber der Polizei durfte er sich dabei nicht widersprechen, sondern bei niemandem, der ihn danach fragte.

Erneut erklang das Schiffshorn. Gefolgt von einem leisen Geräusch im Wasser. Wahrscheinlich ein paar aufgeschreckte Enten, die davonflogen. Es war bereits so dunkel, dass er kaum mehr Details um sich herum erkennen konnte.

Es war an der Zeit, unter Deck zu gehen. Zeit, um auf den Abschied anzustoßen. Und auf das neue Leben. Anschließend musste er noch einmal zurück in seine Wohnung. Das meiste hatte er bereits präpariert, aber das Geld, das für die nächsten Monate reichen sollte, musste er noch holen.

Jan lächelte noch immer still in sich hinein. Aber im nächsten Augenblick zuckte er zusammen. Denn auf einmal spürte er, dass das Boot wackelte. Nur ganz leicht, aber doch wahrnehmbar.

Hatten die Enten und Schwäne etwa eine kleine Welle verursacht?

Er beugte sich ein Stück über die Reling, um nachzusehen, ob er mit seiner Vermutung richtiglag, erkannte aber sofort, dass das Wasser unter ihm spiegelglatt war. Doch im selben Moment spitzte er die Ohren, weil er plötzlich ein leises Knarzen des Rumpfs vernahm. Gefolgt von einem Geräusch, als bewege sich hinter ihm jemand auf dem Bootsdeck.

Jan fuhr herum. In der Erwartung, seinem Bruder in die Augen zu sehen, lächelte er diesmal nicht nur innerlich. Jedoch nur für den Bruchteil einer Sekunde. Dann verfinsterte sich sein Gesicht, ehe es einen Wimpernschlag später von einer Pistolenkugel zerfetzt wurde.

Finger am Abzug

Morten Sandt lachte. Er konnte sich nicht erinnern, wann er zuletzt so gut gelaunt gewesen war. Das Video, das ihm Lea auf dem Handy zeigte, war nüchtern betrachtet nicht sonderlich lustig, aber nach ein paar Bier konnte auch er sich darüber amüsieren, dass Leas Baby eine Schüssel mit Karottenbrei über den gesamten Küchentisch verteilte und anschließend vergnüglich darüber kicherte.

Es war ein schöner Abend bei seiner ehemals besten Freundin, mit der er seit dem Winter in unregelmäßigen Abständen wieder Kontakt hatte. Sie hatten viel über ihre Tochter Malia geredet und auch über so manches andere. Für ein paar Stunden hatte er den Kopf frei bekommen und nicht an die Sache vom vergangenen November gedacht. Die Bilder verfolgten ihn Tag und Nacht wie sein eigener Schatten, hatten ihn längst an den Rand des Wahnsinns getrieben. Die Gespräche mit der Polizeipsychologin waren genauso wenig hilfreich gewesen wie das gute Zureden seiner Kollegen und Kolleginnen. Wobei es im Grunde nur Birger Andresen war, der hartnäckiger versucht hatte, ihm zu helfen.

Alles ohne Erfolg.

Die Kugel, die er Jens Bachmann in den Kopf gejagt hatte, war gewissermaßen omnipräsent. Der Moment, als er den fünffachen Mörder mit einem gezielten Schuss direkt in die Stirn getötet hatte. Viele hatten ihm gesagt, er habe vorbildlich reagiert, weil er schließlich verhindert hatte, dass auch noch die Familienministerin Schleswig-Holsteins Opfer dieses Wahnsinnigen wurde.

Sie alle meinten es bestimmt gut mit ihm. Und doch verstanden sie gar nichts. Wenn die Ministerin von Bachmann getötet worden wäre, hätte sein Leben einen ganz normalen Verlauf genommen. Vielleicht wären sie als Mordkommission stark in die Kritik geraten, weil sie den Tod der Ministerin nicht hatten verhindern können. Aber seine Psyche, sein tiefstes Inneres, wäre an diesem Tag nicht kaputtgegangen.

Er hatte einen Menschen umgebracht. Und vollkommen egal, welcher grausamen Verbrechen sich dieser Mann zuvor schuldig gemacht hatte, er, Morten, hatte über etwas gerichtet, das ihm nicht zustand. Über ein Leben. Niemand, der so etwas nicht selbst erfahren hatte, würde verstehen, was es bedeutete, jemanden ins Jenseits befördert zu haben. Scharfrichter gewesen zu sein, diese finale Entscheidung getroffen zu haben, abzudrücken und ein Menschenleben auszulöschen.

Vielleicht war das, was er jetzt durchmachte, die gerechte Strafe dafür, ging es ihm immer wieder durch den Kopf. Wenn er einfach so weitergemacht hätte wie zuvor, wie würde sich das anfühlen, so zu tun, als wäre es das Normalste auf der Welt, jemanden zu töten? Würde er dann etwa nicht die Last der Verantwortung spüren? Es fiel ihm schwer, sich das vorzustellen. Auch weil er damals nicht vor einer schwierigen Entscheidung gestanden hatte. Denn wenn er ehrlich zu sich war, war es in dem Moment, als sein Finger am Abzug gezuckt hatte, tatsächlich die einzige Option gewesen. Das war die Wahrheit. Er hatte ganz bewusst abgedrückt.

Doch egal was er sich selbst einredete oder die anderen sagten, selbstverständlich hätte es andere Möglichkeiten gegeben. Den Mann ohne Waffengewalt zu überwältigen oder wenigstens auf eine andere Stelle des Körpers zu zielen und ihn so außer Gefecht zu setzen. Vielleicht wären auch Verhandlungen mit ihm möglich gewesen, immerhin hatte Morten im Laufe der Ermittlungen fast so etwas wie ein Vertrauensverhältnis zu Bachmann aufgebaut, als er noch nicht ahnte, dass er der Täter war.

Dass er den finalen Schuss abgefeuert hatte, war im Grunde unverzeihlich und hätte niemals passieren dürfen. Es war der verzweifelte Wunsch gewesen, die ganze Sache endlich zu beenden, nachdem sein Nervenkostüm während der kräftezehrenden Ermittlungen immer dünner geworden war. In diesem Moment hatte er alles, was er in seiner Ausbildung gelernt hatte, missachtet und sich einzig von seinen Emotionen leiten lassen.

Etwas anderes, sehr Persönliches, war durch dieses Ereignis vollkommen in den Hintergrund gerückt. Obwohl es ihm unbewusst sicher immer noch zu schaffen machte, war der Schmerz, den seine Kollegin Elif ihm zugefügt hatte, nur noch eine Randnotiz in seinem Leben.

Eigentlich hatte er damals im Herbst das Gefühl gehabt, nichts stünde mehr zwischen ihnen beiden. Der Moment, in dem sie sich geküsst hatten, war überwältigend gewesen und hätte doch der Beginn von viel mehr sein sollen. Aber das Gegenteil war der Fall. Vielmehr der Anfang vom Ende. Denn danach war alles zwischen ihnen kaputtgegangen. Mit einer Textnachricht hatte sie das zarte Pflänzchen zwischen ihnen brutal zertrampelt. Mit der Ausrede, sie befinde sich seit einigen Wochen in einer Beziehung, war sie auf Distanz zu ihm gegangen.

Bis heute zweifelte Morten jedoch daran, dass das der wahre Grund war. Aber weder hatte er noch einmal bei ihr nachgehakt, noch waren von ihr weitere Erklärungen gekommen. Sie waren sich im Präsidium weitestgehend aus dem Weg gegangen und hatten in den letzten Monaten kaum noch ein Wort miteinander gewechselt.

Wenn da nur nicht diese Alpträume wären, die die beiden einschneidenden Erlebnisse auf so grauenhafte Weise miteinander verbanden. Wenn er mal wieder schweißgebadet aufwachte, weil er gerade abgedrückt hatte und die Kugel Elifs Stirn durchbohrte.

Auf einmal hörte Morten eine Tür ins Schloss fallen.

»Das ist David«, sagte Lea und lächelte beruhigend, als sie merkte, dass er sich erschrocken hatte.

»Dann ist es Zeit für mich zu gehen.« Lea hatte ihm erzählt, dass ihr Mann ein Restaurant in Travemünde leitete. Offenbar hatte er jetzt Feierabend. »Danke für den netten Abend.

War schön, dich mal wieder zu sehen und ausführlich zu quatschen.«

»Ja, das fand ich auch. Sollten wir öfter machen. Schade, dass wir heute nicht mehr über deinen Job reden konnten. Ich würde gerne mehr darüber erfahren, wie die Arbeit bei der Kripo so ist. Das muss spannend sein, wenn man den Mördern und Schwerverbrechern das Handwerk legt.«

»Ja, das ist wirklich ...« Er brach ab, als er aus dem Augenwinkel erkannte, dass ein groß gewachsener, durchtrainierter Mann in seinem Alter das Wohnzimmer betrat.

»Du musst Morten sein«, sagte David aufgeschlossen. »Lea hat mir einiges über dich erzählt.«

»Tatsächlich?«

»Nur Gutes natürlich«, warf sie schnell ein.

»Ich war mir nicht sicher, ob ich vielleicht ein bisschen eifersüchtig sein muss. Aber wie ich sehe, waren meine Sorgen unbegründet.«

»Wie bitte?«

»Kleiner Scherz.« David schmunzelte und streckte ihm die Hand entgegen. Morten ergriff sie und versuchte, dem festen Händedruck standzuhalten.

»Du arbeitest also bei der Mordkommission?«, fragte David, nachdem er sich ein Bier aus dem Kühlschrank geholt und die Flasche mit einem Feuerzeug aufgemacht hatte.

»Genau«, antwortete Morten knapp und zog sich seine dünne Jacke über.

»Hattest du etwas mit diesen Mordfällen letzten Herbst zu tun?«

»Damit hatten wir alle zu tun, wenn wir die gleiche Sache meinen«, wich Morten aus.

»Muss heftig gewesen sein.«

»Mehr als heftig.«

»Warst du dabei, als der Täter erschossen wurde?«, bohrte David weiter nach.

»Kann man so sagen.«

»War das notwendig?«

»Wie meinst du das?« Morten fuhr sich etwas verunsichert durch seine blonden Haare, die mittlerweile fast Kinnlänge erreicht hatten.

»Nun«, antwortete David und nahm einen Schluck aus der Flasche, ehe er fortfuhr. »Sollte die Polizei denn nicht alles versuchen, um so etwas zu verhindern? Egal was dieser Mann getan hat, das Leben eines Menschen muss –«

»Wenn man keine Ahnung hat, sollte man besser den Mund halten«, fuhr Morten scharf dazwischen. »Das Leben der Familienministerin stand auf dem Spiel.«

»Und das hätte nicht gerettet werden können, wenn der Schuss nicht tödlich gewesen wäre?«

Morten fixierte Leas Mann jetzt. Was wollte dieser Typ eigentlich von ihm? Sie kannten sich seit zwei Minuten, aber er erdreistete sich allen Ernstes, die Arbeit der Polizei in einem der dramatischsten Einsätze der letzten Jahre zu beurteilen.

»Was soll denn das, David?«, mischte sich jetzt auch Lea wieder ein. »Morten und seine Leute werden mit Sicherheit alles dafür getan haben, dass niemand –«

»Woher willst du das denn wissen?«, unterbrach David sie, vehementer als zuvor. »Oder hast du etwa vergessen, was damals mit Lukas passiert ist?«

»Aber das kannst du doch nicht mit der Arbeit von Morten in diesem Mordfall vergleichen«, hielt sie dagegen.

»Wenn es darauf ankommt, sind diese Bullen doch alle gleich«, schimpfte David. »Und am Ende stecken sie alle unter einer Decke, und es dringt natürlich niemals an die Öffentlichkeit, was wirklich passiert ist.«

»Ich war es, der den Täter erschossen hat«, sagte Morten plötzlich mit ruhiger Stimme. »Andernfalls wäre die Ministerin jetzt tot.«

Lea und David verharrten augenblicklich und sahen ihn entgeistert an.

»Wenn du mir also unterstellen willst, dass ich den Mann

fahrlässig getötet habe, dann liegst du komplett falsch«, fuhr Morten fort. »Ich habe im vollen Bewusstsein abgedrückt. Mit dem Ziel, ihn mit einem einzigen Treffer zu töten, um das Leben der Ministerin zu retten.«

Seine Worte verhallten. Was blieb, war eine Stille im Raum, die Morten unter normalen Umständen selbst als unerträglich empfunden hätte. Doch in diesem Moment war sie genau das, was er wollte.

»Krank«, murmelte David leise. »Das ist krank. Du bist krank.«

»David, bitte!«, zischte Lea leise.

Morten nickte schweigend und verzog dabei seinen Mund zu einem schrägen Lächeln. Für einen kurzen Augenblick überlegte er, etwas zu erwidern, dann wandte er sich jedoch ab und verließ wortlos die Wohnung.

Vor dem Haus zog er seine Jacke fest zu. Die Luft war abends noch immer kühl, obwohl der Frühsommer längst in den Startlöchern stand. Raschen Schrittes ging er den Reiherstieg vor bis zur Falkenstraße und bog dann nach links. Als er sich über die Hüxtertorbrücke der Altstadt näherte, blieb er stehen und warf einen Blick in die ruhig daliegende Kanaltrave. Der Mondschein erhellte den Abend und glänzte auf dem Wasser unter ihm.

Morten atmete tief durch, ehe er im nächsten Moment unvermittelt zusammenschrak. Die Bilder aus dem Haus der Familienministerin in Kiel stiegen urplötzlich auf. Mit voller Wucht, sodass er keine Chance hatte, sich dagegenzustemmen.

Da war die Waffe in seiner rechten Hand. Der Finger am Abzug. Das Ziel vor Augen.

Morten sah jetzt über den Lauf hinweg und stellte seinen Blick klar. Niemand war zu sehen. Kein Jens Bachmann. Und auch nicht Elif. Er schüttelte sich.

In der Hoffnung, dass die Bilder dieses Mal so schnell wieder verschwanden, wie sie gekommen waren, wollte er seinen Weg nach Hause gerade fortsetzen, als es plötzlich vor seinem inneren Auge blitzte. Im nächsten Moment drückte er ab. Den Flug der Pistolenkugel konnte er gewissermaßen wie in Zeitlupe verfolgen. Genau wie den Augenblick, als sie eine Stirn durchbohrte.

Morten erkannte sie sofort. Und das, obwohl sie ihm erst vor ein paar Minuten zum ersten Mal begegnet war. Zweifelsohne war es die Stirn von David.

Ihm huschte ein Lächeln über die Lippen, als aus Nase und Mund von Leas Mann Blut hervortrat und er schließlich ins Bodenlose fiel.

In dem Moment kamen ihm Davids Worte wieder in den Sinn. Vielleicht hatte er ja tatsächlich recht. Morten war krank.

Allmählich glaubte er es selbst.

Fünfunddreißig Jahre Ehe

Sie hatten sich schon gestritten, als Ulrike ihren etwas sperrigen, aber nagelneuen und rein elektrischen VW in einer schmalen Lücke direkt an der Mecklenburger Landstraße abstellte, obwohl Robert vehement darauf gedrängt hatte, einen breiteren Parkplatz zu suchen. Ob sie denn unbedingt wolle, dass der Wagen gleich ein paar Kratzer abbekäme, hatte er sich echauffiert. Sie solle sich bloß mal die anderen Autos ansehen, dann sei doch wohl klar, dass den Besitzern ein gepflegtes Fahrzeug nichts wert sei. Es sei wohl keine gute Idee, sie den Wagen noch einmal fahren zu lassen, wenn sie nicht darauf achte, wo die Gefahren lauerten.

Ulrike hatte seine Tirade über sich ergehen lassen und dabei zugesehen, wie er ums Auto herumgegangen war, sich hinters Steuer gesetzt hatte und ein paar hundert Meter weiter auf einen Parkplatz gefahren war, der – wie sie beim Vorbeifahren gesehen hatte – voll und ebenfalls eng war. Dennoch verzichtete sie darauf, etwas dazu zu sagen. In solchen Situationen war Robert ohnehin nicht mehr zu bremsen. Sollte er sich ruhig so kleinkariert und spießig benehmen, glücklich machte es ihn bestimmt nicht.

Schweigend waren sie losgegangen und nach einer Weile nach links abgebogen. Nachdem sie ein Wohnviertel hinter sich gelassen hatten, betraten sie schließlich auf Höhe des Alten Seeflughafens den Wald.

Sie kannten den Priwall wie ihre eigene Westentasche. Früher, als sie noch in Travemünde gelebt hatten, waren sie mehrmals die Woche hier auf dem Priwall spazieren gegangen. Mal am Strand oder entlang der alten Promenade mit den Backsteinbauten, die vor einigen Jahren abgerissen worden und einer Flaniermeile, Hotels und Ferienhäusern gewichen waren. Manchmal waren sie aber auch ganz im Süden der

Halbinsel entlang der Trave gegenüber dem Skandinavienkai gewandert. Dort, wo die großen Fähren Richtung Norden ablegten.

Damals waren sie allerdings nur selten noch weitergelaufen. Jetzt aber ging es entlang der Pötenitzer Wiek über den Wanderweg und dann auf den Holzsteg hinein ins Naturschutzgebiet. Das Wummern der Schiffsmotoren auf der anderen Traveseite noch immer in den Ohren, war hier die Welt eine ganz andere. Ein kleines Paradies, fernab des touristischen Trubels, mit Flachwasserzonen und einer haffartigen Bucht in der Trave. Der Weg führte vorbei an dichtem Schilfrohr, knochig gewachsenen Kopfweiden und Sanddorn. Ein Ort, an dem man verweilen und den Moment nicht mehr loslassen wollte. Wenn man nicht gerade mit einem pedantischen und besserwisserischen Ehemann unterwegs war.

Ulrike ging schon seit einer ganzen Weile bestimmt zwanzig Meter hinter Robert her. Sie tat so, als suche sie nach seltenen Pflanzen wie der Wiesen-Kuhschelle oder beobachte Enten, Graugänse und Schwäne. Auch bei den Schafen, die hier in den Sommermonaten grasten, blieb sie kurz stehen. Hauptsache, sie musste nicht neben ihm hergehen.

Es war nicht immer so frostig zwischen ihnen gewesen. Als sie beide noch gearbeitet hatten, waren die gemeinsamen Ausflüge und Spaziergänge harmonisch verlaufen. Sie hatten einander erzählt, was sie am Tag erlebten, oder sich darüber beklagt, wie anstrengend die Kollegen doch waren. Und manchmal hatten sie auch einfach nur geschwiegen und es genossen, gemeinsam am Meer zu schlendern.

Lange Zeit war zwischen ihnen alles in Ordnung gewesen. Das hatte sich erst vor etwa fünf Jahren geändert, als sie beide in Frührente gegangen waren und sich ein kleines Reihenhaus in Schlutup gekauft hatten. Plötzlich waren sie den ganzen Tag zusammen. Aber sie hatten sich nichts zu erzählen, weil sie nichts mehr erlebten. Und so hatten sie angefangen, sich gegenseitig immer stärker zu beharken. Robert meckerte an allem herum, was sie tat. Was sie anzog. Was sie kochte. Oder eben, wie sie Auto fuhr.

Und sie? Sie hatte ihm die kalte Schulter gezeigt. War ihm mehr und mehr aus dem Weg gegangen und hatte sich ein paar Hobbys gesucht, von denen sie nie geglaubt hätte, dass sie ihr mal Freude bereiten würden. An zwei Abenden in der Woche belegte sie einen Yogakurs für Frauen über sechzig. Und neuerdings ging sie samstagnachmittags zu einem Kurs, in dem man lernte, Pralinen herzustellen.

So hatte sie Menschen kennengelernt, bei denen sie sich vorstellen konnte, sie auch privat zu treffen und sich mit ihnen anzufreunden. Noch zögerte sie, Robert davon zu erzählen. Würde es ihn stören, wenn sie abends wegging? Oder würde er vielleicht dabei sein wollen? Und vor allem, wollte sie Letzteres überhaupt?

Die Sache war verzwickt. Fünfunddreißig Jahre Ehe auf der einen Seite. Und ein Gefühl des Auseinanderlebens und der Gleichgültigkeit gegenüber ihrem Mann auf der anderen. Wenn es so weiterginge wie in den letzten Wochen oder an diesem Morgen, würde sie es jedenfalls nicht mehr lange mit ihm aushalten.

Konnte es etwa sein, dass er den Verstand verlor, fuhr es ihr plötzlich durch den Kopf. Seit wann hatte sich sein Verhalten so massiv verändert? So richtig hatten seine Stimmungsschwankungen, wenn er von einem auf den anderen Augenblick die Contenance verlor und ihr ohne Unterlass Vorwürfe machte, doch erst in den letzten Monaten eingesetzt, oder nicht?

Genau wie in diesem Moment. Plötzlich gestikulierte er wild und sah wie aufgeschreckt aus. In Erwartung einer neuerlichen Tirade wollte sich Ulrike gerade abwenden und am liebsten ohne ihn den Rückweg antreten, als sie innehielt und stutzte. Irgendetwas stimmte mit Robert nicht. Trotz der Entfernung zu ihm erkannte sie, dass er nicht gut aussah. Im nächsten Moment ging er in die Knie und beugte sich nach vorn.

Ein Gefühl von Angst machte sich in Ulrike breit. War ihm plötzlich schlecht geworden, oder war es etwas Schlimmeres? Robert hatte doch schon immer Angst vor einem Herzinfarkt gehabt.

Sie musste ihm jetzt helfen, beschwor sie sich. Ihrem Mann, von dem sie gerade eben noch gedacht hatte, dass eine Trennung vielleicht die beste Lösung für sie wäre. Für den flüchtigen Gedanken, einfach abzuhauen und ihn zurückzulassen, hätte sie sich vielleicht schämen müssen, aber dieses Gefühl wollte sich einfach nicht einstellen.

Sie atmete tief durch und versuchte, die Geräusche, die Robert von sich gab, auszublenden. Ohne Erfolg. Es hörte sich wie ein leises Stöhnen oder Röcheln an, und im nächsten Moment klang es beinahe furchteinflößend. Als würde er sich vom Teufel höchstpersönlich befreien wollen.

Sie musste sich kümmern, ihm helfen. Aber etwas hielt sie zurück, und das war nicht nur die Befürchtung, ihm gehe es nicht gut. Gab es vielleicht einen ganz anderen Grund für Roberts Verhalten? Hatte er irgendetwas entdeckt?

Ulrike rang mit sich. Sie schloss kurz die Augen, bevor sie sich einen Ruck gab und sich in Bewegung setzte. Sie rannte die wenigen Meter bis zu ihrem Mann und blieb direkt hinter ihm stehen. Eine seltsame Mischung aus Erleichterung und Enttäuschung, für die sie sich ebenfalls schämen sollte, stellte sich bei ihr ein.

Robert hatte keinen Herzinfarkt erlitten. Er musste sich zwar fast erbrechen, aber es ging ihm nicht so schlecht, wie sie befürchtet hatte. Ganz anders als dem menschlichen Körper vor ihnen, der langsam, aber beständig zwischen Schilf und Ufer im seichten Wasser hin und her schwappte.

Dass es Robert schlecht geworden war, konnte sie nur allzu gut verstehen. Denn der Anblick dieser aufgeschwemmten, wahrscheinlich männlichen Leiche war wohl das Schlimmste, was auch sie je gesehen hatte.

Haubentaucher

Morten war froh, dass Ida-Marie sofort gesagt hatte, er könne bei ihr mitfahren, während Elif Ole einsammeln wollte, um so schnell wie möglich auf den Priwall zu kommen.

Eigentlich fühlte er sich alles andere als einsatzbereit. Er hatte nicht mehr als vier Stunden geschlafen, und die auch noch unruhig und geplagt von verstörenden Träumen.

Unter normalen Umständen hätte er sich heute Morgen wahrscheinlich krankgemeldet. Wie so häufig in den vergangenen sechs Monaten, wenn die Nächte eine einzige Qual gewesen waren. Der Triggermoment des gestrigen Abends hatte alles noch einmal verschlimmert. Die Bilder, und noch viel mehr die Gedankenspiele, die dahintersteckten, beunruhigten ihn zunehmend.

»Wie fühlst du dich?«, unterbrach Ida-Marie Berg, die Leiterin der Mordkommission, seine Überlegungen.

»Was meinst du?«

»Denkst du etwa, man würde nicht merken, dass es dir nicht gut geht?«

»Eigentlich versuche ich mein Bestes, es mir nicht ansehen zu lassen.«

»Das gelingt dir aber nicht.«

»Ist mir egal«, entgegnete Morten. »Irgendwann wird es schon besser werden. Zeit heilt alle Wunden, davon bin ich überzeugt.« Er spürte selbst, dass seine Worte alles andere als überzeugend klangen, aber ehe er noch etwas ergänzen konnte, fuhr Ida-Marie in Höhe Wesloe plötzlich rechts ran und stellte den Motor ab. Dann wandte sie sich ihm zu.

»Ich habe kein Rezept, wie du die Sache gut hinter dir lassen kannst«, sagte sie mit ernster Stimme, »aber ich weiß, dass es nicht besser wird, wenn du dich dafür entscheidest, zu schweigen und es mit dir selbst auszumachen. Du kannst jederzeit zu mir kommen, wenn du reden willst, aber noch wichtiger ist, dass du dir professionelle Hilfe suchst. Und damit meine ich nicht nur unsere Polizeipsychologin.«

»Ja, vielleicht hast du recht«, reagierte Morten ausweichend.

»Streiche ›vielleicht‹«, entgegnete Ida-Marie streng. »Ich werde dich genauestens beobachten. Du brauchst nicht zu denken, ich würde zulassen, dass du daran kaputtgehst.«

Sie wartete nicht auf eine Antwort von ihm, sondern startete den Motor wieder und fuhr schwungvoll an.

In den folgenden fünfundzwanzig Minuten wechselten die beiden kein Wort mehr miteinander. Erst als sie auf die Mecklenburger Landstraße auf der zu Travemünde gehörenden Halbinsel Priwall einbogen, räusperte sich Ida-Marie und setzte erneut an.

»Birger und ich hatten vor einigen Jahren mal einen Fall, der für mich um ein Haar ganz übel ausgegangen wäre. Vielleicht erinnerst du dich an die Geschichte mit dem ›Horrorhaus auf dem Priwall‹, wie es die Zeitungen titulierten? War ein ziemlich großes Ding in den Medien.«

»Klar«, antwortete Morten. Er hatte damals noch mitten in seiner Ausbildung gesteckt, aber dieser Fall hatte niemanden bei der Polizei oder auch in der Bevölkerung kaltgelassen. Und er hatte Birger Andresens Image als scharfsinnigster und bester Kriminalkommissar Schleswig-Holsteins noch weiter verfestigt.

»Ich habe damals zwar niemanden getötet, aber die Ermittlungen waren verdammt heftig für mich. Ich hatte anschließend auch eine schwierige Zeit, und nicht nur, weil ich mich bei dem finalen Einsatz schwerer verletzt hatte und im Krankenhaus lag.«

»Jeder hat seine eigenen Probleme«, sagte Morten und machte durch seinen Tonfall keinen Hehl daraus, dass er eigentlich keine Lust auf dieses Gespräch hatte. Er wollte keine klugen Ratschläge und sich nicht sagen lassen, wie er mit der Sache umzugehen hatte.

Niemand im Team hatte bislang einen Menschen durch einen gezielten Kopfschuss getötet, also verstanden sie auch nicht, wie er sich fühlte. Und selbst wenn Ida-Marie recht damit hatte, dass er sich besser öffnen und über das Geschehene reden sollte, hatte er gerade nach gestern Abend erst einmal genug davon, dass sich überhaupt jemand in sein Leben einmischte. Jeder meinte zu wissen, was am besten für ihn wäre. Oder noch schlimmer, dass er damals im Herbst fahrlässig gehandelt hatte. Niemand steckte in seiner Haut. Und niemand hatte eine Ahnung davon, welche Bilder und Gedanken ihn plagten.

Sie parkten am Wendehammer im Pötenitzer Weg unweit des Alten Seeflughafens. Diverse Einsatzfahrzeuge waren hier kreuz und quer abgestellt. Morten erkannte auch den BMW von Harald Seelhoff, dem Leiter der Kriminaltechnik. Zwei Streifenpolizisten sprachen in ihre Funkgeräte und nickten ihnen zu, als sie sie erblickten.

Ida-Marie stellte sich und Morten kurz vor, woraufhin man ihnen erklärte, dass sie einen knappen Kilometer durch den Wald laufen und sich in Richtung des Holzstegs orientieren mussten, in dessen Nähe die Leiche zwischen Schilf und einem kurzen sandigen Uferabschnitt gefunden worden war. Weitere Beamte würden an Wegabzweigungen warten, um sie zum Tatort zu leiten.

Sie bedankten sich und betraten den Wald. Während sie um das ehemalige Flughafengelände herumgingen, das zwischen den beiden Weltkriegen als sogenannte Seeflugzeug-Erprobungsstelle genutzt worden war, wurde Morten bewusst, dass er sich hier, abseits der touristischen Pfade auf dem Priwall, gar nicht auskannte. Obwohl er schon oft gelesen hatte, dass diese Gegend besonders schön und naturbelassen wäre. Überhaupt gab es in Lübeck und Umgebung, teilweise in nächster Nähe zu den touristischen Hotspots, so viele Kleinode, dass er sich oft genug ärgerte, nicht häufiger den Hintern hochzubekommen, um sie zu erkunden. Dass er den Wanderweg entlang der Pötenitzer Wiek nun ausgerechnet im Rahmen einer Tatortbegehung kennenlernen würde, warf jedoch einen Schatten auf diesen Ort.

Als sie den Wald hinter sich gelassen hatten und den Bereich in Ufernähe erreichten, überkam Morten zum ersten Mal seit Monaten ein Gefühl absoluter Ruhe. Die dunklen Gedanken verschwanden von einem auf den anderen Moment, als sich vor ihnen die Wiek auftat. Die Bucht lag sanft und unberührt da. Gar nicht weit von Travemünde entfernt, schien es fast, als befände man sich in einer anderen Welt.

Einzig die Kollegen der Kriminaltechnik sowie zahlreiche Beamte der Ordnungspolizei störten dieses Bild. Sie hatten bereits den Weg und den gesamten Uferbereich mit rot-weißem Flatterband abgesperrt. Auch das Equipment der Kriminaltechnik war längst aufgebaut.

Morten nickte den Kollegen zu und ging wortlos vor bis ans Wasser, wo Seelhoff und sein langjähriger Mitarbeiter Siederdissen, beide in weiße Schutzoveralls gekleidet, in ein Gespräch vertieft standen. Zu ihren Füßen lag mit knapp einem Meter Abstand eine männliche Leiche auf einem schmalen Sandabschnitt.

Der Körper sah leicht aufgequollen aus, was ein klares Anzeichen dafür war, dass er eine ganze Zeit lang im Wasser getrieben und dann an Land geschwemmt worden war. Mortens Blick blieb allerdings an der Stirn des Opfers hängen. Ein Einschussloch befand sich über dem linken Auge. Eine weitere Kugel hatte das linke Jochbein regelrecht zerschmettert. Wer immer das getan hatte – das Trefferbild machte nicht den Eindruck, als wäre ein geübter Schütze am Werk gewesen. Kein Vergleich zu seinem perfekten Schuss exakt zwischen die Augenbrauen von Jens Bachmann.

»Moin.« Morten blieb eine halbe Körperlänge von den zwei Kriminaltechnikern entfernt stehen. Seit er Teil der Mordkommission war, wurde er das Gefühl nicht los, die beiden erfahrenen Kollegen hätten ein Problem mit ihm. Vielleicht war es aber auch einfach nur ein vertrautes Gesicht wie das von Birger Andresen, das ihnen fehlte.

»Kein schöner Anblick«, sagte Siederdissen in seinem typisch mürrischen Tonfall. »Wahrscheinlich lag die Leiche schon eine ganze Weile im flachen Wasser. Wir haben sie vorsichtig an Land geschafft. Da es gestern recht warm war, ist der Fäulnisprozess bereits in Gang gekommen. Die äußere Verwesung dürfte bald schon beginnen.«

»Könnt ihr denn einschätzen, wie lange genau sie im Wasser getrieben ist?«, fragte Morten.

»Es ist zu früh, sich darauf festzulegen«, warf Seelhoff ein. In seiner Stimme klang etwas Mahnendes mit, worauf Morten sofort die Augen verdrehte. Wollte er ihn wirklich belehren, dass sie keine voreiligen Schlüsse ziehen durften?

Seelhoff wandte sich von ihm ab, um in Denkerpose seinen Blick über die Pötenitzer Wiek schweifen zu lassen. »Ich würde schätzen, dass dieser Mann seit mindestens drei Tagen tot ist, aber das ist Aufgabe der Rechtsmedizin. Was die Spurenlage angeht, ist das hier im Sand alles andere als einfach. Dieser Bereich wird ohne Unterlass von leichten Wellen überspült. Unmöglich, hier zum Beispiel Fußabdrücke zu finden. Wenn es denn überhaupt welche gegeben hat.« Seelhoff hielt kurz inne und wies aufs Wasser. »Siehst du das Segelboot dort hinten?«

»Natürlich.«

»Das sollten wir uns mal näher ansehen.«

»Weil das Opfer dort erschossen wurde, ins Wasser gestürzt ist und dann hier angespült wurde?«

»Vom Himmel dürfte der Mann jedenfalls nicht gefallen sein«, kommentierte Siederdissen sarkastisch. »Und an Land haben wir bislang tatsächlich keinerlei Spuren außer denen der Leute, die den Mann entdeckt haben, gefunden.«

Morten verkniff sich einen Kommentar. Offenbar wollte der Kollege die Zusammenfassung der Ergebnisse nicht einem Jungspund wie ihm überlassen.

Er war froh, als Ida-Marie zu ihnen trat und sich nach dem aktuellen Stand erkundigte. Während Seelhoff ihr in aller Kürze berichtete, was er bezüglich des Segelboots und des ungefähren

Todeszeitpunkts vermutete, zog Morten sich einige Meter zurück. Er wich dem Flatterband aus und ging den Wanderweg ein Stück entlang, bis sich zu seiner Linken hinter Sträuchern ein weiterer schmaler Zugang zum Wasser auftat. Er schob ein paar Äste beiseite und folgte dem Pfad.

Die Morgensonne glitzerte auf der Wasseroberfläche, ein paar Haubentaucher trieben scheinbar ziellos umher. Zweifellos ein traumhafter Ort. Wenn da nicht fünfzig Meter von Morten entfernt eine männliche Leiche mit zwei Kugeln im Kopf gelegen hätte. Und rund hundert Meter vor ihm in der Wiek ein Segelboot ankern würde, auf dem sich möglicherweise ein Verbrechen ereignet hatte.

Es mussten also schon einige Tage vergangen sein, seit dieser Mann erschossen worden war. Die Leiche war, wie es Siederdissen gesagt hatte, kein schöner Anblick, und dennoch hatte Morten nichts empfunden, als er sie inspiziert hatte. Kein flaues Gefühl oder Unbehagen, geschweige denn Ekel. Stattdessen vollkommene Gleichgültigkeit.

Trotzdem weckten der Fundort und die gesamte Szenerie die kriminalistischen Geister in ihm. Wer war der Tote? Was war auf diesem Boot vorgefallen? Und vor allem, was würde sie dort noch erwarten?

Gloria

»Das Boot heißt ›Gloria‹ und gehört Christian Ahrens. Es scheint den Namen seiner Mutter zu tragen«, verkündete Ida-Marie und ließ die Worte erst einmal wirken.

Morten sah in die Gesichter der anderen. Sie hatten sich vom Fundort zurückgezogen und dort, wo sie ihre Einsatzwagen abgestellt hatten, ein provisorisches Lagezentrum eingerichtet.

Nicht allen schien sofort klar zu sein, wer Christian Ahrens war. Auch Morten war sich nicht ganz sicher, hatte aber eine Ahnung. Ahrens war, wenn er sich richtig erinnerte, Wirtschaftssenator in Lübeck gewesen. Zu einer Zeit, als er selbst noch Teenager gewesen war, also mittlerweile vor knapp zwanzig Jahren. Er hatte das Bild von jemandem vor Augen, der schon damals ergraut gewesen war und für ihn wie ein Dinosaurier aus einer anderen Zeit gewirkt hatte. Dass er sich heute bisweilen genau solche Typen zurückwünschte, irritierte Morten manchmal selbst. Vielleicht lag es einfach daran, dass auch er allmählich älter wurde und schon bald zu den jungen Dinosauriern gehören würde.

»Trotz der Schussverletzungen im Gesicht können wir uns anhand von Fotos, die wir auf die Schnelle im Internet gefunden haben, wohl sicher sein, dass es sich um Jan Ahrens, den Sohn des ehemaligen Wirtschaftssenators, handelt«, fuhr Ida-Marie fort. »Der ein oder andere kennt ihn vielleicht.«

Jetzt stand auch Morten auf dem Schlauch. Musste er diesen Mann kennen?

»Jan Ahrens war ein erfolgreicher Unternehmer«, erklärte Ida-Marie. »Er war Gründer und Inhaber von Kutterfutter, der Fischrestaurant-Kette.«

Nun fiel der Groschen bei Morten, und wie er aus den Augenwinkeln erkannte, nicht nur bei ihm. Der Gastronomiebetrieb Kutterfutter hatte vor einigen Jahren ein erstes Restaurant an der Obertrave in Lübeck eröffnet und in kürzester Zeit mit einem modernen und gleichzeitig regionalen Konzept großen Erfolg gehabt. Im Laufe der Zeit waren diverse weitere Restaurants entlang der Küste hinzugekommen.

Obwohl in der Presse ziemlich oft über den Betrieb berichtet wurde, war ihm Jan Ahrens als Person kein Begriff. Auch das Gesicht hatte er nicht vor Augen. Selbst wenn, hätte er die Leiche nicht mit ihm in Verbindung bringen können.

»Jan Ahrens kommt eigentlich aus dem Marketing«, warf Mortens Kollege Ole Andresen jetzt ein, wobei er sich zuerst über seine Glatze und anschließend durch den dichten Kinnbart fuhr. »Er war kein Koch, hatte aber offenbar einen guten Riecher für passende Locations und ein modernes Konzept. Kutterfutter hat sich in kürzester Zeit zu einer sehr bekannten Marke entwickelt. Ich habe neulich erst einen Artikel über ihn gelesen. Eine Homestory in einer überregionalen Zeitung, verdammt dick aufgetragen und fast ein wenig unangenehm, wie er sich da profiliert hat. Aber der Fisch schmeckt wirklich gut.«

Den letzten Satz hatte Ole noch schnell hinterhergeschoben. Offenbar hatte er gemerkt, dass seine Worte in dieser Situation etwas pietätlos wirken könnten.

Mit Birger Andresens Sohn Ole hatte Morten bislang noch immer wenig zu tun gehabt. Das lag in erster Linie daran, dass Morten nach der Sache im November bis ins neue Jahr krankgeschrieben gewesen war. Anschließend hatte es in ihrem Kommissariat nur kleinere Ermittlungen gegeben, die den Einsatz eines größeren Teams nicht erforderlich machten. Hinzu kam Mortens Gefühl, dass Ole sich als Neuling bei der Kripo profilieren und so schnell wie möglich in die Fußstapfen seines Vaters treten wollte.

In den vergangenen Wochen hatte sich Morten trotz seiner persönlichen Probleme aber Gedanken darüber gemacht, wie sie in Zukunft ein normales Arbeitsverhältnis pflegen sollten. Er war zu dem Entschluss gekommen, ihre kleinen Rangeleien zu ignorieren. Wenn das Verhältnis zu Elif schon schwierig war, wollte er wenigstens mit Ole keine Probleme haben.

Zumal es ja auch noch dessen Vater Birger gab, der sich zwar inzwischen aus der alltäglichen Polizeiarbeit zurückgezogen hatte, aber mit dem jederzeit zu rechnen war, wenn ihn eine Ermittlung reizte oder sie ihn um Hilfe baten. Obwohl es mit Birger nicht immer unkompliziert gewesen war, mochte und respektierte Morten ihn. Und er hatte das Gefühl, dass es ihm mit Ole ähnlich ergehen könnte.

Im nächsten Augenblick sah er, dass die Techniker aus dem Waldstück zurückkamen. Offenbar hatten sie die Inspektion auf dem Segelboot bereits abgeschlossen. Er war gespannt auf die Ergebnisse, hätte er sich auf dem Boot doch am liebsten selbst umgesehen. Aufgrund der beengten Situation und der Gefahr, Spuren zu verwischen, hatten sie jedoch entschieden, nur wenige Techniker an Bord zu schicken.

An Seelhoffs Seite erkannte Morten Jannik Unger, einen Kollegen, der erst seit letztem Jahr bei der Kripo arbeitete. Sie hatten gemeinsam ihre Ausbildung an der Polizeischule in Eutin absolviert.

Zu seiner Überraschung gab Seelhoff Jannik ein Zeichen, dass er ihnen berichten sollte. Der glatzköpfige Chef der Kriminaltechnik selbst blieb dagegen etwas abseits stehen und fingerte sein Handy aus der Hosentasche unter seinem Overall hervor.

»Harald lässt sich entschuldigen«, begann Jannik selbstsicher. »Er muss dringend telefonieren, irgendetwas mit einem Handwerker. Ich hoffe, ihr kommt damit zurecht, dass ich euch erzähle, was wir auf dem Boot gefunden haben.«

»Selbstverständlich«, sagte Ida-Marie leicht genervt. »Aber spann uns doch bitte nicht länger auf die Folter.«

»Um es gleich vorwegzunehmen, der Mord fand zweifellos an Bord der ›Gloria‹ statt. Wir haben Blutspuren an Deck gefunden, die wahrscheinlich vom Todesopfer stammen. Die Tatsache, dass der Mord schon einige Tage zurückliegt, macht es leider nicht ganz so einfach für uns. Wir werden das Boot aber abschleppen, es uns in Ruhe vornehmen und jeden Quadratzentimeter unter die Lupe nehmen.«

»Gibt es denn irgendetwas, das einen Hinweis auf einen möglichen Täter liefert?«, hakte Ida-Marie nach.

»Es waren zwei Personen an Bord, daran besteht kein Zweifel. Unter Deck haben wir zwei Bettlager gefunden. Anhand von Kleidung und Hygieneartikeln, die wir entdeckt haben, können wir davon ausgehen, dass beide Personen männlich sind. Wir haben auch jede Menge Fingerabdrücke und DNA feststellen können, die wir zügig ins Labor geben. Aber ein Portemonnaie oder irgendwelche Papiere, die auf Identitäten schließen lassen, waren leider nicht dabei.«

»Also haben Opfer und Täter offenbar gemeinsam auf dem Boot übernachtet«, fasste Ida-Marie die Gedanken der wohl meisten im Team zusammen. Nur Ole schien von der Schlussfolgerung offenbar nicht ganz überzeugt zu sein.

»Klingt für mich noch nicht schlüssig«, sagte er. »Weshalb sollte der Täter persönliche Sachen zurücklassen? Dann müsste er sich entweder sehr sicher sein, dass wir dennoch nicht dahinterkommen, wer er ist. Oder aber er ist extrem leichtsinnig.«

»Könnte auch sein, dass ein Streit zwischen den Männern eskaliert und der Täter überstürzt abgehauen ist«, entgegnete Ida-Marie. »Vom Boot bis an Land ist es nicht weit, das hätte er problemlos schwimmen können.«

»Aber warum ist er nicht mit dem Boot weggefahren, nachdem Jan Ahrens über Bord gegangen ist?«, warf Morten jetzt ein. »Da bin ich bei Ole. Vordergründig ergibt es keinen Sinn, den Tatort so zu hinterlassen. Es muss dafür einen guten Grund geben.«

»Woran denkst du?«, fragte Ida-Marie.

Morten zögerte mit einer Antwort, eine sinnvolle Erklärung hatte er nicht.

»Vielleicht musste er ganz einfach fliehen, weil er sonst entdeckt worden wäre«, sagte Elif jetzt. »Es könnte doch sein, dass noch mehr Boote in der Wiek lagen, als Ahrens erschossen wurde. Und wohin hätte der Täter das Boot bringen wollen, ohne dass irgendjemand sich im Nachhinein hätte erinnern können, ihn gesehen zu haben?«

»Da ist was dran«, sagte Ida-Marie. »So oder so dürfte der Täter einen Schalldämpfer benutzt haben. Andernfalls wäre der Hall der Schüsse bestimmt bis auf die Priwallpromenade oder zumindest bis zu den Häusern hier im Viertel zu hören gewesen.«

»Wissen wir schon irgendetwas über die Familienverhältnisse von Jan Ahrens, außer dass sein Vater mal Senator gewesen ist?«, fragte Ole. Er klang ungeduldig.

»Noch nicht wirklich viel, aber er war offenbar geschieden und hat aus dieser Ehe einen Sohn. Seine Eltern waren ebenfalls geschieden, die Mutter lebt allerdings nicht mehr. Ich denke, es ist am besten, wenn wir zuerst mit dem Vater sprechen und parallel mit jemandem aus seinem Gastronomiebetrieb. Ole und Elif, versucht bitte herauszufinden, mit wem ihr bei Kutterfutter reden müsst, um mehr über Ahrens in Erfahrung zu bringen. Morten, wir beide werden mit Christian Ahrens sprechen. Und Harald und sein Team knöpfen sich die Wohnung von Jan Ahrens vor.«

Sie besprachen noch ein paar organisatorische Dinge, bevor sie schließlich auseinandergingen. Morten hatte Elif währenddessen immer wieder aus dem Augenwinkel beobachtet. Zeigte sie irgendeine Regung? War sie froh darüber, gemeinsam mit Ole zu ermitteln? Oder war ihr die ganze Situation wenigstens ein bisschen unangenehm? Er konnte allerdings nichts aus ihrem Gesicht ablesen.

Das war vielleicht das, was ihn am meisten an ihr störte. Sie war wie ein Buch mit sieben Siegeln, absolut undurchschaubar. Anfangs hatte ihn das durchaus angezogen, aber auf Dauer hätte er mit dieser Ungewissheit darüber, was sie gerade dachte und welche negative Überraschung wohl als Nächstes auf ihn zukäme, nicht leben können. Aber diese Frage stellte sich ja ohnehin nicht mehr.

»Kommst du?«

Morten fuhr herum, als er Ida-Maries Stimme hörte. Sie stand neben der geöffneten Fahrertür ihres Dienstwagens und sah ihn ungeduldig an.

Wortlos ging er zum Auto und stieg ein. Irgendwie fühlte es sich vertraut an, an ihrer Seite zu ermitteln. Sie hatten in seinem ersten Fall bei der Mordkommission eng zusammengearbeitet, als sie noch längst nicht das Amt der Kommissariatsleiterin übernommen hatte. Und trotzdem fühlte er sich plötzlich eingeengt.

Im vergangenen Herbst hatte er sich von den anderen zurückgezogen und über weite Strecken allein ermittelt, was ihm jede Menge Ärger einbrachte, weil er nicht alle Informationen mit dem Team teilte. Aber vielleicht hatte er es einfach von Birger Andresen so gelernt. Dem »einsamen Wolf«, wie er selbst über sich sagte. Obwohl ursprünglich Teamplayer, war Morten auf den Geschmack gekommen, seine eigenen Entscheidungen zu treffen, ohne dass ihm jemand sagte, was als Nächstes zu tun sei.

»Fühlst du dich bereit?«, fragte Ida-Marie, nachdem sie gewendet hatte und zurück in Richtung Mecklenburger Landstraße gefahren war.

»Bereit?« Morten tat ahnungslos, obwohl er natürlich genau wusste, worauf sie hinauswollte.

»Wie gesagt, ich werde ein Auge auf dich werfen«, sagte sie streng. »Damit du nicht wieder auf eigene Faust losziehst. Und vor allem, damit du nicht noch einmal in eine Situation kommst, in der du …« Sie stockte.

»… jemanden abknallen musst?«, ergänzte er.

»So würde ich mich nicht ausdrücken.«

»Aber genau darum geht es doch«, entgegnete Morten barsch. »Denkst du etwa, ich bin ein Risiko? Dann wäre es vielleicht besser, wenn ich nur noch am Schreibtisch arbeite. Ist es das, was ihr wollt?«

»Dass du bei dieser Ermittlung überhaupt dabei sein kannst, hast du im Wesentlichen Birger und mir zu verdanken«, antwortete sie. »Wenn es nach Solveig gegangen wäre, würdest du jetzt tatsächlich maximal am Schreibtisch arbeiten. Ich weiß, dass du damals alles richtig gemacht hast, aber es gibt eben auch die Meinung, dass man den Tod von Bachmann hätte verhindern können. Und Solveig befürchtet zudem, dass du die Sache noch nicht verarbeitet hast, womit sie ja vielleicht auch nicht ganz falschliegt.«

Morten hatte kein klares Bild von ihrer Polizeipräsidentin Solveig Schröder vor Augen. Sie hatte vor zwei Jahren die Nachfolge des verstorbenen Franz Zeichner angetreten, sich aber seitdem wenig um die Mordkommission gekümmert. Besonders enttäuscht hatte ihn ihre kühle Reaktion nach seinem tödlichen Schuss auf Bachmann. Ein Handschlag zwischen Tür und Angel war alles gewesen. So verwunderte es Morten auch gar nicht, dass sie ihn derzeit noch nicht wieder in aktiven Ermittlungen, sondern eher als Risiko sah.

»Was denkst du?«, fragte er Ida-Marie.

»Ich glaube, es ist besser, wenn du erst mal nicht an vorderster Front ermittelst. Selbst wenn es dir momentan einigermaßen gut ginge, kann die Sache immer wieder hochkommen. Das ist zumindest die Sorge bei einigen. Du solltest einfach fürs Erste vorsichtig sein, und dabei helfe ich dir sehr gerne.«

»Wie nett von dir«, sagte Morten.

»Allerdings. Und jetzt erzähl mir, wie es dir geht. Vielleicht lösen sich meine Befürchtungen dann in Luft auf.«

Morten seufzte. So laut, dass es auch Ida-Marie hören konnte. Dann überlegte er, welche Geschichte er ihr über sich erzählen würde.

Kutterfutter

Die Sonne funkelte auf dem Schieferdach des Holstentors, als Ole und Elif in die Straße An der Obertrave einbogen und an den zahlreichen Restaurants und deren Außenbestuhlung vorbeigingen. Kaum mehr ein Platz war frei, Touristen und Einheimische nutzten das frühsommerliche Wetter und tankten bei einem Getränk und leichtem Essen Vitamin D.

Unter anderen Voraussetzungen hätte auch Ole gern eine kurze Auszeit genommen und mit Blick auf die malerischen Salzspeicher und Ausflugsschiffe auf der Trave ein kühles Blondes getrunken. Aber dafür war jetzt keine Zeit. Zielstrebig betraten sie das Kutterfutter-Restaurant.

»Ole Andresen, Kripo Lübeck, und meine Kollegin Elif Duman. Wir würden gerne mit Frau Ahrens sprechen.« Sie machten es dringlich und hielten der jungen Servicekraft ihre Dienstausweise vor die Nase.

»Worum genau geht es denn?«

»Bitte verstehen Sie, dass wir das direkt mit Frau Ahrens besprechen möchten. Es ist sehr wichtig.«

»Einen Moment, ich frage nach, ob es passt.« Die Frau wandte sich ab und verschwand hinter der Theke in einem schmalen Gang.

Ole blickte ihr nach. Am liebsten hätte er ihr noch hinterhergerufen, dass es gar keine Frage sei, ob es bei ihrer Chefin passe oder nicht, aber er schluckte die Worte hinunter.

»Hast du so etwas schon mal gemacht?«, fragte Elif plötzlich. »Also die Todesnachricht überbringen, meine ich. Noch dazu einem direkten Angehörigen des Opfers.«

»Nein«, antwortete Ole. »Schön ist es nicht, aber es gehört nun mal dazu. Ich versuche mich emotional von dieser Situation nicht beeinflussen zu lassen.«

»Leichter gesagt als getan.« Elif lächelte verlegen.

Offenbar fiel ihr das Ganze deutlich schwerer als ihm. Vielleicht fühlte sie sich an den Moment erinnert, als sie vom Unfalltod ihres Mannes erfahren hat, fuhr es Ole durch den Kopf. Etwas, über das er noch nie mit ihr gesprochen hatte. »Willst du draußen warten? Ich schaffe das auch allein.«

»Nein, ist schon in Ordnung«, wiegelte sie ab. »Es gehört dazu, du hast ja recht.«

Im nächsten Augenblick kam die Servicekraft zurück. Ihr Gesichtsausdruck hatte sich verändert. Sie schien angefasst zu sein, beinahe besorgt. »Kommen Sie bitte mit«, sagte sie mit gedämpfter Stimme. »Frau Ahrens wartet in ihrem Büro auf Sie.«

Ole und Elif folgten ihr den Gang hinter der Theke entlang bis zu einer geschlossenen Tür auf der linken Seite. Die Frau öffnete sie und nickte ihnen zu.

Caroline Ahrens stand mit dem Rücken zu ihnen vor einem kleinen Fenster und wischte sich, wie Ole erkennen konnte, mit einem Taschentuch über das Gesicht. Wusste sie bereits Bescheid?

»Frau Ahrens?«, fragte er vorsichtig.

»Ist er tot?«

»Ihr Bruder?« Ole wartete nur einen kurzen Moment, dann fuhr er fort. »Ja, wir müssen Ihnen leider mitteilen, dass sein lebloser Körper heute Morgen am Ufer des südlichen Priwall gefunden wurde.«

»Ich wusste es«, sagte sie mit tränenerstickter Stimme.

»Was meinen Sie damit?«, hakte Ole noch immer sehr zurückhaltend nach.

»Jan hat sich seit Tagen nicht gemeldet, das passte nicht zu ihm. Ich hatte schon seit vorgestern ein ungutes Gefühl, aber als Lara mir dann eben sagte, dass die Polizei mit mir sprechen will, war mir sofort klar, dass …« Sie brach ab und schluchzte erneut.

»Können Sie sich daran erinnern, wann genau Sie ihn das letzte Mal gesehen haben?«

»Ja, das war vor einer Woche. Er war nur kurz hier, hat einmal alles gecheckt und wollte dann nach Travemünde fahren.«

»Weshalb?«

»Um in dem Restaurant dort nach dem Rechten zu sehen. Das hat er immer so gemacht, erst hier und dann in Travemünde, manchmal auch noch in Niendorf oder in einem der anderen Läden. Wobei das in den letzten Wochen immer seltener wurde. Ich hatte das Gefühl, er war sehr überarbeitet.«

»Verstehe«, sagte Ole. »Hat Ihr Bruder sonst noch irgendetwas gesagt, das Ihnen im Nachhinein seltsam vorkommt? Wollte er sich vielleicht mit jemandem treffen?«

»Nein, alles war wie immer, bis auf ...« Sie stockte, offenbar wollte sie noch etwas hinzufügen.

»Ja?«

»Er war ziemlich kurz angebunden, und als er ging, hat er mich kurz umarmt. Das hat er sonst nie gemacht.«

Ole und Elif tauschten einen raschen Blick. Beiden war klar, was das bedeuten konnte. Vielleicht hatte Jan Ahrens geahnt, dass er seine Schwester nie wieder sehen würde. Weil er wusste, dass sein Leben in Gefahr war?

»Und danach haben Sie nichts mehr von ihm gehört?«, fragte Elif.

Caroline Ahrens schüttelte den Kopf, machte aber noch immer keine Anstalten, sich zu ihnen umzudrehen.

»Haben Sie mit jemandem darüber gesprochen, dass Sie sich Sorgen machen?«

Wieder schüttelte sie nur den Kopf.

»Verstehe ich es also richtig, es kam im Grunde nie vor, dass sich Ihr Bruder für mehrere Tage nicht bei Ihnen gemeldet hat?«, hakte Elif nach.

»Nein, er hatte immer ein Auge auf alles. Wollte jeden Tag wissen, wie die Geschäfte laufen, selbst wenn er im Urlaub war.« Sie schnäuzte sich und schien sich etwas zu beruhigen. »Weshalb stellen Sie mir eigentlich diese Fragen?«

»Nun, wie erwähnt sind wir von der Kriminalpolizei«, antwortete Ole. »Das bedeutet, dass wir nicht davon ausgehen, dass Ihr Bruder auf natürliche Weise ums Leben gekommen ist. Auch einen Suizid können wir wohl ausschließen.«

Caroline Ahrens wandte sich jetzt abrupt um und sah sie aus verquollenen Augen an. Ole musterte sie. Er schätzte sie auf knapp vierzig, vielleicht auch etwas älter. Trotz der Trauer in ihrem Gesicht strahlte sie mit ihren brünetten Haaren, der modischen randlosen Brille und dem eng geschnittenen dunkelblauen Hosenanzug eine gewisse Eleganz und Stärke aus.

»Heißt das, er wurde ...?« Obwohl sie ihren Satz nicht beendete, klangen ihre Worte jetzt wieder etwas fester.

»Ihr Bruder wurde vor einigen Tagen erschossen«, antwortete Ole ohne Umschweife. »Offenbar auf dem Segelboot, das Ihrem Vater gehört. Es ankerte in der Pötenitzer Wiek. Wir haben an Bord neben der Kleidung Ihres Bruders auch Hinweise auf eine weitere Person gefunden. Haben Sie irgendeine Ahnung, mit wem und weshalb er dort gewesen sein kann?«

»Nein, ich meine, wer kann denn ...?«, stammelte sie jetzt. »Ich verstehe das alles nicht.«

»Kam es öfter vor, dass Ihr Bruder mit dem Segelboot Ihres Vaters unterwegs war?«, wollte Elif wissen.

»Es liegt im Passathafen. Jan und ich hatten jederzeit die Möglichkeit, es zu nutzen. Mein Vater fährt nur noch sehr selten raus. Jan erwähnte vor drei Wochen, dass er es wieder ins Wasser lassen will.«

»Kommen wir noch einmal auf diese andere Person an Bord des Bootes zurück«, sagte Ole. »Einiges deutet darauf hin, dass es sich um einen Mann gehandelt hat. Und es wäre möglich, dass derjenige Ihren Bruder getötet hat. Denken Sie bitte genau nach, ob Ihr Bruder in letzter Zeit irgendetwas in die Richtung erwähnt hat. Hatte er Probleme oder Streit mit jemandem? Gibt es Freunde oder Geschäftspartner, mit denen er sich in der Vergangenheit schon mal auf dem Boot getroffen hat? Oder sonst jemanden, mit dem er öfter einen Törn gemacht hat?«

»Ich weiß es nicht«, antwortete Caroline Ahrens zögerlich. »Über Privates haben wir wenig gesprochen. Und in Sachen Kutterfutter hat er sich von mir auch wenig reinreden lassen.«

»Aber Sie sind doch die Betriebsleiterin des Stammhauses, wenn ich das richtig verstanden habe«, sagte Elif überrascht. »Sie werden sich doch sicherlich häufig mit Ihrem Bruder darüber ausgetauscht haben.«

»Ich mache das Jan zuliebe, aber nur für ein paar Monate, weil die alte Betriebsleiterin überraschend gekündigt hat.«

»Darf ich fragen, was Sie davor beruflich gemacht haben?«, fragte Ole nach.

»Ich engagiere mich auch jetzt noch ehrenamtlich in verschiedenen Positionen.«

Also ging sie eigentlich keiner bezahlten Arbeit nach, schloss Ole daraus. Vielleicht verdiente ihr Mann genug Geld.

»Sind Sie verheiratet?«

»Nein, aber ehrlich gesagt verstehe ich diese Fragen nicht. Was hat das mit dem Tod von Jan zu tun?«

»Gar nichts, entschuldigen Sie bitte. Sprechen wir über Ihren Bruder. Wir müssen so viel wie möglich über sein Leben erfahren, auch wenn es schwer für Sie ist, darüber zu reden. Wir wissen noch nicht viel über den Tathergang, doch müssen wir aktuell davon ausgehen, dass er seinen Mörder gekannt hat. Das bedeutet, dass jede kleine Information durch Sie für uns von großer Bedeutung sein kann.«

»Was genau wollen Sie denn von mir wissen?«

»Ihr Bruder ist geschieden, ist das richtig?«

»Ja, das liegt aber schon ein paar Jahre zurück.«

»Und aus dieser Beziehung stammt sein Sohn?«

Kaum hatte Ole die Frage gestellt, brach Caroline Ahrens wieder in Tränen aus. Der Gedanke an das Kind schien ihr sehr zuzusetzen.

Aus dem Augenwinkel erkannte er, dass auch Elif schwer schluckte und die linke Hand vor den Mund hielt.

»Hatte er Kontakt zu seinem Sohn?«, bohrte Ole weiter

nach, obwohl es auch ihm alles andere als leichtfiel, die Befragung weiterzuführen.

»Nicht so intensiv«, antwortete Caroline Ahrens. »Er und Stella hatten nach der Trennung kein gutes Verhältnis zueinander.«

»War Ihr Bruder aktuell in einer neuen Beziehung?«

»Das weiß ich ehrlich gesagt nicht. Wie vorhin schon erwähnt, hat Jan nicht viel über sein Privatleben gesprochen. Ich weiß, dass er vor einiger Zeit noch mal eine Freundin hatte. Malin hieß sie, der Nachname fällt mir gerade nicht ein. Sie waren aber nur ein paar Monate zusammen. Ich glaube, es war nicht immer einfach, mit meinem Bruder zusammen zu sein.«

»Wie meinen Sie das?«

»Was den Job anging, stand er immer unter Volldampf.« Caroline Ahrens klang plötzlich eher nachdenklich als traurig. »Uns als Familie gegenüber hat er sich dagegen immer ziemlich distanziert gezeigt. Ich glaube, so war es auch bei Stella. Jan war niemand, der über Gefühle reden konnte. Er hat sich lieber in die Arbeit gestürzt, wenn ihm privat etwas zu schaffen machte.«

»Wissen Sie denn, ob es Streitigkeiten zwischen ihm und seiner Ex-Frau oder der späteren Partnerin gegeben hat?«, fragte Elif nach.

»Das wäre mir neu«, antwortete Caroline Ahrens. »Natürlich geht eine Ehe nur selten geräuschlos auseinander, aber Jan mochte eigentlich kein böses Blut.«

»Eigentlich?«

»Jan kann …« Sie hielt inne und schluckte erneut schwer. »Also er konnte durchaus anstrengend sein, wenn etwas oder jemand nicht so funktionierte, wie er sich das vorstellte. Dann hat er gerne und ausgiebig diskutiert, was nicht immer einfach für seine Mitmenschen war. Aber an einen richtig heftigen Zoff kann ich mich nicht erinnern.«

»Denken Sie bitte noch einmal nach, vielleicht fällt Ihnen doch etwas ein, das uns bei der Suche nach der unbekannten Person auf dem Boot weiterhelfen kann.«

»Mir fehlt die Vorstellungskraft, wer zu so etwas fähig sein könnte.« Wieder wurden ihre Augen feucht.

Ole spürte, dass das Gespräch festgefahren war. Caroline Ahrens schien ihnen im Moment nicht mehr weiterhelfen zu können. Immerhin hatten sie erste Eindrücke bekommen, was für ein Mensch Jan Ahrens gewesen war. Dass er sich nach außen ganz anders gegeben hatte als gegenüber seiner eigenen Familie, war ein interessanter Hinweis.

»Wir möchten Sie jetzt nicht länger mit unseren Fragen quälen«, sagte er schließlich. »Wenn Ihnen noch etwas einfallen sollte, melden Sie sich bitte sofort bei uns.« Er zog eine Visitenkarte aus seiner Jackentasche und hielt sie ihr hin.

»Ich hoffe sehr, dass Sie denjenigen finden, der das getan hat. Auch wenn Jan und ich uns vielleicht nicht so nahestanden, wie es für Geschwister normal sein könnte, aber mir reißt das gerade wirklich den Boden unter den Füßen weg.«

»Verständlich«, sagte Ole. »Vielleicht wäre es besser, wenn Sie das Restaurant für ein paar Tage schließen. Selbst wenn wir den Namen Ihres Bruders nicht an die Öffentlichkeit herausgeben werden, steht zu befürchten, dass die Medien schnell Wind von der Sache bekommen.«

Caroline Ahrens nickte, aber ihr war förmlich anzusehen, dass sie keine Ahnung hatte, wie es weitergehen sollte.

»Ich hätte noch eine Frage«, sagte Elif plötzlich. »Auf dem Weg hierher habe ich mich ein wenig über Ihre Familie informiert. Wenn ich es richtig verstanden habe, haben Sie noch einen weiteren Bruder. Wir würden gerne auch mit ihm sprechen. Ich habe allerdings nichts darüber finden können, wo er wohnt.«

Für den Bruchteil einer Sekunde konnte Ole eine Veränderung in Caroline Ahrens' Gesicht erkennen. Ein Augenaufschlag zu viel. Ein kurzes Zucken der Mundwinkel.

»Da kann ich Ihnen leider nicht helfen«, sagte sie. »Ich habe von Henning schon lange nichts mehr gehört. Er lebt in Kopenhagen.«

»Hatten Jan und er denn Kontakt zueinander?«

Caroline Ahrens schien nach den richtigen Worten zu suchen. Fahrig strich sie sich durch die Haare.

»Weshalb zögern Sie mit Ihrer Antwort?«

»Der Grund, weshalb Henning Lübeck vor einigen Jahren verlassen hat, war ein schlimmer Streit zwischen Jan und ihm.«

»Also konnte er doch streiten.«

»Nur in diesem einen Fall.«

»Worum ging es denn dabei?«

»Hören Sie, ich weiß erst seit ein paar Minuten, dass Jan tot ist.« Caroline Ahrens' plötzlich so entschiedener Tonfall ließ keinen Zweifel daran aufkommen, dass sie keine Lust auf weitere Fragen hatte. »Darum möchte ich nicht über alte Geschichten reden, die uns damals sehr belastet haben und für Ihre Ermittlungen von keinerlei Bedeutung sind.«

»Was für uns von Bedeutung ist, entscheiden wir in der Regel selbst«, erwiderte Ole etwas härter, als es vielleicht angemessen war, wie er sofort an ihrer Reaktion merkte. Sie wich einen Schritt zurück und verschränkte die Arme vor dem Körper.

Ole musterte Caroline Ahrens erneut. Er würde sie heute nicht dazu drängen, ihnen von den Problemen zwischen ihren beiden Brüdern zu erzählen, aber selbstverständlich mussten sie darauf bestehen, alles in Erfahrung zu bringen, was von Bedeutung sein konnte. Und daran, dass es in der Familie Ahrens größere und kleinere Unstimmigkeiten gegeben hatte, konnte nach diesem Gespräch kein Zweifel bestehen.

Büchse der Pandora

Um kurz nach zwölf parkten Morten und Ida-Marie vor dem Haus in der Elsässer Straße. Sie hatten sich vergewissert, dass Kollegen der Streife Christian Ahrens bereits über den mutmaßlichen Tod seines Sohns informiert hatten. Zur Todesursache hatten sie sich allerdings nicht geäußert.

Morten hatte in seiner Zeit bei der Kripo erst ein Mal die Nachricht vom Tod eines Menschen überbringen müssen, aber dieser Moment unerträglicher Beklommenheit war ihm in Erinnerung geblieben. Es gab nichts Schlimmeres in diesem Job als die Situation, in der nichts ahnende, hoffnungsvolle Menschen vor ihm standen, in sein ernstes Gesicht blickten und sofort begriffen, weshalb er gekommen war. Todesbote zu sein war wahrlich nicht der Grund, weshalb er Kriminalpolizist geworden war.

In der stattlichen Villa mit Blick auf die Wakenitz wohnte Christian Ahrens in einer Eigentumswohnung in der unteren Etage. Nachdem sie geklingelt und ihr Anliegen über die Sprechanlage erläutert hatten, ertönte der Summer, und die Tür zum Treppenhaus ließ sich öffnen.

Der ehemalige Wirtschaftssenator Lübecks stand in der Tür seiner Wohnung, die links gegenüber der Treppe abzweigte. Ahrens hatte trotz seines Alters noch volles, leicht gewelltes Haar, das in den Spitzen ergraut war. Dadurch sah er weit jünger aus, als seine zweiundachtzig Jahre vermuten ließen. In der rechten Hand hielt er allerdings einen Stock mit einem silbernen Knauf.

Morten versuchte, etwas aus dem Gesicht des Mannes abzulesen, aber Ahrens blickte ihn und Ida-Marie regungslos an. Fast wie versteinert. Vielleicht war das seine Form von Trauer.

Wie Ida-Marie und er zuvor vereinbart hatten, trat Morten als Erster auf Ahrens zu, um die Gesprächsführung zu übernehmen. Ida-Marie würde sich erst mal zurückhalten und nur eingreifen, wenn aus ihrer Sicht noch Fragen offen waren.

»Morten Sandt, Kriminalpolizei Lübeck«, stellte er sich vor. »Und das ist meine Kollegin, Kommissariatsleiterin Ida-Marie Berg. Zuallererst möchten wir Ihnen unser Beileid aussprechen.«

»Nicht nur, weil ich mehr als fünfzehn Jahre Senator dieser Stadt gewesen bin, weiß ich ganz genau, was es mit hoher Wahrscheinlichkeit bedeutet, wenn die Kriminalpolizei sich einmischt«, sagte Ahrens mit ruhiger Stimme. »Ich muss wohl davon ausgehen, dass Jans Tod kein Unfall war?«

»Können wir uns vielleicht in Ihrer Wohnung im Detail darüber unterhalten?«

»Wenn es für Sie dann einfacher ist«, antwortete Ahrens lapidar. »Ich könnte darauf gut verzichten.«

Perplex über diese Antwort, musste Morten sich kurz sammeln. »Wir haben einige Fragen, die wir Ihnen nicht zwischen Tür und Angel stellen möchten.«

»Jaja, schon gut, treten Sie ein«, sagte Ahrens und wandte sich langsam um.

Morten und Ida-Marie folgten ihm in die geräumige Altbauwohnung, die schon nach wenigen Schritten den Eindruck machte, als befänden sie sich in einem Museum für lübsche Geschichte. Der Flur und das große Wohn- und Esszimmer, das sie betraten, erinnerten fast ein wenig an die altehrwürdige Schiffergesellschaft. Überall hingen Modelle alter Schiffe von der Decke. Von den holzvertäfelten Wänden wurden sie von durchdringenden Blicken in Öl gemalter, jahrhundertealter Persönlichkeiten verfolgt. Wie in der Bürgermeistergalerie im Lübecker Rathaus, dachte Morten, während er sich beeindruckt umsah.

»Nehmen Sie irgendwo Platz oder bleiben Sie stehen, ist mir egal.« Christian Ahrens klang gleichermaßen apathisch wie traurig.

Morten und Ida-Marie entschieden sich für das rote Biedermeier-Sofa gegenüber dem Schaukelstuhl, in dem Ahrens Platz genommen hatte. Sie bereuten es sofort. Die Polsterung war so hart und ungemütlich, dass Morten sich nur schwer vorstellen konnte, wie sich damals, als diese Möbel chic gewesen waren, jemand freiwillig darauf niedergelassen hatte.

»Sie haben recht«, begann er schließlich das Gespräch und überwand seine unterschwellige Hemmung, dem Mann die Wahrheit zu sagen. »Es war kein Unfall, Ihr Sohn wurde leider Opfer eines Verbrechens. Er wurde erschossen, und wir gehen davon aus, dass es auf Ihrem Boot passiert ist.«

Ahrens nickte. Ganz langsam nur, als wolle er sich selbst davon überzeugen, dass es kein böser Traum war, den er gerade erlebte.

»Vorab noch eine andere Frage«, sagte Morten. »Ist es richtig, dass Ihre Ex-Frau, Jans Mutter, bereits vor einigen Jahren verstorben ist?«

»Vor fünf Jahren, wenn ich es richtig in Erinnerung habe«, antwortete Ahrens.

»Sie waren aber schon länger geschieden?«

»Viel länger sogar.«

Aus der knappen Reaktion war herauszuhören, dass Ahrens nicht daran interessiert war, über seine ehemalige Frau zu reden.

»In Ordnung, dann lassen Sie uns über Ihren Sohn sprechen«, sagte Morten. »Wir haben Hinweise gefunden, dass er und eine weitere Person auf dem Boot waren. Offenbar haben diese beiden dort auch mindestens eine Nacht verbracht. Haben Sie irgendeine Idee, wer diese zweite Person gewesen sein kann?«

»Denken Sie ernsthaft, ich wüsste, mit wem sich Jan abgegeben hat? Ich habe ihm immer gesagt, dass er aufpassen muss, aber er wollte ja nicht hören. Es ist das passiert, wovor ich ihn immer wieder gewarnt habe.«

»Würden Sie das bitte etwas genauer erläutern? Wovor genau haben Sie ihn zu warnen versucht?«

»Jan war einer der besten Schüler in seinem Jahrgang, er hat anschließend sein Studium der Volkswirtschaftslehre mit Auszeichnung bestanden. Er war in dem Institut, in dem er arbeitete, bereits ein großes Stück auf der Karriereleiter nach oben geklettert und hätte ein Top-Ökonom in Deutschland werden können. Aber er hat alles an die Wand gefahren, weil er plötzlich diese Schnapsidee gehabt hat.«

»Sie hatten also ein Problem damit, dass er eine Restaurantkette gegründet hat?«, hakte Morten nach.

»Selbstverständlich«, reagierte Ahrens nun etwas energischer. »Jemand mit seinem Talent kann doch nicht ernsthaft Fish and Chips und Matjesbrötchen verkaufen.«

»Aber er hat sich dafür entschieden und war äußerst erfolgreich darin. Ihr Sohn war Unternehmer des Jahres und hat seine Marke in kürzester Zeit ziemlich bekannt gemacht.«

»Mein Sohn ist tot, ich will in diesem Moment nicht darüber urteilen, wie er sein Leben geführt hat, auch wenn ich natürlich eine Meinung dazu habe.«

»Aber welche Gefahren haben Sie denn gesehen, dass Sie ihn warnen mussten?«, ließ Morten nicht locker. »Kutterfutter ist ein anerkanntes Unternehmen, das sich großer Beliebtheit erfreut.«

»Um ehrlich zu sein, weiß ich gar nicht viel darüber, aber ich habe immer mal wieder mitbekommen, dass diese Branche nicht unbedingt das richtige Umfeld für jemanden ist, dem im Leben alle Türen offenstehen.«

»Wir haben verstanden, dass Sie sich für Ihren Sohn einen anderen beruflichen Weg gewünscht hätten, aber wie kommen Sie darauf, dass er als Restaurantbesitzer gefährlich lebte?«

»Ich habe nur ein einziges Mal gesehen, mit welchen Personen er zu tun hatte, das hat mir gereicht. Absolut unter seiner Würde. Da war niemand mit einem guten Bildungshintergrund. Niemand auf seiner Augenhöhe.«

»Davon abgesehen, dass Sie möglicherweise eine falsche Wahrnehmung von dem Unternehmen Ihres Sohnes haben«, reagierte Morten nun deutlich weniger verständnisvoll, »würde es mich interessieren, ob Sie einen konkreten Verdacht haben oder nur Ihrem Unmut über die Karriere Ihres Sohns Luft machen wollen.«

»Seit er mit meinem Geld diese Fressbude aufgemacht hatte, war er ein anderer Mensch. Und das lag vor allem an dem Umfeld.«

»Dann erläutern Sie das doch bitte etwas genauer.«

»Eines Tages, als er die Idee zu dem ganzen Irrsinn hatte, tauchte er hier mit äußerst zwielichtigen Personen auf, die ihm angeblich einen Kredit in Millionenhöhe geben wollten.« Christian Ahrens' Stimme bebte jetzt regelrecht. »Ich gehe bis heute davon aus, dass es sein Ziel war, mich auf diese Weise zu erpressen, damit ich ihm aus Sorge das Geld gebe, was ich schließlich auch getan habe. Ich konnte einfach nicht zulassen, dass er sich von solchen Menschen abhängig macht. Hätte ich gewusst, dass dadurch erst die Büchse der Pandora geöffnet wird, hätte ich ihn allerdings mit allen Mitteln davon abzubringen versucht, überhaupt in diese Branche einzusteigen. Spätestens als seine Ehe scheiterte, wusste ich, dass das alles ein riesiger Fehler war.«

»Sie ist also daran zerbrochen, dass Ihr Sohn erfolgreicher Gastronom war?«

»Im Grunde schon«, antwortete Ahrens. Er stützte sich jetzt auf seinen Stock und erhob sich etwas mühevoll, aber klaglos von seinem Sessel. Langsam ging er vor bis an die große Glastür, die den Blick auf den beinahe parkähnlichen Garten und die Wakenitz öffnete, und blieb mit dem Rücken zu ihnen stehen.

»Jan hat sich verändert«, sagte er nach einer Weile. Er klang jetzt wieder deutlich ruhiger. »Früher war er ein zurückhaltender und feinsinniger Mensch. Aber in den letzten Jahren hat er sich zu einem angeberischen und arroganten Schnösel entwickelt. Ich habe meinen Sohn bisweilen nicht wiedererkannt. Ich weiß, dass es seiner Frau genauso erging. In der tiefsten Krise der beiden habe ich ihr dazu geraten, sich von ihm zu trennen, nachdem sie mir erzählt hatte, wie er sich ihr gegenüber verhielt. Wie selten er zu Hause war und mit wem er sich ihrer Vermutung nach herumtrieb.«

»Mit wem denn?«, fragte Morten gespielt unbedarft.

»Flittchen«, brach es aus Ahrens heraus. »Jan hat Stella betrogen, da bin ich mir sicher. Mit Angestellten oder auch nach der Arbeit, wenn er noch um die Häuser gezogen ist. Er hat nicht nur seine eigene Karriere geopfert, sondern seine Familie noch dazu.«

»Noch einmal meine Frage«, drängte Morten so ruhig, wie es ihm möglich war, »haben Sie irgendeinen konkreten Verdacht, wer Ihren Sohn getötet haben kann? Oder sind das doch eher Vermutungen, weil Sie seinen Lebenswandel nicht gutgeheißen haben?«

»Sprechen Sie doch einfach mit Stella, sie wird Ihnen alles über meinen Sohn erzählen. Ich habe immer versucht, möglichst wenig davon an mich heranzulassen. Hätte ich das getan, wäre ich daran wahrscheinlich zugrunde gegangen.«

»Und jetzt?«, fragte Morten.

»Was meinen Sie?« Ahrens wandte sich ihnen wieder zu.

»Wie schwer trifft Sie der Tod Ihres Sohns?« Morten merkte sofort, dass seine Frage wirklich unverschämt klang. Schnell schob er hinterher: »Sie haben bislang sehr gefasst reagiert und reden meines Erachtens nicht sonderlich gut über ihn.«

»Glauben Sie ernsthaft, ich würde hier vor Ihnen meinen Gefühlen freien Lauf lassen?«, brachte Ahrens barsch hervor. »Mein Sohn ist tot. Kein Vater möchte sein Kind zu Grabe tragen, daran ändert auch die Tatsache nichts, dass wir uns in den letzten Jahren nicht mehr so nahestanden.«

»Natürlich«, ruderte Morten etwas zurück. »Wir werden Sie mit unseren Fragen jetzt auch nicht länger in Ihrer Trauer stören.«

Er suchte den Blickkontakt zu Ida-Marie. Sie zuckte unauffällig mit den Schultern als Zeichen dafür, dass sie keine weiteren Fragen hatte. Auch er wusste für den Moment nicht, wo er bei Christian Ahrens noch einmal ansetzen sollte. Sein Gefühl war, Vater und Sohn hatten sich so weit voneinander entfernt, dass sie hier nicht unbedingt Antworten erhielten, die ihnen bei der Suche nach dem Täter halfen.

Fest stand jedoch, dass ihm das Verhalten von Christian Ahrens alles andere als sympathisch war. Die Abfälligkeit, die in seinen Worten mitschwang, wenn er über seinen Sohn sprach, war schwer zu ertragen. Morten wunderte sich über sich selbst, dass er so ruhig geblieben war.

Sie bedankten sich dennoch bei dem ehemaligen Senator, nicht ohne darauf hinzuweisen, dass sie nicht ausschließen konnten, ihm bei anderer Gelegenheit weitere Fragen stellen zu müssen.

Als sie auf die Straße traten, klingelte Mortens Handy. Er sah, dass es Ole war.

»Habt ihr schon mit dem alten Ahrens gesprochen?«, kam der Kollege direkt zur Sache.

»Ja, wir sind gerade raus aus seiner Villa.«

»Hat er erwähnt, dass er noch einen weiteren Sohn namens Henning hat?«

»Nein. Wir haben allerdings auch nicht über seine Tochter gesprochen.«

»In dieser Familie scheint einiges im Argen zu liegen«, erklärte Ole. »Jan Ahrens und sein Bruder waren schwer zerstritten. Auch Caroline selbst hatte keinen besonders engen Kontakt zu Jan.«

»Mein Eindruck ist, dass Jan Ahrens im Umgang nicht gerade der Einfachste war, wenn er auch mit seinen Geschwistern über Kreuz lag«, sagte Morten. »Die Beziehung zu seinem Vater war nämlich ebenfalls alles andere als gut. Der hatte große Probleme damit, dass sein Sohn in die Gastronomie eingestiegen ist. Er sieht darin auch den Grund für das Scheitern seiner Ehe.«

»Caroline Ahrens hat allerdings betont, dass ihr Bruder niemand gewesen wäre, der auf Streit aus war«, warf Ole ein.

»Sie hat ihn lediglich als anstrengend und ungeduldig bezeichnet.«

»Weißt du, welche Probleme es zwischen den Brüdern gegeben hat?«, fragte Morten.

»Nein, die Schwester wollte nicht darüber sprechen, aber ich bin mir sicher, dass sie weiß, was zwischen ihnen vorgefallen ist. Jedenfalls war der Streit offenbar auch der Grund, weshalb Henning Ahrens seit einigen Jahren in Dänemark lebt.«

»Gibt es denn bislang irgendeinen Hinweis, dass er seinen Bruder erschossen haben könnte?«, fragte Morten skeptisch.

»Nicht dass ich wüsste. Wir müssen ihn allerdings ausfindig machen. Ich schlage vor, wir setzen uns so schnell wie möglich im Präsidium zusammen und besprechen, was als Nächstes zu tun ist.«

»In Ordnung, dann sehen wir uns gleich.« Morten legte auf und dachte noch über das Gespräch nach, während er sich nach Ida-Marie umsah.

Sie hatte sich einige Meter entfernt und telefonierte ebenfalls. Dem ersten Reflex, sich wieder in den Wagen zu setzen, widerstand Morten und tat so, als suche er etwas im Kofferraum. Hier am Heck befand er sich in Hörweite von Ida-Marie. Er war neugierig, warum er dieses Gespräch offenbar nicht mitbekommen sollte. Vielleicht telefonierte sie mit der Polizeipräsidentin, und es ging um seine Rolle in den Ermittlungen. Er spitzte die Ohren. Nach wenigen Sekunden war ihm klar, dass sie nicht mit Solveig Schröder sprach, sondern mit jemandem, der ihr sehr nahestehen musste.

»Ich habe dir oft genug gesagt, dass ich das nicht will. Hör einfach auf damit.« Ida-Marie hielt inne, als sie ihn bemerkte. »Ich muss jetzt auflegen.« Ohne noch ein weiteres Wort zu sagen, beendete sie das Telefonat.

Morten knallte die Kofferraumklappe seines alten Peugeots laut zu, damit Ida-Marie nicht den Verdacht hegte, er hätte sie belauscht. Möglichst unauffällig ging er zur Fahrertür und schloss auf.

Erst jetzt warf er einen verstohlenen Blick zu seiner Chefin hinüber. Sie machte einen aufgewühlten Eindruck. Es schien, als habe sie Tränen in den Augen. Irgendetwas musste ihr stark zusetzen. Und er war sich einigermaßen sicher, dass es nichts mit ihren Ermittlungen zu tun hatte.

Unkontrollierbar

Zum ersten Mal stand Morten bei einer Pressekonferenz der Mordkommission nicht hinten im Raum und hörte Birger oder Ida-Marie zu, wie sie die Meute in Schach hielten, sondern saß selbst vorn und beantwortete hin und wieder Fragen, wenn Ida-Marie ihm einen fast flehenden Blick zuwarf.

Es hatte ihn überrascht, als sie fragte, ob er sie unterstützen wolle. Immerhin hatte sie ihn in den vergangenen Monaten eher mit Samthandschuhen angefasst und von jeglichen Medienanfragen ferngehalten. Und ihre Ansage, ihn unter besonderer Beobachtung zu haben, hallte auch noch immer nach.

Aber er war froh, dass sie ihm trotzdem vertraute. Auch weil er sich sicher war, dass die beste Therapie Normalität und jede Menge Arbeit waren. Auf keinen Fall durfte er zu viel Langeweile verspüren, denn dann kamen die Bilder von Jens Bachmann und dem perfekten Schuss in der Regel mit Ansage zurück.

Auf der Fahrt zurück ins Präsidium hatte er immer mal wieder einen verstohlenen Blick rüber zu Ida-Marie geworfen. Sie hatte sich nach ihrem Telefonat schnell wieder beruhigt und sich nicht anmerken lassen, dass privat bei ihr offenbar einiges im Argen lag, sodass Morten sie auch nicht darauf angesprochen hatte. Jeder hatte seine eigenen Probleme, das eine kleiner, das andere größer. Das traf nicht nur auf ihn selbst zu. Vielleicht würde sich zu einem späteren Zeitpunkt noch die Gelegenheit ergeben, sie zu fragen, ob bei ihr alles in Ordnung war.

Das Teammeeting war aufgrund der bevorstehenden Pressekonferenz recht kurz ausgefallen. Sie hatten sich in Ida-Maries Büro versammelt und darauf verzichtet, sich an den kleinen Tisch zu setzen. Nach einem kurzen Austausch über die Gespräche, die sie geführt hatten, waren sie sich einig gewesen, solange die Ergebnisse aus der Kriminaltechnik und der Rechtsmedizin noch nicht vorlagen, mehr über das Leben von Jan Ahrens herausfinden zu müssen. Außerdem wollten sie dessen Bruder Henning ausfindig machen und in diesem Zusammenhang die dänischen Kollegen in Kopenhagen um Hilfe bitten. Wer mit der Ex-Frau des Opfers sprechen sollte, würden sie im Anschluss an die Pressekonferenz klären. Darüber hinaus hatte Ole von einer weiteren Beziehung zwischen Jan Ahrens und einer Malin berichtet, die aber auch bereits vor einiger Zeit in die Brüche gegangen sei.

Zum Abschluss hatte Elif noch das Wort ergriffen. Morten hatte in sich hineingehört, ob die Nähe zu ihr irgendetwas Negatives in ihm auslöste, aber auf einmal eine gewisse Neutralität empfunden, die ihn sogar beruhigte. Da war kein Bild von einer Pistolenkugel, die er aus seiner Waffe auf sie abfeuerte.

Elif berichtete, dass Jan Ahrens auf den bekannten Social-Media-Kanälen sehr präsent war. Dabei hatte er nicht nur für Kutterfutter geworben, sondern auch immer wieder sein persönliches Leben gezeigt. Auf Reisen, öffentlichen Veranstaltungen in ganz Schleswig-Holstein oder auch auf dem Boot des Vaters. Das letzte Foto auf Facebook hatte er vor sieben Tagen gepostet, dem Hintergrund nach zu urteilen allerdings nicht in der Pötenitzer Wiek, sondern mitten auf dem Meer, wahrscheinlich auf der Ostsee. Es war kein Selfie, wer also hatte das Foto von Ahrens gemacht? Etwa sein Mörder? Das würde die Vermutung nahelegen, dass Ahrens und die unbekannte Person nicht nur in der Wiek geankert hatten, sondern auch raus aufs offene Meer gesegelt waren.

Sie mussten dringend die letzten Tage im Leben von Ahrens und wohin er mit der »Gloria« gesegelt war rekonstruieren. Obwohl Morten aktuell keine Ahnung hatte, wie sie das anstellen sollten, wenn sich kein Zeuge bei ihnen meldete, der etwas beobachtet hatte.

Er blickte durch die Stuhlreihen des Raums in der fünften Etage des Polizeipräsidiums, den sie meistens für Seminare, Vorträge oder eben auch Pressekonferenzen nutzten. Es schien so, als hätte keiner der Medienvertreter eine weitere Frage. Sie hatten so gut wie möglich Auskunft über den Stand der Ermittlungen gegeben, wobei sie sich auf den Fundort und die Tatsache, dass der Mord bereits einige Tage zurücklag, konzentriert hatten. Den Namen des Opfers hatten sie nicht preisgegeben, damit wollten sie vorerst noch warten, weil der Tod von Jan Ahrens durch dessen Bekanntheitsgrad zweifellos einigen Aufruhr erzeugen würde.

Auch das Boot mit der unbekannten zweiten Person an Bord war noch unerwähnt geblieben. Aus ermittlungstaktischen Gründen. Wobei Morten gegenüber Ida-Marie angemerkt hatte, dass dem Täter bewusst sein dürfte, dass sie aufgrund der gefundenen Kleidung über seinen Aufenthalt auf dem Boot Bescheid wissen mussten. Dennoch hatte seine Chefin dafür plädiert, mit der Herausgabe dieser Information erst einmal zu warten, bis sie aus der Kriminaltechnik und der Rechtsmedizin Details zum Täterprofil erhalten hatten.

Ida-Marie setzte zu ihren Schlussworten an, als plötzlich eine Frau mit langen braunen Haaren und großen grünen Augen in einer der hinteren Reihen ihren Arm hob. Morten versuchte, sich zu erinnern, von welcher Zeitung oder welchem Sender sie kam, aber ihr Gesicht kam ihm gänzlich unbekannt vor. Ida-Marie nickte ihr zu, als Zeichen dafür, dass sie ihre Frage noch stellen durfte.

»Paula Hinrichs, ›Lübecker Nachrichten‹«, stellte sich die Frau vor. »Stimmt es, dass es sich bei dem Toten um Jan Ahrens, den bekannten Gastronomen, handelt?«

Morten und Ida-Marie tauschten einen kurzen Blick, dann nickten sie sich gegenseitig zu. Sie waren sich im Vorfeld darüber im Klaren gewesen, dass die Information über die Identität des Opfers bereits nach außen gedrungen sein konnte, vor allem weil der Mord bereits Tage zurücklag und es mit Sicherheit Personen geben musste, die sich Sorgen um Ahrens machten. Der Tod eines in der Öffentlichkeit stehenden Menschen machte schneller die Runde, als sie überhaupt reagieren konnten.

»Wir kommentieren keine Namen«, antwortete Ida-Marie unbeeindruckt. »Und wir möchten Sie bitten, dass Sie die Persönlichkeitsrechte achten und darauf verzichten zu spekulieren, um wen es sich bei dem Opfer handelt. Wir werden uns dazu äußern, wenn wir es für richtig halten.«

»Der Name kursiert ohnehin schon überall«, sagte Paula Hinrichs ungerührt. »Sie brauchen sich keine Mühe zu geben, ihn unter der Decke zu halten.«

»Das lassen Sie mal unsere Sorge sein«, entgegnete Ida-Marie jetzt deutlich bestimmter.

»Wie Sie meinen. Ich hätte aber noch eine Frage an Sie, Herr Sandt.«

»Bitte«, sagte Morten durchaus geschmeichelt.

»Glauben Sie, dass Sie es wieder tun werden? Also so wie bei Jens Bachmann?«

Morten erstarrte augenblicklich. Hatte diese Journalistin das gerade wirklich gesagt? Was bildete sie sich ein? Er spürte, wie sein Puls augenblicklich in die Höhe schoss. Voller Wut ballte er seine Faust und schlug auf den Tisch, an dem sie saßen.

Einige Sekunden vergingen, in denen ihm unzählige Dinge durch den Kopf schossen. Bis ihm plötzlich Ida-Maries entgeisterter Blick von der Seite auffiel. Und im nächsten Moment noch ungläubigere Gesichter aus den Reihen der Medienvertreter.

Er hatte ihre Frage offenbar völlig in den falschen Hals bekommen. Die Worte waren vielleicht etwas unglücklich gewählt, aber diese Hinrichs hatte ihm wahrscheinlich nicht den finalen Schuss auf Bachmann vorgeworfen, sondern sich auf die Tatsache bezogen, dass er den Täter ausgeschaltet und einen weiteren Mord verhindert hatte.

»Entschuldigung«, sagte er leise ins Mikro. »Da habe ich wohl etwas falsch verstanden. Selbstverständlich werde ich erneut alles daransetzen, dass wir den Täter dingfest machen, bevor noch Schlimmeres passiert.«

Ida-Marie presste ein schnelles »Danke« hervor und stand

so abrupt auf, dass keiner der Anwesenden noch eine weitere Frage stellen konnte.

»In mein Büro«, zischte sie in Mortens Richtung, ohne ihn eines Blickes zu würdigen, während sie ihre wenigen Unterlagen vom Tisch klaubte.

Morten folgte ihr mit gesenktem Kopf, um den Medienleuten, insbesondere der Frau von den »Lübecker Nachrichten«, nicht ins Gesicht sehen zu müssen.

»Was zum Teufel war das denn bitte schön?«, fragte Ida-Marie ungehalten, nachdem er die Tür ihres Büros hinter sich zugezogen hatte.

»Ich dachte, diese Journalistin hätte darauf angespielt, dass ich auch diesmal den Täter erschießen werde«, verteidigte sich Morten kleinlaut.

»Selbst wenn du eine Frage so missinterpretierst, musst du dich doch besser im Griff haben«, sagte sie streng. Auch Enttäuschung hörte Morten aus ihrer Stimme heraus.

»So geht das einfach nicht. Ich habe dir gesagt, dass Solveig uns kritisch beäugt. Wenn du in jeder Situation, die dich an die Sache mit Bachmann erinnert, so durchdrehst, muss ich dich nach Hause schicken.«

»Und ich habe dir doch gesagt, dass ich es unter Kontrolle habe«, erwiderte Morten kämpferisch. »Mir geht es gut, das vorhin war ein Missverständnis. Ich reagiere nun mal emotional, wenn ich das Gefühl habe, mir unterstellt jemand, dass ich Menschen bewusst erschieße, statt alles daranzusetzen, es nicht so weit kommen zu lassen.«

»Aber genau das hat diese Frau ja nicht behauptet«, sagte Ida-Marie kopfschüttelnd. »Du warst für einige Sekunden einfach nicht mehr Herr deiner Sinne.«

»Ich habe doch sofort gemerkt, dass das falsch von mir war. Vielleicht ist das ja ein Lernprozess, den ich durchlaufen muss.«

»Ich kann nur hoffen, dass die Presse aus deinem Auftritt keine Story aufbauscht. Das wäre das Letzte, was wir aktuell gebrauchen können.«

Morten suchte nach den passenden Worten zu seiner weiteren Verteidigung, aber ihm fiel nichts Sinnvolles mehr ein. Er konnte Ida-Marie verstehen – seine Reaktion war ein Beweis dafür, dass ihn die Sache doch viel mehr beschäftigte, als er zugeben wollte.

»Eine weitere Aktion wie diese wird nicht ohne Folgen bleiben«, sagte sie in schon deutlich ruhigerem Ton. »Geh bitte noch einmal in dich und denk darüber nach, ob du wirklich schon bereit bist für eine Ermittlung, wie sie jetzt vor uns liegt. Es wäre ein schwerer Schlag für uns, in der nächsten Zeit auf dich verzichten zu müssen, aber dich weiterhin einzusetzen, obwohl du psychisch angeschlagen bist, wäre absolut fahrlässig von mir.«

»Ist angekommen. So ein Verhalten wird nicht wieder vorkommen.« Morten versuchte weiterhin, das Ganze herunterzuspielen. Sein einziger Gedanke war, das Gespräch auf eine andere Ebene zu lenken. »Vielleicht hätten wir mit der Pressekonferenz einfach bis heute Abend oder morgen früh warten sollen«, sagte er.

»Und warum? Hättest du dann anders reagiert?«

»Nein, aber die Journalisten hätten uns andere Fragen gestellt, weil wir dann bereits mehr Informationen über den Täter gehabt hätten.«

»Wir mussten so schnell wie möglich vor die Presse treten«, sagte Ida-Marie entschieden. »Was meinst du, wie viele Anrufe ich seit heute Morgen schon bekommen habe?«

»Aber so müssen wir morgen wahrscheinlich noch einmal alle zusammentrommeln, wenn uns die Informationen, die wir an die Medien geben, auch nützlich sein sollen.«

»Dann ist das eben so«, entgegnete Ida-Marie kurz angebunden.

»Sollten wir uns eigentlich Sorgen machen, weil diese Journalistin weiß, dass es sich bei dem Toten um Jan Ahrens handelt?« Morten versuchte, das Gespräch am Laufen zu halten. Alles sollte normal wirken und er aufmerksam genug, auch solche Dinge im Auge zu behalten.

»Weiß nicht«, antwortete Ida-Marie. Sie schien nicht mehr richtig bei der Sache zu sein. »Wahrscheinlich hat sie den Namen von irgendwem zugesteckt bekommen und wollte sich etwas profilieren. Lange können wir ohnehin kein Geheimnis mehr daraus machen. Die Frau hat recht, es werden schon genug Leute wissen oder zumindest ahnen, dass es sich um Jan Ahrens handeln könnte.«

»Davon ist wohl auszugehen.«

»Ich habe hier noch jede Menge Papierkram auf dem Tisch liegen«, sagte sie und machte keinen Hehl daraus, dass die Unterhaltung für sie zu Ende war. »Einige dich mit Ole und Elif, wer die weiteren Gespräche führt.«

»Wolltest du nicht dabei sein? Elif und Ole haben sich in ihr Büro zurückgezogen, um so viel wie möglich über Ahrens' Privatleben und seine geschäftlichen Kontakte zu recherchieren. Wir beide könnten die Zeit nutzen, um mit Ahrens' Ex-Frau und seiner letzten Partnerin zu sprechen.«

»Ehrlich gesagt habe ich gerade absolut keine Zeit dafür«, seufzte Ida-Marie. »In einer halben Stunde will Solveig mich sprechen, und ich muss dringend weiteres Personal aus den anderen Kommissariaten anfordern, damit wir ein schlagkräftiges Team haben.«

»Ich kann auch alleine fahren«, sagte Morten vorsichtig.

»Genau das möchte ich aber nicht.« Sie blieb unnachgiebig. »Wenn du nicht mit Elif fahren willst, dann schnapp dir Ole.«

»Ich kann ihn ja mal fragen.«

»Das ist keine Bitte, sondern eine Aufforderung. Ohne jemanden an deiner Seite fährst du nirgendwohin.«

Morten fühlte sich zu schwach, um sich gegen ihre Worte zu wehren, die ihn unter anderen Umständen wahrscheinlich dazu veranlasst hätten, den Job bei der Kripo hinzuschmeißen. Wenn er nicht mehr Herr seiner eigenen Arbeit war, hatte das für ihn alles eigentlich keinen Sinn mehr. Aber weil er wusste, dass Ida-Marie in diesem Fall recht hatte, fehlte ihm jedes Argument, ihr zu widersprechen.

»Einigt euch bitte, wer was macht«, setzte sie noch einmal an. »Trotz deiner Probleme mit Elif möchte ich, dass ihr ein gutes Team seid und solche Entscheidungen eigenständig trefft.«

»Es fühlt sich manchmal ganz schön verrückt an«, sagte Morten. »Ich meine, immerhin bin ich erst seit ein paar Jahren dabei und trotzdem schon so etwas wie der Erfahrene. Ole und Elif sind noch grün hinter den Ohren, aber ermitteln ebenfalls schon auf eigene Faust. Ich weiß, dass du kaum Zeit hast, selbst bei den Ermittlungen –«

»Birger hat es als Kommissariatsleiter trotzdem gemacht«, unterbrach sie ihn. »Er hasste es, am Schreibtisch zu sitzen. Mit der Folge, dass leider ziemlich viel Orga-Kram liegen geblieben ist.«

»Apropos Birger«, sagte Morten. »Mir ist klar, dass es auf Dauer keine Lösung sein kann, immer wieder auf ihn zurückzugreifen, aber wenn wir aktuell personell so dünn besetzt sind und du mir unbedingt jemanden an die Seite stellen willst, wäre es doch vielleicht angebracht, ihn um Hilfe zu fragen, oder nicht?«

»Tu dir keinen Zwang an. Dass Birger kein fester Teil unseres Teams mehr ist, bedauere ich jeden Tag. Egal wie schwierig es manchmal mit ihm war, uns fehlt einfach seine Erfahrung.«

»Nicht nur das. Wir waren auch ein eingespieltes Team. Wir sind gut miteinander klargekommen. Ich werde ihn anrufen, vielleicht ist er bereit, die Gespräche gemeinsam mit mir zu führen.«

Ida-Marie blickte von ihren Unterlagen auf, durch die sie sich die ganze Zeit geblättert hatte, während sie miteinander sprachen. Ihre Augen verrieten plötzlich mehr Skepsis, als er erwartet hatte. »Zwei Männer, die nicht zu kontrollieren sind«, merkte sie an. »Eine Vorstellung, die mir vielleicht doch nicht so gut gefällt.«

»Ich kenne Simon nicht persönlich«, sprach Morten sie plötzlich auf ihren Lebensgefährten an, »aber wie ich gehört habe, tickt dein Privatermittler auch ein bisschen so wie Birger. Also dürftest du das doch kennen.«

»Mit Birger würde ich Simon nun nicht gerade vergleichen.« Ida-Marie setzte einen leicht beleidigten Gesichtsausdruck auf, der jedoch schnell in ein Grinsen überging. »Du hast recht, vielleicht ist es mein Schicksal, etwas verhaltensauffällige Männer in meiner Nähe zu haben.«

Auch Morten lächelte jetzt, obwohl er nicht einschätzen konnte, ob sie in ihre Worte auch ihn miteinbezog. Eigentlich hatte er das Gefühl, ein ziemlich normaler Typ zu sein. Fast ein wenig langweilig. Oder sollte er besser sagen, er war bis vor einiger Zeit ein ziemlich normaler Typ gewesen? Bevor er einem Menschen eine Kugel in den Kopf gejagt hatte.

Morten versprach Ida-Marie noch einmal, auf keinen Fall einen Alleingang zu machen, und verabschiedete sich von ihr. Er sah den Flur entlang – das Büro von Ole und Elif lag am anderen Ende. Große Lust verspürte er nicht, Ole zu fragen, ob er die Gespräche mit Ahrens' Ex-Partnerinnen mit ihm zusammen führen wollte. Aber Birger davon zu überzeugen, so kurzfristig in die Ermittlungen einzusteigen, erschien ihm noch aussichtsloser.

Schon von Weitem hörte er Elifs Stimme. Die Tür zu ihrem Büro stand einen guten Spalt offen. Als er nur noch wenige Meter entfernt war, konnte er einige Wortfetzen verstehen. Offenbar sprach sie nicht mit Ole, sondern telefonierte gerade.

Morten lehnte sich direkt neben dem Kaffeeautomaten an die Wand auf dem Flur und hörte zu.

»… das wirst du nicht tun. Hätte ich dir das bloß nicht erzählt.« Elifs Stimme klang aufgebracht, fast ein wenig verzweifelt.

»Es ist meine Entscheidung. Ich habe ein Versprechen abgegeben, und das werde ich halten. Egal wie sehr ich darunter leiden muss. Und du wiederum hast mir das Versprechen gegeben, mit niemandem darüber zu reden. Ich muss jetzt …«

Morten zuckte zusammen. Die Tür zu den Toiletten ein paar

Meter entfernt öffnete sich plötzlich. Im nächsten Moment trat Ole auf den Gang. Sofort versuchte Morten, irgendwie geschäftig zu wirken und über den Gang zu eilen, aber er spürte selbst, wie übertrieben und unnatürlich das aussehen musste.

»Warst du gerade bei Elif?«, fragte Ole, als sie aneinander vorbeigingen. »Oder wolltest du zu mir?«

»Ich …« Morten zögerte mit einer Antwort. »Ich wollte mir nur ein bisschen die Füße vertreten«, redete er sich schließlich heraus und ging rasch weiter in Richtung Treppenhaus.

»Alles in Ordnung bei dir?«, rief Ole hinter ihm her.

»Sicher«, murmelte Morten leise. »Alles in bester Ordnung.«

Kreisverkehr

Ole hatte noch nie ein eigenes Auto besessen. Seinen Führerschein hatte er erst vor ein paar Jahren gemacht, als er sich entschlossen hatte, es seinem Vater gleichzutun und zur Polizei zu gehen. Für private Zwecke hätte er es wohl nie für nötig gehalten, diesen Lappen sein Eigen zu nennen.

Viele Gelegenheiten hatte es in seinem Job aber noch nicht gegeben, sich aus dem kleinen Fahrzeugpool der Polizei einen Wagen zu leihen. Für seinen Besuch in der Rechtsmedizin entschied er sich für einen vollelektrischen VW up!, der in der Tiefgarage des Präsidiums stand.

Während er sich durch den dichten Feierabendverkehr am Berliner Platz quälte, musste er wieder an Morten denken. Irgendetwas stimmte nicht mit ihm. Seit er bei der Mordkommission war, verhielt er sich immer wieder sonderbar. Sein Trauma nach dem tödlichen Schuss auf Jens Bachmann war sicherlich eine verständliche Erklärung, aber manchmal wurde Ole das Gefühl nicht los, dass Morten die Probleme mit Elif noch stärker belasteten. Was immer auch zwischen den beiden stand, es schien so, als gäbe es einen Knoten, der so festgeschnürt war, dass nichts und niemand ihn lockern konnte.

Irgendetwas musste vorgefallen sein, als er vorhin kurz sein Büro verlassen hatte. Nicht nur, dass Morten hektisch an ihm vorbeigelaufen war, auch Elif hatte aufgewühlt gewirkt, als er zurückkam. Er hatte sie nur einen kurzen Moment lang angesehen, aber ihre feuchten Augen waren ihm nicht entgangen. Er hatte sich nicht zu fragen getraut, ob und was es mit Morten zu tun hätte.

Seine Gedanken wurden vom Klingeln seines Handys unterbrochen. Ole fischte es aus der Ablage neben sich und sah, dass es Jannik Unger von der Kriminaltechnik war. Er hatte ihn gebeten, sich bei ihm zu melden, sobald sie ihre Untersuchungen auf dem Boot endgültig abgeschlossen hatten.

Da sein Handy nicht mit der Freisprechanlage gekoppelt war, musste er mit der rechten Hand das Gespräch annehmen. Etwas ungeschickt führte er das Telefon zum Ohr. Nicht die beste Idee, weil er genau in diesem Moment aus dem Kreisverkehr in den St.-Jürgen-Ring abbiegen musste und von rechts ein Fahrradfahrer kam. Mit einer Vollbremsung kam er gerade noch rechtzeitig zum Stehen, bevor er den Mann voll erwischt hätte. Buchstäblich in letzter Sekunde.

Während er Janniks Stimme an seinem Ohr hörte, sah er dem fluchenden Radfahrer hinterher. Er spürte den Herzschlag in seiner Brust. Adrenalin pumpte durch seinen Körper.

»Alles okay?«

»Jetzt wieder«, antwortete Ole schwer atmend, nachdem er wieder angefahren und endlich aus dem Kreisel raus war.

»Ich sollte mich ja melden, sobald wir Neuigkeiten haben«, sagte Jannik. »Das wäre jetzt der Fall.«

»Dann hoffe ich mal, dass es etwas wirklich Wichtiges ist, wenn dafür um ein Haar ein Radfahrer sein Leben hätte lassen müssen.«

»Du redest schon so, als wärst du dreißig Jahre bei der Kripo«, entgegnete Jannik, ohne durchblicken zu lassen, ob er es ernst oder ironisch meinte. »Aber kommen wir zur Sache. Wir haben dieses Boot heute Mittag erst einmal nach Schlutup geschleppt, wo wir es in Ruhe inspiziert und alle Gegenstände von Bord geschafft haben. Von den Spuren, die wir gefunden haben, sind schon Proben im Labor in Kiel. Morgen werden wir über einige Dinge Gewissheit haben. Aber wir haben bereits jetzt ein paar interessante Sachen herausgefunden.«

»Spann mich nicht auf die Folter.«

»Was wirklich auffällig ist – wir haben keinerlei Hinweise auf die Identität der beiden Personen an Bord des Bootes finden können. Nicht ein einziges Schriftstück oder irgendeinen persönlichen Gegenstand, der direkte Rückschlüsse zuließe.

Nur Kleidung, zwei Kulturbeutel und ein Vorrat an Verpflegung, der wiederum so groß war, dass er bestimmt noch zwei Wochen gehalten hätte.«

»Eine Identifizierung ist also nur über die DNA möglich. Wissen wir denn eigentlich, wo die ›Gloria‹ unterwegs war, bevor sie in der Wiek ankerte?«, sagte Ole mehr zu sich selbst.

»Ich würde sagen, die Beantwortung dieser Frage ist euer Job«, meinte Jannik trocken. »Auf dem Boot gab es dazu jedenfalls keine Erkenntnisse. Also falls du hoffst, wir hätten ein Fahrtenbuch oder so etwas gefunden. Und über ein AIS verfügen solche Boote in der Regel auch nicht.«

»Natürlich wollen wir die letzten Tage im Leben von Jan Ahrens rekonstruieren«, sagte Ole. Bislang hatte er noch nicht ernsthaft in Betracht gezogen, dass Ahrens möglicherweise geplant hatte, einen längeren Törn mit dem Boot zu unternehmen, und deshalb besonders viele Lebensmittel an Bord hatte.

»Wie auch immer«, setzte Jannik wieder an. »Das eigentlich Interessante ist etwas anderes. Dabei geht es um die Kleidung der Person, die neben Ahrens den zweiten Schlafplatz auf dem Boot belegt haben muss. Zum Glück ist es mir aufgefallen, wahrscheinlich sind Seelhoff und Siederdissen schon zu alt, um einen Blick dafür zu haben.«

»Komm bitte zur Sache«, drängte Ole. Eigentlich hatte er Jannik bislang nicht als Selbstdarsteller kennengelernt, aber in diesem Moment nervte ihn dessen Gehabe.

»Es geht um die Marken der Kleidungsstücke«, rückte der Techniker endlich mit der Sprache heraus. »Die meisten kannte ich nicht einmal.«

»Worauf willst du hinaus?«

»Sie sind alle in dem kurzen Bericht aufgeführt, den ich geschrieben habe. Aber irgendetwas hat mich dabei stutzig gemacht, sodass ich selbst noch einmal danach gegoogelt habe. Denn es handelt sich durchweg um skandinavische Marken, größtenteils aus Dänemark.«

Ole blinkte, weil er rechts abbiegen musste. Er warf einen

schnellen Blick über die Schulter nach hinten, um nicht in die nächste Beinahekollision mit einem Fahrradfahrer zu geraten. Erst dann konnte er sich wieder konzentrieren. Was hatte Jannik gerade gesagt? Bei der Kleidung der unbekannten Person vom Boot handelte es sich um dänische Marken?

Sofort musste er an die Worte von Caroline Ahrens denken. Ihr Bruder Henning lebte in Dänemark, weil er Lübeck vor Jahren nach einem Streit mit Jan den Rücken gekehrt hatte. War er also die zweite Person auf dem Boot gewesen? Der Mörder von Jan Ahrens, seinem eigenen Bruder?

Auf einmal schien alles logisch. Die Probleme in der Familie Ahrens waren offensichtlich. War die Situation zwischen den beiden Brüdern auf dem Boot einfach eskaliert?

So schnell hatten sie wohl schon lange keinen Fall mehr aufgeklärt.

»Vielleicht hilft euch das bei der Erstellung des Täterprofils ein wenig weiter«, ergänzte Jannik. »Wir fahren jetzt zur Wohnung von Jan Ahrens und werden uns dort jeden Quadratzentimeter vorknöpfen.«

»Vielleicht ist das gar nicht mehr notwendig«, sagte Ole leise.

»Was?«, fragte Jannik irritiert.

»Die Info mit der Kleidung könnte ein Volltreffer sein. Vielleicht wissen wir bereits, wer Jan Ahrens getötet hat.«

Dubiose Geschäfte

Stella Ahrens war eine groß gewachsene Frau um die vierzig mit einer perfekt sitzenden dunkelblonden Kurzhaarfrisur. Ihr Gesicht war kantig und weiblich zugleich. Die hellblau funkelnden Augen ließen sie recht kühl wirken. Und dennoch, in ihrem eng anliegenden schwarzen Kleid und den halbhohen roten Absatzschuhen hatte sie fast etwas Präsidiales an sich.

Morten spürte direkt, wie sehr ihn ihr Anblick hemmte. Nicht das erste Mal, dass er sich in Gegenwart einer attraktiven Frau, die älter war als er und eine gewisse Dominanz ausstrahlte, eingeschüchtert fühlte.

»Kripo Lübeck, Morten Sandt mein Name.« Er hielt ihr seinen Dienstausweis hin, was die Frau jedoch gar nicht zu interessieren schien. »Sie wurden ja bereits über den Tod Ihres Ex-Manns informiert«, redete er weiter. »Ich möchte Ihnen hiermit mein Beileid aussprechen.«

Stella Ahrens reagierte noch immer nicht. Ihr Blick war starr auf einen imaginären Punkt irgendwo weit hinter ihm gerichtet.

»Wenn es Ihnen nichts ausmacht, würde ich Ihnen gerne noch ein paar Fragen stellen. Dürfte ich vielleicht hereinkommen?«

»Ich wüsste nicht, wie ich Ihnen da helfen kann«, wehrte sie ab. Sie unterstrich diese Haltung, indem sie die Arme vor ihrem Körper verschränkte. »Jan und ich haben in den letzten Jahren kaum noch miteinander gesprochen«, ergänzte sie schließlich.

»Was Sie wahrscheinlich noch nicht wissen«, setzte Morten wieder an, »Jan ist nicht infolge eines Unfalls gestorben, er wurde erschossen.«

»Doch, natürlich weiß ich das. Es steht schließlich überall im Internet.«

Der Name Jan Ahrens wurde in den offiziellen Meldungen noch nicht explizit genannt, war sich Morten sicher. Aber natürlich hatte sie den Zusammenhang sofort herstellen können.

»Sie verstehen sicherlich, dass wir alles daransetzen möchten, den Täter so schnell wie möglich dingfest zu machen. Und da wäre ein Gespräch mit Ihnen, die Jan Ahrens über Jahre so nah wie niemand sonst stand, äußerst aufschlussreich für uns.« Morten sprach langsam, wählte jedes Wort sehr sorgfältig aus, um in kein Fettnäpfchen zu treten oder sich ihren Unmut zuzuziehen. Denn offenkundig schien das Verhältnis zwischen ihr und Ahrens in den letzten Jahren alles andere als gut gewesen zu sein.

»Ich habe noch nie ein schlechtes Wort über ihn verloren, weil ich immer meinen Sohn schützen wollte«, entgegnete sie unnachgiebig. »Und dabei soll es auch bleiben.«

»Sie müssen kein schlechtes Wort über ihn verlieren. Ich will Ihnen lediglich ein paar Fragen stellen, um zu verstehen, was für ein Mensch Jan gewesen ist, und natürlich auch, um herauszufinden, weshalb er sterben musste.«

Sie atmete tief durch, während sich ihr Körper straffte und nur langsam wieder entspannte. »Zehn Minuten«, sagte sie schließlich, bevor sie sich abwandte und ihm mit einer kurzen Bewegung des Zeigefingers den Weg in ihre Wohnung wies.

Alles, was er sah, während er ihr langsam folgte und die Tür hinter sich schloss, passte exakt zu ihrem äußeren Erscheinungsbild. Die Altbauwohnung in der Augustenstraße war sehr puristisch eingerichtet und vermittelte sofort den Eindruck, als sei jeder Winkel bis ins kleinste Detail durchgestylt. Möbel, Wandfarben und Wohnaccessoires strahlten gleichzeitig aber auch etwas Unpersönliches aus.

In einem Raum, der offenbar Wohn- und Esszimmer zugleich war, blieb sie stehen und zeigte an, dass er an dem großen ovalen Tisch Platz nehmen sollte. Ein Designklassiker, wie Morten sofort feststellte.

Er setzte sich und versuchte, seine Gedanken zu ordnen, während Stella Ahrens sich elegant durch das große Zimmer bewegte, offenbar auf der Suche nach etwas. Ihre Schritte hallten auf dem alten Dielenboden nach. Morten sah ihr hinterher.

Mit einer Mischung aus Faszination und Argwohn. Bei dieser Frau sollte er vorsichtig sein.

»Wie lange waren Sie beide verheiratet?«, begann er schließlich das Gespräch.

»Fünf Jahre und einhundertachtundzwanzig Tage«, antwortete sie schneller, als er erwartet hätte. »Wobei wir uns bereits nach dreieinhalb Jahren getrennt haben.«

»Sie haben einen Sohn aus der Ehe mit ihm?«

»Karl.« Sie kam mit einer Karaffe Wasser wieder und schenkte sich das Glas voll, das auf dem Tisch stand. Dann nahm sie ebenfalls Platz.

»Wie alt ist er?

»Er wird in diesem Monat neun.«

»Ist er hier?«

»Nein, er ist bei meinen Eltern. Ich fahre später auch zu ihnen.«

»Hier in Lübeck?«

»Bad Schwartau.«

»Es wäre gut, wenn Sie in den nächsten Tagen erreichbar wären, falls wir noch weitere Fragen haben«, sagte Morten, um klarzumachen, dass ihre Ermittlungen gerade erst begonnen hatten.

»Ich habe Ihren Kollegen heute Mittag bereits meine Handynummer gegeben. Stellen Sie doch einfach Ihre Fragen. Die zehn Minuten laufen.«

Morten musterte Stella Ahrens erneut, aber es gelang ihm einfach nicht, ihren Blick zu fangen. Es schien fast so, als wäre sie mental gar nicht richtig anwesend.

»Was denken Sie, weshalb Ihr Ex-Mann sterben musste?« Die Worte kamen leise, aber bestimmt über seine Lippen. »Wir müssen davon ausgehen, dass er kein zufälliges Opfer gewesen ist.«

»Ich habe nicht den blassesten Schimmer«, antwortete sie. »Aber wahrscheinlich wird es damit zusammenhängen, weshalb wir uns getrennt haben.«

»Sie beziehen sich auf Kutterfutter, seine Restaurantkette?«

»In erster Linie meine ich seinen Charakter«, antwortete sie vieldeutig.

»Das dürfen Sie gerne etwas genauer erläutern«, sagte Morten. Er hoffte, dass es nicht nach einer Bitte, sondern fordernd genug klang, aber ihr Gesichtsausdruck sagte ihm gleich, dass sie keine Lust hatte, über ihren Ex-Mann zu reden.

»Wir können Sie auch aufs Präsidium rufen lassen, damit Sie aussagen«, versuchte er es mit mehr Härte. »Aber einfacher wäre es natürlich, mir jetzt sofort alles zu sagen, was für unsere Ermittlungen wichtig sein könnte.«

»Um es auf den Punkt zu bringen«, sagte sie plötzlich ohne Umschweife, »Jan und ich haben uns im Endeffekt wohl niemals so richtig gekannt. Klingt bitter, ist aber die Wahrheit. Ich hätte nie gedacht, dass Karl und ich ihm so egal sein könnten. Nachdem das mit den Restaurants anfing, ging es ihm nur noch ums Geschäft. Wir haben uns phasenweise wochenlang gar nicht gesehen. Es gab überhaupt nichts mehr, was uns miteinander verbunden hat. Nach der Trennung brach der Kontakt dann relativ schnell fast komplett ab. Deshalb kann ich Ihnen leider auch nicht sagen, wie es so weit kommen konnte, dass ihn jemand erschießt.«

»Hat er sich denn um Ihren gemeinsamen Sohn gekümmert?«

Stella Ahrens lachte kurz auf. Ein sarkastisches Lachen. »Wollen Sie die Wahrheit wissen? Karl hat ihn niemals interessiert. Mit viel Überwindung hat er ihn gelegentlich besucht. Er hat sogar Karls siebten Geburtstag vergessen. Was das anging, war Jan ein riesengroßes Arschloch. Aber ich wollte ja nicht schlecht über ihn reden.«

»Tun Sie sich keinen Zwang an, wenn es befreiend für Sie ist.«

»Schon gut, Jan ist tot. Jetzt ist es auch egal. Zum Glück wird Karl nicht um seinen Vater trauern müssen, schließlich kannte er ihn kaum.«

»Ich würde gerne noch einmal auf die Zeit zurückkommen, als er Kutterfutter gegründet hat.« Morten versuchte, das Gespräch in eine andere Richtung zu lenken. »Gab es damals einen konkreten Anlass, weshalb er sich plötzlich beruflich und dann auch charakterlich so verändert hat?«

»Aus heutiger Sicht würde ich sagen, dass Jan vielleicht schon immer so war und sich vorher nur verstellt hat. Nachdem er mit den Restaurants diesen Erfolg und ich Karl geboren hatte, kam jedenfalls sein wahres Gesicht zum Vorschein. Glauben Sie mir, ich habe ihn geliebt. Umso unbegreiflicher war sein Verhalten. Ich habe mich gefühlt, als wäre ich plötzlich nichts mehr wert. Als bedeutete ich ihm gar nichts. Es war wirklich …«

Sie brach ab und schluckte schwer. Tränen flossen jedoch nicht. Wahrscheinlich hatte sie damals bereits so viel geweint, dass keine mehr übrig waren.

Eine weitere Frage brannte Morten unter den Nägeln. »Ist es in Ihrer Ehe auch zu …« Er hielt inne, weil er sich sicher war, dass sie ihn verstand, auch wenn er die Frage nicht vollendete.

»… Gewalt gekommen?«

Er nickte.

»Nein, so etwas hätte Jan niemals getan. Er war ein Egozentriker und manchmal echt ein Mistkerl, aber kein Schläger.«

»Noch eine weitere sehr persönliche Frage«, sagte Morten. »Hat er Sie betrogen?«

»Hat Ihnen das Jans Vater gesagt?«

»Er erwähnte so etwas.«

»Christian kam noch viel weniger als ich damit klar, dass Jan plötzlich in die Gastronomie gewechselt ist. Aus irgendeinem Grund war er der festen Überzeugung, dass Jan mit anderen Frauen ins Bett steigen würde, wenn er spätabends nach Hause kam. Er hat sich da regelrecht reingesteigert.«

»Sie hatten aber keinen Grund, ihn des Fremdgehens zu verdächtigen?«

»Es hat niemals einen Anlass gegeben, weshalb ich das hätte

glauben sollen. Unsere Ehe ist nicht wegen anderer Frauen gescheitert.«

»Soweit ich weiß, hatte Ihr Ex-Mann nach Ihrer Trennung allerdings eine neue Partnerin«, sagte Morten.

»Ich hatte seitdem bereits drei weitere Männer, warum auch nicht?«, antwortete Stella Ahrens achselzuckend.

»Kennen Sie diese Frau?«

»Sie war ein paarmal dabei, als er Karl abgeholt hat. Ich kann aber nichts zu ihr sagen, außer dass sie deutlich jünger ist und überhaupt keinen Stil besitzt.«

»Wie meinen Sie das?«

»Sie wirkt beliebig. Durchaus ein hübsches Mädchen, aber alles an ihr scheint so einfach und austauschbar. Ehrlich gesagt hat mich Jans Wahl ziemlich verwundert.«

»Können Sie sich an den Namen der Frau erinnern?«

»Welche Rolle spielt das? Hat sie etwas mit seinem Tod zu tun?«

»Das wissen wir nicht, aber wir würden natürlich gern mit jedem sprechen, der ihn näher kannte. Also?«

»Ich glaube, sie heißt Malin«, antwortete Stella Ahrens. »Malin Klein.«

»Okay, danke.« Morten erinnerte sich an Oles Worte und notierte sich den vollen Namen der Frau. »Was wissen Sie eigentlich über die Geschäfte von Jan?«, wechselte er dann das Thema. Er wollte nicht länger in den zwischenmenschlichen Gefühlen herumwühlen, sondern sich auf die Suche nach weiteren möglichen Motiven machen. »Alles, was man hört, klingt nach einer einzigen Erfolgsgeschichte.«

»Kutterfutter hat damals sofort wie eine Bombe eingeschlagen«, sagte Stella Ahrens, ohne groß zu überlegen. »Nach zwei Jahren hatte Jan schon drei Restaurants eröffnet. Das ging dann immer so weiter. Soweit ich weiß, ist das Unternehmen bis heute auf Wachstumskurs.«

»Welchem Job gehen Sie eigentlich nach?«, fragte Morten.

»Ich bin Innenarchitektin.«

»Für welches Büro arbeiten Sie?«

»Im Augenblick arbeite ich nicht in dieser Branche. Ich verdiene mein Geld anderweitig.«

»Und wie, wenn ich fragen darf?«

»Social Media, ich werde für alles Mögliche gebucht. Meistens Schmuck oder Kleidung.«

»Haben Sie als Innenarchitektin auch die Restaurants von Kutterfutter mitgestaltet?«

»Wenn ich mit Jan zusammengearbeitet hätte, wären wir wahrscheinlich noch schneller getrennt gewesen«, antwortete sie kühl. »Ich habe meine eigenen Vorstellungen, die nicht zu denen von Jan gepasst haben.«

»Seine Schwester arbeitet im Stammhaus von Kutterfutter als Betriebsleiterin. Wussten Sie das?«

»Nein, das interessiert mich aber auch nicht. Wir hatten uns nie besonders viel zu sagen.«

Morten musterte die Frau. Sie hatte sich leicht von ihm abgewandt und blickte gedankenverloren durch den Raum. Immerhin redete sie inzwischen, auch wenn er bislang nicht das Gefühl hatte, etwas Entscheidendes in Erfahrung gebracht zu haben.

»Sie sagten, Sie hätten mit Jan in den vergangenen Jahren kaum ein Wort gewechselt«, setzte er noch einmal an. »Wann haben Sie ihn denn zuletzt gesehen?«

»Das war heute vor zwei Wochen.« Auch darüber brauchte Stella Ahrens offenbar nicht lange nachzudenken. »Er stand plötzlich vor der Tür. Das hat er nie gemacht, auch weil ich es nicht wollte.«

»Und weswegen war er hier?« Morten rutschte interessiert auf seinem Stuhl nach vorn.

»Er wollte Karl sehen. Normalerweise haben wir solche Termine im Vorfeld per E-Mail ausgemacht.«

»Haben Sie ihn reingelassen?«

»Nein, Karl war gar nicht da. Er hatte Klavierunterricht in der Musikschule.«

»Und dann ist Jan einfach wieder gegangen?«

»Ja.«

»Hat er denn erwähnt, weshalb er Ihren Sohn unbedingt sehen wollte?«

»Er hat nur gesagt, dass es dringend sei.«

»Dringend?

»Ja, so waren seine Worte.«

»Wissen Sie, ob die beiden sich noch gesehen haben, bevor Jan –«

»Wie meinen Sie das?«, unterbrach Stella Ahrens ihn. Zum ersten Mal klang sie anders. Nicht mehr so nüchtern und klar, sondern emotional angefasst. Etwas Sorgenvolles war plötzlich aus ihrer Stimme herauszuhören.

»Wenn es ihm so wichtig war, ihn zu sehen, könnte er ihn vielleicht nach dem Klavierunterricht abgepasst haben«, erklärte Morten.

»Das hätte Karl mir doch erzählt.«

»Ich sage ja nicht, dass es so gewesen ist«, wiegelte er ab, »aber würden Sie Ihren Sohn bitte fragen, ob die beiden sich an diesem Tag oder später noch gesehen haben? Es könnte sein, dass Karl einer der Letzten war, mit dem Jan gesprochen hat.«

»Und was soll das bringen?« Stella Ahrens stand auf einmal energisch vom Tisch auf und stellte sich mit verschränkten Armen ans Kopfende. Dabei warf sie Morten mit ihren funkelnden Augen einen missbilligenden, beinahe abschätzigen Blick zu. »Glauben Sie etwa, Jan hätte einen fast Neunjährigen in seine dubiosen Geschäfte eingeweiht?«

»Dubiose Geschäfte?« Jetzt stand auch Morten auf und positionierte sich vor Stella Ahrens, die nichts Schönes mehr ausstrahlte. »Das erklären Sie mir doch bitte mal genauer.«

»Das war nur so dahergesagt«, versuchte sie sich herauszureden.

»Tatsächlich? Wie kommen Sie dann auf so eine Behauptung?«

»Die zehn Minuten sind längst vorbei«, ignorierte Stella

Ahrens Mortens Frage. »Gehen Sie jetzt bitte, ich möchte wieder allein sein. Außerdem verschwenden Sie hier Ihre Zeit, ich kann Ihnen nicht weiterhelfen.«

»War die Scheidung eigentlich lukrativ für Sie?«, fragte Morten bewusst provokant.

»Ist das Ihr Ernst?«, brach es aus ihr heraus. »Haben Sie eigentlich überhaupt keinen Anstand? Was wollen Sie mir damit denn unterstellen?«

»Gar nichts.« Morten gab sich gelassen. »Aber ist es nicht so, dass Sie durch die Scheidung finanziell abgesichert sind? Und jetzt, wo er tot ist, gehe ich davon aus, dass Ihr gemeinsamer Sohn der alleinige Erbe sein wird.«

Für den Bruchteil einer Sekunde entglitten ihre Gesichtszüge. Morten konnte allerdings nicht einschätzen, ob sie aufgrund seiner durchaus unverschämten Äußerung einfach perplex war oder ob er tatsächlich einen Treffer gelandet hatte und sie sich bezüglich des Erbes von ihm ertappt fühlte.

Klar war nur eines: Stella Ahrens hatte noch längst nicht alles gesagt, was sie wusste. Aber er würde es herausfinden – und wenn dafür ein Gespräch mit ihrem Sohn notwendig wäre.

Weggeschaut

Ich frage mich oft, wie ich mich damals gefühlt habe. Als ich ein Kind war und wie ein Feind behandelt wurde. Wie ein Eindringling, der bestraft werden muss, bis seine Seele bricht.

Ich kann mich nur an wenige Szenen konkret erinnern, weil ich den Rest ganz einfach verdrängt habe. Ein normaler Schutzmechanismus des Körpers. Aber die flache Hand hatte irgendwann nicht mehr ausgereicht. Er hatte seinen Ledergürtel aus der Hose gezogen, mich gezwungen, meine Hose herunterzuziehen, und Dutzende Male zugeschlagen. Als ich schon nichts mehr fühlte und keine Tränen mehr flossen, hat er noch einige Male mit der Schnalle zugelangt, bis mein Hintern endgültig blutete.

Der physische Schmerz und die Erniedrigung durch ihn waren schlimm. Ich hatte tagelang nicht sitzen oder schlafen können, geschweige denn Fahrrad fahren. Im Kindergarten musste ich Ausreden erfinden, weshalb ich nicht mitspielen konnte. Die blauen Flecke und Schürfwunden versteckte ich, so gut es ging, vor den anderen. So schlimm es auch klingen mag, ich hatte mich irgendwann daran gewöhnt. Die Schläge gehörten zu meinem Leben. Manchmal dachte ich, das wäre vollkommen normal. Den anderen Kindern erginge es vielleicht ähnlich.

Etwas anderes war damals viel verletzender. Was den Hass in mir so groß gemacht hat, weshalb sie alle Verantwortung tragen, ist, dass niemand von ihnen mir geholfen hat. Niemand hat auch nur ein Wort gesagt, obwohl sie danebenstanden, wenn er mich verprügelt hat. Sie haben es gesehen. Meine Tränen. Meine Schreie haben sie gehört. Jedes Mal, und es war oft. Sie haben beschämt zur Seite geguckt, anstatt mich zu beschützen. Und manchmal hatte ich sogar das Gefühl, sie sahen zufrieden aus. Zufrieden, weil sie wussten, dass es besser wäre, wenn ich die Prügel einsteckte und nicht sie selbst.

Die schlimmsten Momente waren die, in denen ich das Gefühl hatte, ein Lächeln auf ihren Lippen zu sehen. Vor allem, wenn ich an den Weihnachtstagen in mein Zimmer gesperrt wurde. Unter dem Christbaum hätte ich nichts zu suchen, hatte er immer gesagt. Vorsichtig hatte ich durch den Türspalt beobachtet, dass alle Geschenke bekamen. Ich natürlich nicht, das erwartete ich auch gar nicht mehr. Sie taten einfach so, als wäre alles in bester Ordnung, und lachten. Dabei war alles in diesem Haus der reinste Horror.

Jedoch am grausamsten war es dann, wenn er und ich allein waren. Das kam nur selten vor, aber ich hatte das Gefühl, dass er manchmal dafür sorgte, dass die anderen nicht zu Hause waren. Damit er mich quälen konnte. Dieser Mensch ist ein Sadist, er empfindet Lust dabei, andere Menschen zu foltern und zu verletzen.

Mich hat er verletzt, psychisch wie physisch. Erniedrigt und geschlagen. Mich eingesperrt und hungern lassen. Ich konnte sehen, dass es ihn erregte, wenn ich tun musste, was er sagte, und es trotzdem nie gut genug war. Dann bestrafte er mich, und alles ging von vorne los. An manchen Tagen war er wie ein Sklavenhalter.

Alle haben weggeschaut. Damals wie heute. Aber es wäre besser für sie, sie hätten es nicht getan. Denn ich habe sie die ganze Zeit gesehen.

Wie oft habe ich zum Beispiel Jan beobachtet. Wenn er auf dem Boot stand und nachdenklich in den Sonnenuntergang sah. Oder in einem seiner Restaurants, wenn er vorbeikam und sich nach den Einnahmen erkundigte. Ich war immer da. Er hatte keine Ahnung, dass ich mehr über ihn wusste, als ihm lieb sein konnte.

Es hat ihn einfach nicht interessiert. Schon damals nicht, während ich diese Qualen erleiden musste. Und später nicht, als ich manchmal ganz in seiner Nähe war. Was für ein Fehler! Sie alle haben ihre Chance nicht genutzt. Vielleicht hätten sie ihren Tod verhindern können, wenn sie auf mich zugekommen wären. Wenn sie um Verzeihung gebeten hätten.

Vielleicht.

Am Ende spielt es keine Rolle. Keiner von ihnen hat sich bei mir entschuldigt. Mein Schicksal war ihnen schlichtweg egal. Sie haben es einfach zugelassen, und das habe ich ihnen niemals verziehen. Darum kann es keine andere Lösung geben: Sie werden sterben, einer nach dem anderen. Weil ich leben will.

Nebenrolle

Nachdem er das Telefonat mit Jannik beendet hatte, war Ole die letzten zweihundert Meter bis zum Rechtsmedizinischen Institut in der Kahlhorststraße weitergefahren. Erst als er auf dem kleinen Parkplatz anhielt und den Motor abstellte, begann die Ahnung, wer Jan Ahrens getötet haben könnte, so richtig zu sacken.

Er musste sofort Ida-Marie anrufen. Oder am besten direkt zurück ins Präsidium fahren und alle zusammentrommeln. Sie mussten eine Großfahndung nach Henning Ahrens herausgeben, vermutlich über Deutschland hinaus. Die dänischen Kollegen, die sie ohnehin schon kontaktiert hatten, informieren und bitten, die Adresse von Jan Ahrens' Bruder aufzusuchen. Gegebenenfalls mussten sie auch selbst nach Kopenhagen fahren, um mit ihm zu reden. Jedenfalls war ein Besuch in der Rechtsmedizin vor dem Hintergrund der neuen Informationen vergleichsweise unwichtig geworden.

Ole startete den Motor wieder und wollte gerade zurücksetzen, als er plötzlich zusammenschrak. Jemand klopfte an die Scheibe der Fahrertür. Im nächsten Moment beugte sich Professorin Danuta Kapustka zu ihm herunter und schenkte ihm dabei ihr breitestes Lächeln. Ihre Zähne strahlten beinahe unnatürlich weiß, was durch den dunkelroten Lippenstift noch verstärkt wurde. Sie trug noch immer diese Bobfrisur, bei der er unweigerlich an eine französische Schauspielerin denken musste, deren Name ihm nicht einfallen wollte.

Ole kurbelte das Fenster herunter, um zu erklären, dass er dringend wieder losmüsse und später wiederkommen werde, als sie von außen die Tür aufriss und ihn am Arm packte, um ihn aus dem Auto zu ziehen.

»Ich muss erneut feststellen, dass Birger das wirklich ganz hervorragend gemacht hat«, sagte sie mit deutlich hörbarem polnischem Akzent, nachdem er sich mühevoll abgeschnallt hatte und ausgestiegen war.

»Bitte was?«

»Ich mag naive Männer, aber du brauchst doch nicht so zu tun, als wüsstest du nicht, was ich meine. Du bist ein richtiges Schnuckelchen. Und mit deinem Bart und der Glatze siehst du verdammt männlich aus, obwohl du ja eigentlich noch ein richtiger Jungbulle bist.« Die Rechtsmedizinerin lachte laut auf und tätschelte ihm kurz über die linke Wange.

Ole lächelte schief zurück. Ein Teil von ihm fühlte sich geschmeichelt, aber er wusste ganz genau, dass die Leiterin des Rechtsmedizinischen Instituts jeden Mann, der sich nicht schnell genug wegduckte, mit derartigen Komplimenten überwarf. Es war einfach ihre Art des Small Talks. Jeden, der sich daraufhin allerdings Chancen bei ihr ausrechnete, würde sie wahrscheinlich lauthals auslachen.

Tatsächlich war Danuta Kapustka eine messerscharfe und äußerst kluge Medizinerin. Sein Vater schätzte sie sehr und hatte mehrfach betont, dass sie mindestens genauso kompetent war wie ihr Vorgänger, der langjährige Direktor der Rechtsmedizin Professor Birnbaum.

Aber neben ihren fachlichen Qualitäten war sie eben auch eine attraktive und äußerst extrovertierte Frau. Sowohl was ihr Äußeres als auch ihre Art betraf. Sie war mit Sicherheit zehn Jahre älter als er, aber das war ihr kaum anzusehen. Weil sie sich stark schminkte und vielleicht an der einen oder anderen Stelle bereits eine Schönheits-OP hatte machen lassen. Und wegen ihres sehr durchtrainierten Körpers. Es gab wohl nichts an ihr, was einen Außenstehenden als Erstes an eine herausragende Rechtsmedizinerin denken ließ. Aber vielleicht war genau das ihr Erfolgsrezept in manchen Situationen. Im Grunde fand Ole ihre Extravaganz sogar ganz spannend.

»Lass uns reingehen, da können wir in Ruhe reden«, sagte sie. »Also über die Leiche natürlich«, schob sie lächelnd hinterher.

Ole hatte keine Chance. Seufzend folgte er ihr in das alte Backsteingebäude.

Es war nicht das erste Mal, dass er einen Sektionssaal von innen sehen würde. Während seiner Ausbildung hatte er im Rahmen eines Seminars auch schon selbst am Seziertisch gestanden und eine Obduktion aus nächster Nähe erlebt. Die Lübecker Rechtsmedizin dagegen kannte er bislang nur aus Erzählungen, aber als sie den kühlen gefliesten Raum im Keller betraten, musste er feststellen, dass ihn nicht viel von dem Sektionssaal der Kieler Rechtsmedizin unterschied.

Danuta Kapustka blieb neben dem Tisch stehen, auf dem unter einem grünen Tuch offenbar der Leichnam von Jan Ahrens lag. »Willst du ihn sehen?«

»Ich hätte keine Probleme damit, falls Sie darauf hinauswollen.« Ole gab sich unbeeindruckt. »Aber da ich ihn heute Morgen am Fundort bereits in Augenschein genommen habe, kann ich gerne darauf verzichten. Mich interessiert viel mehr, was Sie bereits herausgefunden haben.«

»Nicht so förmlich, bitte schön«, sagte sie lächelnd. »Du kannst auch Dani zu mir sagen.«

»Eigentlich trenne ich Beruf und Privates ganz gerne.«

»Ja, das sagen sie alle.« Sie lachte jetzt lauter. Ihren Akzent setzte sie dabei weiterhin geschickt ein. Entweder um verführerisch zu wirken. Oder in anderen Situationen, um hart zu klingen und keinen Zweifel aufkommen zu lassen, wer den Ton angab. »Würde ich ernst machen, könntest du dich sowieso nicht zur Wehr setzen«, legte sie nach. »Aber lassen wir das.«

»Ich bin mir nicht ganz sicher, was Sie damit meinen, aber deswegen bin ich auch nicht hier.« Ole versuchte, sich nicht von ihr provozieren zu lassen, wobei ihre Worte ihn durchaus irritierten. »Kommen wir am besten zur Sache: Was können Sie über den Todeszeitpunkt sagen?«

Danuta Kapustka blickte ihn einige Sekunden durchdringend an, als sei es ein Affront, dass er lediglich über die Obduktion mit ihr reden wollte. Im nächsten Moment zog sie sich unvermittelt ihren eng anliegenden Rollkragenpullover über den Kopf und stand oben herum nur noch im BH da. Ole spürte, dass ihm die Situation allmählich entglitt. Er hatte gedacht, sie wolle ihn nur herausfordern, aber inzwischen glaubte er, sie würde sich tatsächlich an ihn ranschmeißen. Etwa hier im Sektionssaal?

Sie trat zur Seite und griff nach einem weißen Kittel, der an der Wand an einem Haken hing. Rasch zog sie ihn über. Ole fiel es jetzt erst recht schwer, den Blick von ihr abzuwenden. Der Laborkittel war mit Sicherheit kein Standardprodukt – so wie sie da mit dem tiefen Ausschnitt vor ihm stand, erinnerte ihn das Ganze im positivsten Fall an ein schlechtes Karnevalskostüm. Es bedurfte allerdings keiner großen Phantasie, um ein schlüpfrigeres Bild vor Augen zu haben.

»In diesem Zustand der Leiche ist die Bestimmung des Todeszeitpunkts alles andere als einfach«, antwortete sie schließlich auf Oles Frage und zeigte sich unbeeindruckt von seinen Blicken. »Aber selbstverständlich verfügen wir hier über einige außergewöhnliche Methoden und die entsprechende Expertise, um bestmögliche Erkenntnisse hervorzubringen.«

Ole erinnerte sich augenblicklich daran, wie sein Vater oft von Professor Birnbaum erzählt hatte. Der hatte jedes Gespräch damit begonnen zu betonen, welche Koryphäe er war und dass er trotz größter Herausforderungen immer sehr präzise Ergebnisse hervorbrachte. Offenbar hatte Danuta Kapustka diese Eigenschaften von Birnbaum übernommen, oder aber es war ein unter Rechtsmedizinern verbreitetes Phänomen. Geduldig wartete er, bis sie zum Punkt kam.

»Siebzig bis neunzig Stunden«, sagte sie schließlich. »Also etwa drei bis dreieinhalb Tage, bevor die Leiche aus dem Wasser geborgen wurde.«

So wie es Seelhoff bereits am Fundort gesagt hatte, dachte Ole. Er rechnete schnell zurück. Demnach musste der Mord an Ahrens irgendwann zwischen Sonntagabend und Montagmorgen begangen worden sein.

»Die Schussverletzungen könnten aus meiner Sicht dafür sprechen, dass der Täter kein geübter Schütze ist«, fuhr Danuta Kapustka fort. »Andererseits wurde immerhin zweimal der Kopf getroffen. Ich habe mit Harald telefoniert, es gibt offenbar keine Hinweise auf weitere Schüsse, die auf dem Boot gefallen sind. Wenn man bedenkt, dass das Ganze in der Nacht passiert sein kann, wäre das Trefferbild wiederum recht ordentlich.«

Ole nickte. Das war ein Punkt, den er noch nicht bedacht hatte. Andererseits war die Information auch nahezu belanglos, wenn seine Vermutung bezüglich des Täters stimmte.

»Auch wenn Eintrittswinkel der Kugel und die Schusswunden keine exakte Bestimmung zulassen, dürfte die Entfernung zwischen Täter und Opfer nicht allzu weit gewesen sein«, fuhr Kapustka fort. »Zumindest deuten die Länge und Breite des Bootes darauf hin. Es sei denn …« Sie machte eine kurze Kunstpause. »Es sei denn, die Schüsse wurden von außerhalb des Boots abgegeben. Vielleicht von einem anderen Schiff. Immerhin wurden, soviel ich weiß, keine Patronenhülsen gefunden. Aber das ist nur eine These, dafür gibt es keinerlei Hinweise.«

»Gut, dass Sie das noch anmerken. Ich dachte schon, Sie möchten jetzt auch noch unseren Job übernehmen«, sagte Ole in so ernstem Ton, dass die Leiterin der Rechtsmedizin einen Moment lang stutzte, ehe sie ihm doch ein breites Lächeln schenkte und einen Kussmund formte.

Ole spürte, dass ihm ihre Avancen, egal ob ernst oder ironisch gemeint, allmählich zu schaffen machten. Er hatte sich fest vorgenommen, sich nicht aus der Fassung bringen zu lassen, aber es gelang ihm kaum noch, bei der Sache zu bleiben.

»Wir haben Hämatome am Körper gefunden«, unterbrach sie seine Gedanken abrupt. »Am Kopf und an der Hüfte. Wahrscheinlich durch den Sturz auf das Deck, nachdem die Schüsse ihn getroffen haben.«

»Gibt es denn noch irgendetwas, das für uns –«

»Nein«, fuhr sie sofort dazwischen. »Absolut nichts. Ich

kann dir leider nichts berichten, was dir helfen wird. Also schlage ich vor, wir überspringen das Ganze einfach.«

»Überspringen?«

»Ach, Ole, du bist wirklich süß. Ich mag das, wirklich. Aber ab einem gewissen Punkt will ich nicht mehr deine Löwenmama sein, sondern von dir erobert werden. Also, sei jetzt einfach ein Mann.«

»Wie bitte?«

»Du weißt genau, was ich meine.« Sie trat noch näher an ihn heran, bis sie dicht beieinanderstanden. »Ich glaube, du und dein Vater seid euch ziemlich ähnlich. Aber vielleicht in einer Sache nicht.«

»Und zwar?« Ole trat zwei Schritte nach hinten, stieß aber gegen einen der Tische, auf denen üblicherweise die Leichen aufgebahrt und obduziert wurden.

»Im Gegensatz zu ihm stehst du auf mich. Meinst du, ich würde das nicht merken?«

»Ich auf Sie? Soll das ein Witz sein?« Ole spürte, dass ihm die Situation immer unangenehmer wurde. Schweißperlen bildeten sich auf seiner Haut, obwohl ihn die heruntergekühlte Temperatur hier im Sektionssaal eigentlich hätte frösteln lassen müssen.

Danuta Kapustka legte ihre Hände flach auf Oles Brust und gab ihm einen leichten Schubs, als wolle sie ihn auf den Tisch befördern. Ein Gefühl von Panik machte sich in ihm breit. Offenbar meinte sie es tatsächlich ernst und wollte ihn hier keine drei Meter von einer Leiche entfernt verführen. Im letzten Moment packte sie ihn am Kragen seiner dünnen Jacke und zog ihn zu sich heran. Dann presste sie ihre Lippen auf seine und küsste ihn.

Ole konnte sich nicht wehren. Oder er wollte es nicht. Der Kuss fühlte sich viel zu gut an, als ihn abzubrechen. Er hatte schon lange niemanden mehr geküsst. Seit mehr als fünf Jahren hatte er keine Freundin mehr gehabt und seit längerer Zeit auch nicht einmal eine kurze Affäre oder einen One-Night-Stand.

»Nicht hier!«, sagte sie und schnappte nach Luft, als sie kurz von ihm abgelassen hatte. »Wir gehen in mein Büro.«

»Ich weiß nicht, ob das wirklich –«

»Du wirst jetzt nicht den Schwanz einziehen«, unterbrach sie ihn und lächelte wieder vieldeutig. »Mach dir keine Sorgen, niemand wird davon erfahren. Zumindest nicht von mir.«

»Du meinst das wirklich ernst?«, vergewisserte Ole sich noch einmal vorsichtig.

»Ich beliebe oft zu scherzen, aber bei der schönsten Sache der Welt nehme ich mir das, was ich brauche.«

Ole war verunsichert. Es war, als betrachtete sie ihn wie ein saftiges Steak, das sie verspeisen wollte. Ob er zustimmte oder nicht. Sie würde nicht zulassen, dass er sich ihr widersetzte.

»Nun komm schon und zeig mir, was ein junger Andresen so draufhat.«

Ole schloss die Augen und zwickte sich ein paarmal in die linke Hand. Es war kein erotischer Traum, in dem er gefangen war. Das hier war echt, auch wenn es wie aus einem skurrilen Film anmutete, in dem er nur eine Nebenrolle spielte. Er hatte keine Ahnung, wie der Film weitergehen oder enden würde, aber der Anfang hatte ihm besser gefallen, als er sich eingestehen wollte. Und vielleicht würde aus seiner Nebenrolle ja noch eine Hauptrolle werden.

Ceviche und Seeteufel

Als Birger Andresen langsam aus der Narkose aufgewacht war, hatte die Krankenschwester eine Weile neben ihm gestanden, ohne etwas zu sagen. Er hatte sie dabei aus dem Augenwinkel betrachtet. Es war nicht so, dass Amors Pfeil ihn bereits in der ersten Sekunde getroffen hatte. Das hatte sicherlich an den Schmerzen infolge des Bauchschusses gelegen, aber auch daran, dass Agnes nicht der Typ Frau war, der sofort ins Auge stach. Später erst hatte sie durch ihre besonnene, aber auch liebevolle Art sein Herz erobert.

Er war schwer verletzt ins Krankenhaus eingeliefert worden, nachdem die Kripo und SEK-Beamte in buchstäblich letzter Sekunde einen Anschlag auf den US-amerikanischen Präsidenten während des G-7-Außenministertreffens in Lübeck vereitelt hatten. Seitdem waren einige Jahre vergangen. Und es war viel passiert in der Zwischenzeit.

Obwohl sie anfangs im Krankenhaus kaum ein Wort miteinander gewechselt hatten, hatte er schnell gespürt, dass ihm Agnes' Anwesenheit guttat. Aus ein paar Minuten waren irgendwann Stunden und Tage geworden. Und schließlich hatte sich mehr zwischen ihnen entwickelt.

Ihre Beziehung war vom ersten Tag an harmonisch verlaufen. Es gab kaum mal einen größeren Streit zwischen ihnen. Manchmal schien es Birger fast unwirklich, dass er offenbar doch dazu in der Lage war, dauerhaft in einer Partnerschaft zu leben, die nicht ständig am seidenen Faden hing oder in Extremen verlief. Es war zweifellos das Verdienst von Agnes, sie hatte es irgendwie geschafft, ihn ruhiger werden zu lassen. Seine Arbeit bestimmte seitdem nicht mehr sein Leben. Er hatte losgelassen und Kollegen wie Morten oder neuerdings auch seinem Sohn das Vertrauen geschenkt.

Agnes war es auch, die ihn davon überzeugt hatte, zwölf

Monate lang gemeinsam auf Weltreise zu gehen. Es war eine seiner größten Herausforderungen gewesen, aber wahrscheinlich das schönste Jahr seines Lebens.

Diese Zeit hatte sie noch enger zusammengeschweißt, und selbst jetzt, mehr als zwei Jahre später, zehrten sie noch von den gemeinsamen Erinnerungen. In dieser Phase war auch sein Entschluss gereift, bei der Kripo kürzerzutreten. Er stand den Kolleginnen und Kollegen seit einiger Zeit nur noch beratend zur Seite. Vor allem dann, wenn sie in einem besonders schwierigen Fall steckten und die Ermittlungen festgefahren waren, konnte er ihnen mit seiner Erfahrung helfen und neue Impulse geben.

Aber seit einem halben Jahr, seit der Sache in Grömitz, hatte sich niemand aus dem Team mehr bei ihm gemeldet. Selbst mit seinem Sohn hatte er sich so gut wie gar nicht über die Arbeit der Mordkommission unterhalten.

Im Grunde genommen war er in den vorzeitigen Ruhestand gegangen. Führte jetzt ein Rentnerleben, obwohl er eigentlich noch gut und gern sechs bis acht Jahre hätte arbeiten können. Finanziell mussten sie den Gürtel bislang noch nicht enger schnallen, denn er hatte sich im Laufe der Jahre doch ein ganz gutes Polster angespart. Außerdem konnte er jederzeit in seinen Job zurückkehren, das hatten sie vereinbart.

Aber er vermisste ihn nicht. Es hatte seit dem letzten Herbst keinen einzigen Morgen gegeben, an dem er sich gewünscht hätte, ins Auto zu steigen und ins Präsidium zu fahren. Der kriminalpolizeiliche Alltag, alte Dokumente zum wiederholten Male zu durchforsten oder Gespräche mit potenziellen Zeugen zu führen, die sie keinen Zentimeter weiterbrachten, war nichts, wonach er sich sehnte. Und dann gab es natürlich noch die andere Seite der Medaille. Die bisweilen riskanten und lebensgefährlichen Momente, wenn ein Täter dingfest gemacht werden musste. Auch nach denen hatte er kein Verlangen mehr, obwohl er seine Energie über so viele Jahre genau aus solchen Einsätzen gezogen hatte.

Birger hatte mit der neuen Rolle zu Hause seinen Platz gefunden. Und er war rundum zufrieden. Er konnte sich um seine Tochter Emilie kümmern, die mittlerweile wieder bei Wiebke, seiner ehemaligen Lebensgefährtin, wohnte. Und er hatte endlich Zeit, seinen Hobbys nachzugehen. Das redete er sich zumindest ein. Denn wenn er ehrlich war, besaß er gar keine. Das einzige war die Runde um die Wakenitz, die mittlerweile zu einem täglichen Ritual geworden war.

»Glaubst du eigentlich an Schicksal?«, durchbrach er die Stille zwischen ihm und Agnes.

»Ehrlich gesagt, nein. Weshalb fragst du?«

»So wie wir uns damals kennengelernt haben – war das alles wirklich nur Zufall?«

»Was denn sonst?«, entgegnete Agnes, ohne von der Speisekarte, in die sie versunken war, aufzusehen.

»Ich frage mich manchmal, ob alles Schlechte auch etwas Gutes mit sich bringt. Wäre ich damals nicht angeschossen worden, hätten wir uns niemals kennengelernt.«

»Und du glaubst jetzt auf einmal, das wäre alles vorbestimmt? Muss ich mir Sorgen machen? So esoterisch kenne ich dich gar nicht.«

»Nein, aber unser beider Leben wäre anders verlaufen, wenn das nicht passiert wäre.«

»Ganz genau, aber weshalb soll ich mir darüber Gedanken machen? Es gibt viele Dinge, die wir selbst beeinflussen können, und manches kommt eben von ganz alleine.«

»Du meinst: Et kütt, wie et kütt.«

»Ganz genau.«

»Weißt du schon, was du essen willst?«, wechselte Birger etwas unsicher das Thema, da er merkte, dass Agnes kein Interesse an einem gefühlsduseligen Gespräch hatte.

»Vorweg die Ceviche. Und dann den Seeteufel.«

»Hört sich gut an.«

»Weswegen sind wir heute Abend denn nun hier?«, fragte Agnes und hob jetzt den Kopf. Sie sah ihm tief in die Augen. »Es gibt doch einen ganz bestimmten Grund, oder etwa nicht?«

»Ich kann dir wirklich nichts vormachen«, antwortete Birger. Es kam schon noch gelegentlich vor, dass sie essen gingen, aber nachdem Agnes vor einiger Zeit seinen zugegebenermaßen etwas lapidar gestellten Heiratsantrag während eines gemeinsamen Restaurantbesuchs abgelehnt hatte, waren ihm solche Verabredungen eher unangenehm.

Trotzdem hatte er sich dazu entschieden, sie in das Restaurant in den Media Docks einzuladen. Heute Abend wollte er endlich mit ihr besprechen, was er seit einigen Monaten mit sich herumtrug. Genauer gesagt, seit dem Abend im Buthmanns, an dem Kalle Hansen, sein langjähriger Freund und Privatdetektiv, und Simon Winter, ebenfalls privater Ermittler und laut ihm selbst der beste seiner Art zwischen Nord- und Ostsee, ihm offeriert hatten, Teil einer Detektei zu werden, die sich mit den großen Verbrechen dieser Zeit beschäftigte. Ihr Ansatz war es, ohne konkreten Auftrag in der Tasche an brisanten Themen zu arbeiten und kriminelle Machenschaften aufzudecken, um diese Storys dann an große Verlage oder Medienhäuser zu verkaufen. Zweimal war es ihnen bereits gelungen. Tatsächlich hatten die »New York Times« und »Die Zeit« ihre Geschichten gedruckt.

Birger war durchaus beeindruckt gewesen, hatte sich aber erst einmal in Schweigen gehüllt, was eine Beteiligung an ihrer Detektei betraf. Ihn anzusprechen war für die beiden sicherlich ein logischer Schritt gewesen. Zu dritt in dieser Konstellation, davon war er überzeugt, würden sie sich – zumindest in der Theorie – derart gut ergänzen, dass er keine Zweifel an einem Erfolg hatte.

Skeptisch war er trotzdem geblieben, aber aus anderen Gründen. Er wusste nur allzu gut, was es hieß, mit Hansen und Winter zusammenzuarbeiten. Welche Grenzen sie bisweilen überschritten, in welche Schwierigkeiten sie dadurch geraten konnten. Vor diesem Hintergrund sprach eigentlich so gut wie nichts dafür, sich den beiden Egomanen anzuschließen. Allein der Gedanke, eine gemeinsame Grundlage für die Zusammenarbeit finden zu müssen, bereitete ihm Kopfschmerzen.

Und schließlich war da auch noch seine eigene Situation, die ihn zweifeln ließ. Wollte er sich in seinem Alter wirklich noch einmal auf eine ganz neue Reise einlassen? Im schlimmsten Fall sogar riskieren, dass seine Beziehung mit Agnes daran zerbrach, weil er wochenlang weg von zu Hause war, um irgendwo auf der Welt an einer Geschichte zu recherchieren oder skrupellosen Verbrechern das Handwerk zu legen? Wieder weg von seiner Tochter war? Und auch von Ole?

Und trotzdem hatte er sich im Nachhinein eingestehen müssen, dass ihn der Gedanke, genau die Verbrechen aufzudecken, von denen Winter und Hansen gesprochen hatten, durchaus reizte. Am Ende seiner Überlegungen war er sich sicher gewesen, dass eine schwierige Zusammenarbeit mit den beiden kein Argument dagegen sein durfte. Immerhin hatte er mit ihnen die intensivste Zeit seiner Karriere erlebt, und da war immer noch genug Energie in ihm, einen absoluten Neuanfang zu wagen.

»Hauptsache, nicht wieder ein Heiratsantrag«, durchbrach sie seine Gedanken.

Er sah auf und blickte in ihr grinsendes Gesicht. So oft, wie sie ihm das seit seinem missglückten Versuch von damals schon vorgeworfen hatte, glaubte er beinahe, dass sie insgeheim doch noch auf einen – diesmal romantischeren – Antrag wartete.

»Tatsächlich wollte ich heute Abend in Ruhe etwas mit dir besprechen.« Birger spürte selbst, wie zögerlich seine Worte klangen. Sie musste denken, dass die nächsten Minuten irgendwie unangenehm für sie werden könnten. Womit sie auch nicht ganz falschläge.

»Lass mich raten: Du willst zurück in den Dienst«, sagte sie. »Vollzeit und nicht mehr nur auf Abruf, nicht wahr?«

»Nein, nein«, entgegnete er. »Auf gar keinen Fall. Je länger ich raus bin, desto weniger Interesse habe ich daran, noch einmal für die Kripo zu arbeiten.«

»Was ist es dann?«

»Es gibt da etwas, das ich dir nicht gesagt habe«, antwortete er. »Ich weiß, dass es für dich völlig verrückt klingen mag. Aber es beschäftigt mich seit Monaten.«

»Seit Monaten?«, fragte sie argwöhnisch.

»Ja, du erinnerst dich vielleicht, dass ich mich kurz nach Weihnachten mit Kalle und Simon im Buthmanns getroffen habe.«

Agnes hob ihre rechte Augenbraue, als ahne sie Böses.

»Wir haben uns nicht einfach nur so getroffen, weil wir auf alte Zeiten anstoßen wollten«, redete Birger weiter. »Das wurde mir aber auch erst klar, als die beiden plötzlich zu erzählen anfingen, was sie gerade …«

Er hielt inne, weil das Display seines Handys auf dem Tisch aufleuchtete. Ein anonymer Anrufer. Für einen kurzen Augenblick überlegte er, den Unbekannten einfach wegzudrücken, aber mit einem entschuldigenden Blick in Richtung Agnes nahm er das Gespräch schließlich doch an.

»Hallo?«, meldete sich eine leicht zittrige weibliche Stimme, die er nicht zuordnen konnte.

»Birger Andresen hier, wer spricht denn da?«

»Sind Sie von der Polizei?« Sie sprach so leise, dass Birger Mühe hatte, sie zu verstehen.

»Worum geht es denn?«

»Hören Sie, ich glaube, dass ich jetzt weiß, was passiert ist. Also zumindest, wer es gewesen ist.«

»Wer was gewesen ist? Sie sprechen in Rätseln.«

»Na, wer Jan getötet hat«, antwortete die Frau mit bebender Stimme. »Sie müssen mir helfen, ich bin mir nämlich sicher, dass ich die Nächste bin.«

»Moment, Moment, was sagen Sie da?« Birger wurde plötzlich nervös, als er verstand, worauf sie hinauswollte. Doch im nächsten Moment hörte er ein Knacken in der Leitung, die Verbindung war offenbar abgebrochen.

Regungslos saß er da, das Telefon noch immer am Ohr. Erst

nach einigen Sekunden ließ er seine Hand sinken und legte das Handy vor sich auf den Tisch. Vielleicht würde die Frau noch einmal anrufen, hoffte er. Aber je mehr Zeit verging, desto geringer war die Wahrscheinlichkeit.

Warum ich?, fluchte Birger innerlich. Weshalb hatte diese unbekannte Frau ausgerechnet ihn angerufen? Woher zum Teufel hatte sie überhaupt seine Handynummer? Natürlich hatte er sofort gewusst, wen sie meinte. Noch bevor sie den Namen genannt hatte.

Jan Ahrens, der Tote aus der Pötenitzer Wiek. Der Gastronom, der offenbar einem Gewaltverbrechen zum Opfer gefallen war. Birger hatte im Radio davon gehört und Statements aus der Pressekonferenz gelesen. Für einen kurzen Augenblick hatte er auch darüber nachgedacht, Ole anzurufen und sich zu erkundigen, wie die Ermittlungen anliefen, aber schließlich hatte er sich dagegen entschieden. Sie würden es auch ohne ihn schaffen. Ihn juckte es nicht in den Fingern, selbst wieder aktiv zu werden.

Bis zu diesem Anruf vor wenigen Augenblicken. Denn egal was er wollte oder auch nicht wollte, jetzt war er wohl oder übel wieder Teil dieser Ermittlungen. Er musste sofort den anderen Bescheid geben oder am besten direkt ins Präsidium fahren. In diesem Moment galt nur noch eines: Sie mussten einen weiteren Mord verhindern, sofern die Frau mit ihrer Prophezeiung richtiglag.

»Es tut mir leid«, sagte Birger mit gedämpfter Stimme. »Ich muss leider los.«

»Hat es mit Kalle und Simon zu tun?«

»Nein, ich befürchte, dass es viel schlimmer ist«, blieb er vage.

»Ich bin wirklich alles andere als abergläubisch«, sagte Agnes nach einigen Sekunden des Schweigens. Dabei machte sich auf ihrem nachdenklichen Gesicht ein resigniertes Lächeln breit. »Aber wir sollten das einfach sein lassen.«

»Was meinst du?«, fragte Birger sichtlich irritiert.

»Gemeinsam essen zu gehen. Es endet jedes Mal in einer kleinen Katastrophe.«

»Ich verspreche dir, dass ich bald einen Kochkurs mache. Dann zaubere ich dir zu Hause Drei-Gänge-Menüs.«

»Das glaube ich erst, wenn ich es sehe.« Agnes winkte in Richtung der Bedienung. »Lass mir Geld hier, ich habe mich auf den Fisch gefreut und werde ihn mir nicht entgehen lassen. Wenn du mich hier schon sitzen lässt, kannst du wenigstens zahlen.«

Birger zog sein Portemonnaie aus der Tasche und fischte einen Fünfziger hervor. »Lass es dir schmecken.« Er stand auf, beugte sich noch einmal zu ihr herunter und gab ihr einen Kuss. »Tut mir leid, aber ich muss ins Präsidium. Keine Ahnung, wann ich nach Hause komme. Mein Bauchgefühl sagt mir, dass die nächsten Stunden alles andere als einfach werden.«

Vogelgezwitscher

Morten fuhr schon seit einer ganzen Weile plan- und ziellos um Lübecks Altstadt herum. Er hatte das Gespräch mit Stella Ahrens eigentlich nicht allein führen dürfen, da war Ida-Marie mehr als deutlich in ihrer Ansprache gewesen. Im Grunde war es also unmöglich, ihr und den anderen zu berichten, was die Ex-Frau von Jan Ahrens ihm erzählt hatte.

Die Adresse von Malin Klein zu recherchieren war relativ einfach gewesen. Für einen Moment hatte er überlegt, auch ihr einen Besuch abzustatten, aber es hätte alles nur noch schlimmer gemacht, wenn jemand dahintergekommen wäre. Also war er einfach weitergefahren, von der Kanalstraße über die Hüxtertorallee bis zum Polizeipräsidium. Weil er keinen Grund sah, anzuhalten, hatte er seine Fahrt bis zum Lindenteller fortgesetzt, wo er dreimal den Kreisverkehr umrundet hatte. Am liebsten wäre er in die Fackenburger Allee abgebogen, um Richtung Autobahn zu fahren. Abzuhauen, ohne irgendein Ziel. Lübeck für eine Weile einfach den Rücken zu kehren. Gerade als er sich dazu entschlossen hatte, klingelte sein Handy. Es war Ole.

Während Morten durch den Lindenteller steuerte, überlegte er einen Augenblick zu lange, den Anruf anzunehmen. Denn nach dem vierten Klingeln sprang bereits seine Mailbox an. Er bog in die Moislinger Allee ab und blieb nach etwa fünfzig Metern auf dem befestigten Mittelstreifen links stehen, obwohl das Parken dort eigentlich nicht erlaubt war. Hastig tippte er auf seinem Handy herum, um Ole zurückzurufen. Er hatte kein besonders großes Verlangen, mit ihm zu sprechen, aber sein Gefühl sagte ihm, dass es besser war, erreichbar zu sein und möglichst unauffällig zu agieren.

»Gut, dass du so schnell zurückrufst«, sagte Ole. »Kannst du schnell ins Präsidium kommen?«

»Wenn es sein muss, bin ich in fünf Minuten da. Sagst du mir auch, weshalb?«

»Ich glaube, ich weiß, wen wir suchen. Wir sollten so schnell wie möglich zusammenkommen und entscheiden, wie wir weiter vorgehen.«

»Du kennst den Täter?«, fragte Morten überrascht, aber auch etwas argwöhnisch. »Wer soll es denn deiner Meinung nach sein?«

»Henning Ahrens, der Bruder von Jan. Er lebt in Dänemark, war aber allem Anschein nach gemeinsam mit ihm auf dem Boot.«

»Und wie sicher bist du dir?« Morten merkte sofort, wie argwöhnisch er klang.

»Ziemlich«, antwortete Ole voller Überzeugung. »Wir haben es ganz offenbar mit einem Geschwistermord zu tun. Das passt dazu, was wir über die Streitigkeiten zwischen den beiden wissen. Ich bin gleich zurück im Präsidium. Elif ist ohnehin noch dort, und ich hoffe, dass Ida-Marie auch noch nicht losgefahren ist.«

»Na schön, ich bin gleich da.«

»Danke.«

Morten legte sein Handy zurück auf den Beifahrersitz. Dann ordnete er sich langsam wieder auf der Moislinger Allee ein. Wie auch immer Ole darauf kam, dass der eigene Bruder Jan Ahrens erschossen hatte – Morten spürte Erleichterung bei dem Gedanken, dass sie den mutmaßlichen Täter womöglich schon so frühzeitig als solchen ausgemacht hatten. Gleichzeitig wurde ihm bewusst, dass sie ihn aber längst noch nicht gefasst hatten. Und so wie es aussah, hatten sie nicht den Hauch einer Ahnung, wo sich Henning Ahrens befand. Vielleicht längst wieder in Kopenhagen.

Als er die Tür des Fahrstuhls schloss, atmete Ole tief durch. Die vergangenen fünfundvierzig Minuten liefen wie im Zeitraffer vor seinem inneren Auge vorbei, während er hoch in die siebte Etage des Polizeipräsidiums fuhr. Der Fahrstuhl ächzte derweil, als wolle er ihm sein Mitleid bekunden.

Das Telefonat mit Jannik und die Erkenntnis, dass er womöglich den Täter kannte, waren aus heiterem Himmel gekommen. Doch was ihm dann anschließend im Rechtsmedizinischen Institut widerfahren war, sorgte auch jetzt noch dafür, dass er weiche Knie hatte und nahezu ununterbrochen Gänsehaut am ganzen Körper verspürte.

Sie waren in Danutas Büro im ersten Stock des Gebäudes gegangen, wo hinter einem Paravent ein knallrotes Plüschsofa stand, so groß, dass im Notfall zwei Personen problemlos darauf hätten nächtigen können. Danuta hatte sich sofort ihres Kittels und der eng anliegenden Jeans entledigt. Als sie bloß noch in ihrer Spitzenunterwäsche vor ihm gestanden hatte, war Ole das Herz in die Hose gerutscht. Er hatte sich vollkommen überfordert gefühlt, aber es war keine Zeit gewesen, um ernsthaft über einen Rückzieher nachzudenken. Sie hatte ihn sich geschnappt und mit ihm gemacht, was sie wollte. Für einen kurzen Augenblick hatte er überlegt, ob in der gleichen Situation, aber mit verkehrten Rollen wohl ein Straftatbestand vorgelegen hätte. Aber jeglicher Vergleich wäre jämmerlich gewesen, denn Ole hätte jederzeit Nein sagen und sich wehren können. Die Wahrheit war allerdings, er hatte gar nicht verhindern wollen, was mit ihm geschah.

Das zwischen ihnen hatte nicht lange gedauert, und trotzdem hatte es sich intensiver angefühlt als alles, was er bislang sexuell erlebt hatte. Als sie fertig waren, hatte sich Danuta schnell wieder angezogen und das Fenster geöffnet. Aus ihrem Kittel hatte sie eine Packung Zigaretten gefingert und auch ihm eine angeboten. Unter anderen Umständen hätte er dankend abgelehnt, doch es schien ihm genau der richtige Moment, nach vielen Jahren mal wieder den Rauch einer Zigarette tief in sich einzusaugen.

Sie hatten schweigend nebeneinandergestanden und aus dem Fenster gesehen. Die frühabendliche Sonne hatte die

Luft noch immer erwärmt. Vögel zwitscherten. Irgendwo in einiger Entfernung hörte man Kinder spielen. Ole hatte lächeln und gleichzeitig den Kopf schütteln müssen. Zu absurd war dieser Augenblick gewesen. Unten im Keller des Instituts lag auf einem Präparationstisch das Todesopfer, wegen dem er überhaupt hier gewesen war. Aber statt noch länger über die Obduktionsergebnisse zu sprechen, hatte er gerade mit der Leiterin der Rechtsmedizin geschlafen.

Seit er wieder ins Auto gestiegen war, hatte er an nichts anderes denken können, als diesen Moment mit ihr noch einmal wiederholen zu wollen. Und das am besten so schnell wie möglich. Er hatte versucht, sich abzulenken, indem er Morten angerufen und ihn ins Präsidium gebeten hatte. Schließlich war er sich sicher zu wissen, wer der Mörder von Jan Ahrens war. Die Ermittlungen hatten einen entscheidenden Punkt erreicht, weil er die richtigen Schlüsse aus den Informationen von Jannik gezogen hatte. Das hätten auch die anderen hinbekommen, aber es würde sicherlich nicht schaden, sich ein wenig zu profilieren, ohne dass es besserwisserisch oder überheblich wirkte.

Klar war jedenfalls, dass die nächsten Stunden seine volle Konzentration verlangten, wenn sie Henning Ahrens finden wollten. Aber genau hier lag sein Problem: Danuta und das, was sie mit ihm angestellt hatte, wollten ihm einfach nicht mehr aus dem Kopf. Sein gesamter Körper fühlte sich noch immer an, als sei er von kleinen Stromstößen elektrisiert. Ole konnte an nichts anderes mehr denken.

Als die Fahrstuhltür sich wieder öffnete, versuchte er erneut, sich zu sammeln. Jetzt hatten die Ermittlungen Vorrang. Was immer das mit Danuta auch gewesen war, ein erneutes Mal musste warten, bis sie den Täter gefasst hatten. Wenn es denn überhaupt jemals eine Fortsetzung geben würde.

Ole schaute zuerst in sein eigenes Büro, wo Elif noch immer an ihrem Schreibtisch saß. Er bat sie in den Besprechungsraum, nachdem er kurz von seinem Verdacht gegen Henning Ahrens berichtet hatte. Ida-Marie traf er anschließend in der kleinen Küche, wo sie gerade den Geschirrspüler befüllte.

»Seid ihr zurück?«, fragte sie, als er hereinkam.

»Ihr?«, entgegnete Ole verwundert.

»Warst du nicht mit Morten unterwegs?«

»Nein, wieso fragst du?«

»Weil ich nicht möchte, dass er in seiner Situation auf eigene Faust ermittelt. Ich hoffe doch mal, dass er sich daran gehalten hat.«

»Du kannst ihn ja gleich selbst fragen, er müsste in ein paar Minuten hier sein. Ich habe ihn gebeten, so schnell wie möglich herzukommen. Es gibt da nämlich etwas, das ich dringend mit euch besprechen muss. Könnte eine lange Nacht werden.«

»In Ordnung, worum geht es?«, fragte Ida-Marie neugierig.

»Wir müssen unbedingt Henning Ahrens finden. Ich gehe davon aus, dass er der Mörder seines Bruders Jan ist.«

»Wie kommst du denn darauf?«

»Die Kleidung an Bord des Bootes«, antwortete Ole. »Bei einer der Personen waren es durchweg dänische Marken. Und da wir wissen, dass Henning Ahrens in Dänemark lebt, erscheint es mir logisch, dass die beiden zusammen an Bord waren. Ich denke, damit hätten wir auf jeden Fall einen Hauptverdächtigen. Das einzige Problem ist nur, dass wir aktuell keine Ahnung haben, wo er sich aufhält.«

»Das wäre in der Tat gut und schlecht zugleich, wenn du richtigliegst«, sagte Ida Marie nachdenklich. »Seit wann weißt du das mit der Kleidung?«

»Jannik Unger rief mich an und hat es beiläufig erwähnt. Ich musste sofort daran denken, was uns Caroline Ahrens über Henning erzählt hat. Das war so etwa vor fünfzehn Minuten«, schob Ole hinterher und verschwieg, dass in Wirklichkeit schon fast eine Stunde vergangen war.

»Na gut, wir setzen uns gleich zusammen. Ich muss nur kurz noch zu Hause anrufen und Bescheid geben, dass es später wird. Wegen dem Kleinen.«

»Klar, kein Problem.« Ole nickte und schob noch ein kurzes »Bis gleich« hinterher. Als er kurz darauf den Besprechungsraum betrat, waren die Bilder von Danutas Körper, der den seinen förmlich verschlungen hatte, sofort wieder da. Er hatte in seinem bisherigen Leben nicht viele Beziehungen geführt. Seine erste und vielleicht einzige große Liebe hatte er genau zu der Zeit erlebt, als er mit gerade einmal achtzehn Jahren von zu Hause ausgezogen war. Er hatte geglaubt, mit ihr könne es für immer halten, aber nach einigen Monaten hatte sie ihn betrogen, und er war unsanft in der Realität gelandet. In den Jahren danach war er es gewesen, der kurzzeitigen Liaisons keine Chance gegeben hatte, weil er das Vertrauen nicht mehr spürte und Angst hatte, wieder enttäuscht zu werden.

»Hast du geraucht?«

Ole fuhr herum. Vor ihm stand Elif.

»Ich rauche doch nicht«, antwortete er mit gespielter Empörung.

»Du riechst aber so.«

»Das liegt an …« Er suchte nach einer passenden Antwort. »Ich komme gerade aus der Rechtsmedizin. Professorin Kapustka raucht in ihrem Büro.«

»In ihrem Büro? Habt ihr euch nicht Ahrens' Leiche im Sektionssaal angesehen?«

»Doch, natürlich«, antwortete Ole energischer, als ihm lieb war. »Aber wir hatten –«

»Schon gut, Ole«, wiegelte sie ab. »Du musst mir nun wirklich nicht erklären, wie und wo du deine Gespräche führst.«

Ole verzog seinen Mund zu einem gequälten Lächeln und spürte, wie sehr ihn die Situation emotional anfasste. Über Elifs Schulter hinweg erkannte er im nächsten Moment auch Morten, der den Raum mit einem leisen »Moin« betrat.

»Das ging ja wirklich schnell«, sagte Ole.

»Ja, ich war ohnehin noch unterwegs.«

»Allein?«

Morten war sofort auf der Hut. Hatte Ida-Marie etwa die anderen darauf angesetzt, ihn auszuhorchen? »Ich bin ein wenig durch Lübeck gefahren und habe über den Fall nachgedacht«, antwortete er lapidar. Und schließlich war das auch nicht einmal gelogen. »Im Auto kommen mir immer die besten Ideen.«

Ehe Ole noch weitere Fragen stellen konnte, erschien nun auch Ida-Marie. Sie nickte allen kurz zu und nahm dann am Kopfende des langen Tischs Platz. Vielleicht bildete Morten es sich nur ein, aber er hatte das Gefühl, dass sie ihn einen Moment länger als die anderen ansah. Er versuchte, einen möglichst neutralen Blick aufzusetzen, obwohl es in ihm brodelte. Bis zu einem gewissen Punkt hatte er Verständnis dafür, dass Ida-Marie sich um ihn kümmerte. Aber immer mehr kam es ihm vor, als wolle sie ihn gängeln. Es ging gar nicht mehr um seinen Schutz, sondern um mangelndes Vertrauen in ihn.

»Henning Ahrens also«, begann sie ohne Umschweife. »Wissen alle Bescheid, was du vermutest, Ole?«

»Zumindest im Groben«, antwortete er. »Die Wahrscheinlichkeit, dass die beiden Brüder an Bord waren, ist meines Erachtens ziemlich hoch. Ein Teil der Kleidung, die auf dem Boot gefunden wurde, spricht jedenfalls dafür. Es handelt sich um –«

Das Klingeln von Ida-Maries Handy, das vor ihr auf dem Tisch lag, unterbrach Oles Ausführungen schon nach wenigen Sekunden. »Entschuldigt«, sagte sie und stand auf. Doch dann blieb sie abrupt stehen und starrte auf das Display.

Morten schien es, als hätte sie einen bestimmten Anruf erwartet und deshalb sofort zum Handy gegriffen. Aber ganz offenbar war der Anrufer nicht derjenige, auf den sie sich vorbereitet hatte.

»Alles in Ordnung?«, fragte Ole. »Du siehst aus, als riefe dich der Teufel höchstpersönlich an.«

»Der Teufel nicht«, antwortete sie zögerlich. »Aber es ist dein Vater.«

»Also fast dasselbe.« Diese Spitze konnte Ole sich offenbar nicht verkneifen. »Jedenfalls habe ich nichts damit zu tun.«

»Willst du nicht rangehen?«, fragte Morten ungeduldig.

»Ich würde eigentlich lieber –«

»Er wird dich nicht anrufen, wenn es keinen triftigen Grund gibt«, fiel Ole ihr ins Wort. »Das wisst ihr doch genauso gut wie ich.«

Ida-Marie nahm das Gespräch schließlich an. »Hallo, Birger.« Sie versuchte, so aufgeschlossen wie möglich zu klingen. Im Grunde war es ihr auch wesentlich lieber, wenn er wieder zurück ins Team stieß, als dass er sich mit Simon umgab.

»Wir sitzen gerade zusammen«, redete sie weiter. »Worum geht es denn? Du hast wahrscheinlich gehört, was passiert ist. Willst du uns mit deinem scharfen Blick von außen helfen?«

Jetzt redete Birger. Alle im Raum starrten Ida-Marie an. Und sahen dabei zu, wie sich ihr Gesichtsausdruck im nächsten Moment verdunkelte.

»Okay, verstehe«, sagte sie nach einer Weile. »Wann bist du hier?«

Morten spürte sofort, dass etwas passiert sein musste. Ihn beschlich ein ungutes Gefühl. Als sie aufgelegt hatte und sich ihnen wieder zuwandte, war allen klar, dass dieser Abend tatsächlich gerade erst angefangen hatte.

Was sie allerdings noch nicht wussten, war, dass sie einen weiteren Mord verhindern mussten. Und das innerhalb der nächsten Stunden.

Monster

Caroline hatte abrupt aufgelegt, nachdem sie im Rückspiegel einen Wagen gesehen hatte, der auffällig langsam durch die Hohelandstraße fuhr. Als suche der Fahrer nach etwas. Nach einer Hausnummer. Einem geparkten Fahrzeug. Nach ihr.

Sie war seitlich rangefahren und hatte versucht, Details zu erkennen. Um welche Marke es sich beim Auto handelte. Welche Farbe. Oder sogar welches Kennzeichen es hatte. Aber die Sonne stand zu tief und blendete in den Spiegeln so stark, dass sie nur die Umrisse des Wagens erahnen konnte.

Die Panik, die sie verspürte, war vor einigen Stunden so unerwartet über sie hereingebrochen, dass sie vollkommen hilflos gewesen war. Obwohl sie eigentlich hätte vorbereitet sein müssen. Jan hatte es ihr in den vergangenen Wochen mehrfach gesagt. Immer wieder hatte er darüber gesprochen, dass er glaube, bald sterben zu müssen. Nicht eines natürlichen Todes. Jemand habe ihn im Visier, hatte er immer wieder behauptet und dabei ziemlich verschwörerisch geklungen.

Zuletzt war Caroline der festen Überzeugung gewesen, er leide unter Verfolgungswahn. Weshalb sollte ihr Bruder denn in Lebensgefahr sein? Ja, er hatte seine Ecken und Kanten. So richtig zugänglich war er nie gewesen, immer ein wenig eigenbrötlerisch. Manchmal war es bestimmt nicht einfach, für ihn zu arbeiten. Aber ihr Eindruck war, dass er trotzdem sehr beliebt bei seinen Mitarbeiterinnen und Mitarbeitern gewesen war. Und sein Privatleben lief zwar nicht so rund, wie er sich das mit Sicherheit erhofft hatte, aber von irgendwelchen Problemen oder Auseinandersetzungen wusste sie zumindest nichts. Am ehesten hätte sie vermutet, dass es mit diesen seltsamen Typen zu tun hatte, die manchmal an seiner Seite auftauchten. Unangenehme Leute, die den Eindruck machten, als würden sie ihn bedrängen. Sie hatte ihn nie danach gefragt, was sie von ihm wollten.

Am Ende hatte Jan recht behalten. Tatsächlich hatte es jemand auf ihn abgesehen. Und ihn eiskalt erschossen. Auf dem Boot ihres Vaters, mit dem sie selbst schon so oft raus auf die Ostsee gefahren war.

Eine zweite Person war an Bord gewesen, hatten die Polizisten gesagt. Mit wem hatte Jan denn zu tun gehabt in letzter Zeit? Sie hatte ihn schlechter gekannt als gedacht. Ja, das war etwas, das ihr schon immer zu schaffen gemacht hatte. Dass ihre Familie einfach gar keine wirkliche Familie war. Nicht nur der Streit zwischen Jan und Henning, der niemals derart hätte eskalieren müssen, hatte sie belastet, auch sonst gab es viel zu wenig, was sie und ihre Brüder verband. Wie Fremdkörper waren sie sich vorgekommen, wenn sie denn überhaupt miteinander gesprochen hatten. Dass es dafür einen Grund gab, wussten sie alle. Einen Menschen, der für all das verantwortlich war. »Das Monster«, wie sie ihn oft genannt hatte.

Caroline hatte keine Ahnung, wer Jan zuletzt nahegestanden hatte. Aber dass seine Prophezeiung Realität geworden war, hatte von einem auf den anderen Moment ein Gefühl der Panik in ihr losgetreten, das noch immer andauerte.

Der Wagen überholte sie in diesem Augenblick. Ein asiatischer Kleinwagen, die Marke konnte sie nicht erkennen. Dafür aber den Fahrer. Ein grauhaariger Mann, bestimmt schon über fünfundsiebzig, mit beiden Händen unsicher am Lenkrad klebend. Niemand, der es auch auf sie abgesehen hatte.

Sie atmete tief durch. Der Nebel in ihrem Kopf lichtete sich wieder. Die Angst war unterschwellig immer da gewesen, musste sie sich in diesem Moment eingestehen. Bestimmt hatte Jan geahnt, dass ihn eines Tages die Vergangenheit einholen würde. Auch sie selbst hätte es wissen müssen. Doch die Gedanken daran hatte sie über all die Jahre immer wieder erfolgreich verdrängt.

Bis jetzt. Bis zum heutigen Tag. Als die beiden Polizisten im Restaurant aufgetaucht waren.

Aber selbst in diesem Augenblick versuchte Caroline noch,

gegen die Erinnerungen anzukämpfen. Weshalb eigentlich? Sie waren da, und sie würde sie nicht noch einmal irgendwo in ihrem Unterbewusstsein verschwinden lassen können. Ja, auch sie trug eine Schuld. Denn sie hatte zugelassen, was passierte. So wie sie alle geschwiegen und nicht geholfen hatten.

Wenn der Grund für Jans gewaltsamen Tod also tatsächlich der war, den sie vermutete, dann hatte sie allen Grund, selbst um ihr Leben zu fürchten. Etwas anderes schien ihr einfach nicht vorstellbar. Wer sonst sollte einen solchen Hass auf ihn gehabt haben!

Oder war sie etwa paranoid? Steckte etwas ganz anderes dahinter, und sie selbst hatte gar nichts zu befürchten? Jan hatte mehrfach gesagt, dass jemand es auf ihn abgesehen habe. Auf ihre Nachfragen, wie er darauf komme und wer ihn töten wolle, hatte er wirr geantwortet und sich mehrfach widersprochen. Er hatte jedenfalls nichts davon erwähnt, dass es mit damals zusammenhängen könnte. Weshalb sie sich keine allzu großen Sorgen gemacht hatte. Vor allem nicht um sich selbst.

Aber jetzt war alles anders. Jan war nicht mehr am Leben und sie selbst in Todespanik. Wie sollte es überhaupt weitergehen? Mit ihr und vor allem auch mit den Restaurants. Sie war doch nur eingesprungen, weil Not am Mann gewesen war.

Für einen kurzen Moment huschte ein bitteres Lächeln über Carolines Lippen. Alles brach über ihr zusammen, als hätte sie nicht schon genug Strafen auf sich genommen.

Je weiter der Kleinwagen auf der zugeparkten Straße davonfuhr, desto schneller beruhigte sich ihr Pulsschlag. Sie hatte sich in den letzten Stunden vielleicht zu sehr in diese Situation hineingesteigert und war fest davon ausgegangen, auch sterben zu müssen.

Während sie ihre Handtasche vom Beifahrersitz nahm, blieb ihr Blick noch einmal im Rückspiegel hängen. Die Sonne blendete sie jetzt nicht mehr, offenbar war sie bereits hinter den Dächern verschwunden. Sie reckte sich, um sich selbst in dem kleinen Spiegel sehen zu können. Sie war blass, doch etwas anderes schockierte sie. Ihre Pupillen waren derart geweitet, dass sie unwillkürlich zurückschreckte.

Das war doch nicht sie! Sie erkannte sich gar nicht wieder. Die Panik, die sie verspürt hatte, war nicht nur in ihren Augen, sondern auch in jeder Pore und Falte ihres Gesichts zu sehen.

Caroline wollte nur noch in ihre Wohnung. In ihr Bett, vielleicht vorher noch unter die Dusche, um diesen Tag und ihre Ängste einfach abzuwaschen. Und morgen früh dann aufzuwachen und mit klarem Kopf zu entscheiden, wie sie weitermachen würde. Wie es mit den Restaurants weiterginge. Wie sie am besten mit der Polizei zusammenarbeitete. Und wie sie mit Jans Tod umgehen sollte.

Sie schloss die Augen und rutschte auf dem Sitz zurück. Noch einmal gingen ihr die Bilder und Gespräche des heutigen Tages durch den Kopf. Was zum Teufel war bloß geschehen, dass von einem Moment auf den anderen alles um sie herum zu explodieren schien?

Sie atmete tief durch. Dann schnallte sie sich ab und wollte gerade die Tür öffnen, als ihr Blick in den Seitenspiegel fiel. Im letzten Moment sah sie noch den Fahrradfahrer näher kommen, ehe sie ihn voll erwischt hätte.

Sofort war sie wieder da, die Nervosität der letzten Stunden. Adrenalin bahnte sich den Weg durch ihren Körper. Verdammt, durchfuhr es sie. Es konnte doch nicht sein, dass in jeder ungewohnten oder brenzligen Situation ein Gefühl von Panik über sie hereinbrach. Sie musste sich einfach zusammenreißen. Da draußen war niemand, der es auf sie abgesehen hatte. Sie bildete sich das alles bloß ein.

Noch einmal sah sie sich um. So wie sie hier parkte, konnte sie unmöglich stehen bleiben. Man würde sie abschleppen oder ihr zumindest einen Strafzettel verpassen.

Gerade als sie den Motor wieder starten wollte, hielt sie inne. Etwas stimmte nicht. Da war ein Schatten rechts neben ihrem Auto auf dem Bürgersteig. Die Person mit der Kapuze erschien wie aus dem Nichts. Im nächsten Moment riss sie die Beifahrertür von außen auf.

Caroline erstarrte augenblicklich, während sie in den Lauf einer Pistole blickte. Unfähig, einen klaren Gedanken zu fassen. Geschweige denn eine Antwort auf die Frage zu finden, wer diese Person war und ob sie mit ihrer Prophezeiung richtiggelegen hatte. Denn Augenblicke später zerfetzten zwei Kugeln ihr Gesicht.

One-way

Das Gefühl von früher suchte Birger vergeblich, als er mit dem Fahrstuhl hoch in die siebte Etage fuhr. Nicht selten war es eine Qual gewesen, sich an einem neuerlichen Tag an den Schreibtisch zu setzen und stundenlang Dokumente zu wälzen, in der geringen Hoffnung, doch noch auf etwas zu stoßen, das einen aussichtslosen Fall endlich aufklärte. An anderen Tagen hatte aber auch positive Aufregung geherrscht, wenn die Ermittlungen tatsächlich Fahrt aufnahmen und das Team sich gemeinsam hier traf, um die letzten Schritte zu besprechen, ehe sie den Täter überführten. Nichts davon wollte sich heute einstellen. Weder Frust noch Euphorie, sondern etwas, das ihm beinahe wie Gleichgültigkeit vorkam.

Ihm fehlte einfach die Energie von damals. Er hatte eigentlich gar nicht Teil dieser Ermittlungen sein wollen, doch durch den Anruf der unbekannten Frau blieb ihm nichts anderes übrig, als den anderen davon zu berichten. Und natürlich fühlte er sich auch verpflichtet, in den nächsten Stunden alles daranzusetzen, dass die Prophezeiung dieser Frau nicht wahr wurde. Mehr als eine Verpflichtung gegenüber den Kollegen war es nicht. Ihn reizte längst etwas ganz anderes.

Während Birger nachdenklich über den Flur in Richtung des Besprechungsraums ging, kam er an seinem ehemaligen Büro vorbei. Vielmehr an einem seiner ehemaligen Büros. Er hatte in all den Jahren an drei verschiedenen Schreibtischen auf unterschiedlichen Etagen gesessen. Aber nur an einem war er so richtig zufrieden gewesen, nämlich an dem, wo er keinerlei Personalverantwortung gehabt hatte und sich nicht um administrative Aufgaben kümmern musste. Als stinknormaler Kriminalkommissar hatte er sich damals am wohlsten gefühlt. Wenn er einfach ermitteln konnte, manchmal – zum Unwillen seiner Vorgesetzten – auch auf eigene Faust.

In den Büros saßen nun jüngere Kommissare und Kommissarinnen. Vom ganz alten Team, mit dem er in seinen besten Jahren zusammengearbeitet hatte, war einzig Ida-Marie noch übrig. Alle anderen hatten nach und nach die Kripo Lübeck verlassen. Birger hatte sich nie gefragt, ob es vielleicht auch an ihm gelegen hatte. Die meisten von ihnen hatten für den Wechsel der Dienststelle zumindest andere Gründe vorgeschoben.

Womit er zugegebenermaßen auch nicht gut zurechtkam, war die Tatsache, dass sein Sohn nun in einem dieser Büros saß und an seine Stelle getreten war. Nicht, weil er es ihm nicht zutraute, ein hervorragender Ermittler zu werden. Es war vielmehr so, dass er Ole immer ganz anders betrachtet hatte. Gerade weil er wusste, was dieser Job an Entbehrungen und Belastungen mit sich brachte, hätte er sich für ihn etwas anderes gewünscht.

Andererseits war es die Entscheidung seines Sohnes gewesen, und sie war nicht durch den Rat des Vaters beeinflusst worden. Ole hatte, seitdem er volljährig war, sein eigenes Leben geführt und wichtige private und berufliche Erfahrungen gemacht. Sie hatten sich viele Jahre nicht sonderlich nahegestanden, was wiederum an Birger gelegen hatte. Dass Ole jetzt ebenfalls auf Mörderjagd ging, war ein langer Prozess gewesen und vielleicht auch eine logische Konsequenz. Möglicherweise waren sie sich ähnlicher, als er lange Zeit geglaubt hatte.

Birger war nicht bange bei dem Gedanken, dass sein Sohn, Morten und Elif den Kern des zukünftigen Teams stellten, auch wenn sie alle noch ziemlich grün hinter den Ohren waren. Jeder für sich brachte seine eigenen Stärken mit. Sie waren klug, dachten immer wieder neu und waren sich nicht zu schade, auch mal die Drecksarbeit zu übernehmen oder, wenn es sein musste, ins Risiko zu gehen. Wobei der Gedanke, dass Ole sich in Gefahr begab, so wie er selbst das nicht selten getan hatte, ihm dann doch Bauchschmerzen bereitete.

Er hatte Ida-Marie auf der Fahrt hierher angerufen, um sicherzugehen, dass noch jemand im Präsidium war. Sie säßen gerade ohnehin zusammen, hatte sie gesagt. Vielleicht könne er ihnen bei den Ermittlungen behilflich sein. Als er dann in wenigen Sätzen von dem Anruf, den er bekommen hatte, berichtete, hatte er das schwere Schlucken am anderen Ende der Leitung förmlich spüren können.

Birger atmete tief durch, als er die Stimmen durch die angelehnte Tür des Besprechungszimmers hörte. Endlich stellte sich ein vertrautes Gefühl ein, aber es sorgte dennoch nicht dafür, dass er große Lust verspürte, den Raum zu betreten.

Die Gesichter der anderen strahlten eine Mischung aus Erschöpfung und Unsicherheit darüber aus, was er ihnen erzählen würde. Auch sein Sohn wirkte nachdenklicher, als er ihn zuletzt erlebt hatte. Wenn Birger an seine kompliziertesten Fälle dachte, meinte er sich zu erinnern, dass das Team noch nie am ersten Tag einer Ermittlung so niedergeschlagen ausgesehen hatte.

Er nickte in die Runde, ohne etwas zu sagen.

»Ich hätte mir einen anderen Anlass für dein Erscheinen gewünscht«, begrüßte Ida-Marie ihn. »Trotzdem gut, dass du da bist. Also erzähl uns, was diese Anruferin genau gesagt hat.«

»Ich kann gar nicht viel mehr erzählen, als ich eben am Telefon schon berichtet habe«, begann Birger und ging um den Tisch herum, um sich neben Ole zu setzen. »Die Frau hat sich auf meinem Diensthandy unter einer anonymen Nummer gemeldet. Keine Ahnung, woher sie die Nummer hat. Jedenfalls fragte sie mich, ob ich Polizist wäre, und kam dann sofort zur Sache. Sie meinte, sie kenne den Täter. Im ersten Moment hatte ich keine Ahnung, was sie meint. Aber dann wiederholte sie, dass sie wisse, wer ›Jan‹ umgebracht hat. Da wurde mir klar, dass es sich um den Mord an Ahrens handeln muss. Natürlich habe ich verfolgt, was heute passiert ist. Und was sie dann sagte, ist der Grund, weshalb ich besser vorbeikommen und mit euch sprechen wollte.«

Er machte eine kurze Pause, öffnete sich eine Flasche Wasser, die auf dem Tisch stand, und trank einen großen Schluck. Dann fuhr er fort. »Sie behauptete nämlich, die Nächste zu sein. Dann brach das Telefonat leider ab. Aus einem Grund, den ich mir gar nicht vorstellen möchte.«

»Mehr nicht?«, fragte Ole.

»Ich finde, dass diese Information von einer mir unbekannten Frau, die mich während eines Restaurantbesuchs anruft, durchaus bedeutsam genug ist.« Birger warf seinem Sohn einen ernsten Blick von der Seite zu.

»Hast du sie nach ihrem Namen gefragt?«

»Natürlich habe ich wissen wollen, wer sie ist«, antwortete Birger jetzt hörbar genervt. »Aber sie war verängstigt, ein vernünftiges Gespräch war nicht möglich. Und bevor ich noch etwas fragen konnte, war die Verbindung abgebrochen.«

»Kannst du die Stimme dieser Frau vielleicht einordnen?«, fragte Ida-Marie nun. »Irgendetwas, das uns einen Hinweis auf ihre Identität liefern könnte?«

Birger schüttelte den Kopf. »Das Telefonat dauerte keine dreißig Sekunden. Aber ich bin mir auch so sicher, dass ich diese Stimme noch nie gehört habe. Sie klang ziemlich leise, wobei ich nicht weiß, ob es vielleicht daran lag, dass sie aus Angst vor dem Täter flüstern musste. Was mir aber im Nachhinein klar geworden ist: Sie muss Jan Ahrens nahegestanden haben. Oder zumindest gut gekannt haben, denn sie hat ihn beim Vornamen genannt.«

»Vielleicht jemand aus der Familie«, mutmaßte Ida-Marie.

»Da seid ihr hoffentlich schon weiter, was die Recherche seines Umfelds angeht. Ich weiß bislang nichts über diese Familie, außer dass der Vater vor einigen Jahren mal Lübecks Wirtschaftssenator war.«

»Jan Ahrens hat eine Schwester, wir haben heute mit ihr gesprochen«, sagte Ole. »Wenn sie es war, die dich angerufen hat, dann befürchtet sie womöglich, von ihrem eigenen Bruder umgebracht zu werden.«

»Bevor du dich gemeldet hast, saßen wir hier zusammen, weil der Verdacht besteht, dass Henning Ahrens seinen Bruder Jan erschossen hat«, erklärte Ida-Marie. »Wir haben Hinweise darauf gefunden, dass sie zusammen auf dem Boot des Vaters waren. Außerdem wissen wir, dass die beiden ziemlich zerstritten waren und eigentlich keinen Kontakt mehr hatten. Deswegen lebt Henning Ahrens seit einigen Jahren in Kopenhagen.«

»Fahndet ihr bereits nach ihm?«

»Das wäre unser nächster Schritt.«

»Welches Gefühl hattet ihr, als ihr mit der Schwester gesprochen habt?«, fragte Birger nachdenklich. »Wie eng standen sie und ihre Brüder sich?«

»Mit Henning herrschte Funkstille«, antwortete Ole. »Ob sie untereinander ebenfalls Probleme hatten, wissen wir nicht. Es hörte sich danach an, als wäre der Streit zwischen ihren Brüdern der Grund dafür, dass auch sie keinen Kontakt mehr zu Henning hatte. Dass der nicht nur seinen Bruder, sondern auch noch seine Schwester töten will, erscheint mir zumindest zweifelhaft.«

»Es gibt ja noch mehr Frauen, die Jan Ahrens nahestanden«, warf Elif plötzlich ein. »Zum Beispiel seine Ex-Frau und eine Freundin, mit der er bis vor einem knappen Jahr zusammen gewesen ist. Mit beiden müssen wir noch reden.«

Morten spürte, dass seine Handinnenflächen feucht wurden. Er rutschte unruhig auf seinem Stuhl hin und her. Sollte er ihnen sagen, dass er heute Nachmittag bei Stella Ahrens gewesen war und ihr auf den Zahn gefühlt hatte? Wäre wohl keine allzu gute Idee, andererseits würde es früher oder später wahrscheinlich ohnehin herauskommen.

»Es ist halb neun.« Ida-Marie ergriff wieder das Wort. »Rufen wir doch einfach bei den drei Frauen an. Dann wissen wir bestenfalls, ob alles in Ordnung ist. Und gleichzeitig erinnerst du dich vielleicht daran, ob eine der Stimmen zu der Anruferin passt.«

»Wollt ihr euch wirklich auf mein Erinnerungsvermögen verlassen?«, fragte Birger etwas zögerlich.

»Bevor wir mit einem größeren Aufgebot an drei verschiedene Orte in Lübeck fahren, wäre das aus meiner Sicht ein sinnvoller erster Schritt.«

»Ich weiß nicht«, sagte Birger. »Das Telefonat brach einfach ab, die Frau hätte mich noch einmal anrufen können, wenn es ihr möglich gewesen wäre. Ich habe ehrlich gesagt meine Zweifel, dass sie ans Telefon gehen wird. Oder es überhaupt kann.«

»Das könnte dann allerdings ein Hinweis sein«, sagte Ole. »Also sollten wir es gerade deshalb erst mal so versuchen.«

»Sehe ich genauso.« Ida-Marie erhob sich und trat zur Seite, wo sie von der Fensterbank das Konferenztelefon nahm und es in die Mitte des Tischs stellte. »Haben wir die Nummern der Frauen?«, fragte sie in die Runde.

»Auf jeden Fall die von Caroline Ahrens«, antwortete Elif.

»Und ich habe die von seiner Ex-Frau.« Morten biss sich sofort auf die Zunge. »Ich hatte sie schon mal rausgesucht, um uns anzukündigen«, schob er hinterher.

»Dann brauchen wir nur noch die Nummer von dieser Freundin, mit der Ahrens zusammen gewesen ist. Wie heißt sie noch mal?«

»Malin«, sagte Elif nach kurzem Überlegen. »Der Nachname fiel Caroline Ahrens nicht ein.«

»Klein«, warf Morten ein. Warum sollte er eigentlich sein Wissen nicht preisgeben? Er musste ja nicht sagen, woher er den Namen kannte.

»Du hast wohl den Nachmittag genutzt, um einiges in Erfahrung zu bringen«, sagte Ida-Marie und warf ihm einen Blick zu, den er nicht deuten konnte. Wieder spürte er diesen Argwohn bei ihr. Oder meinte sie ihre Worte anerkennend?

»Ich suche ihre Nummer raus«, sagte Elif und stand auf. »Fangt schon mal an, ich bin gleich wieder da.«

Während sie den Raum verließ, tippte Ole die Handynummer von Caroline Ahrens auf der Tastatur des Telefons ein. »Am besten fragst du sie nach ihrem anderen Bruder. Er ist unser Hauptverdächtiger, den wir so schnell wie möglich ausfindig machen müssen.«

Das Freizeichen ertönte.

Birger fühlte sich nicht wohl bei dem Gedanken, über den Lautsprecher des Konferenztelefons mit der Frau reden zu müssen. Das war nicht seine Art, solche Gespräche zu führen. Überhaupt hatte er gar nicht in diese Sache hineingezogen werden wollen.

Es klingelte weiter. Das vierte oder fünfte Mal bereits.

Niemand im Raum sagte etwas. Sie warteten, bis der Klingelton ein zehntes Mal zu hören war, dann unterbrach Ole den Anrufversuch, indem er auf die rote Taste drückte.

»Okay, das heißt natürlich gar nichts«, versuchte Ida-Marie, die Situation nicht überzubewerten. »Wir machen erst mal weiter.«

Jetzt war es Morten, der einen Zettel aus seiner Jacke hervorzog, auf dem er sich die Nummer von Stella Ahrens notiert hatte. In diesem Moment fuhr der Schrecken wie ein Blitz in ihn hinein. Wenn sie über dieses Telefon mit Stella Ahrens redeten, war die Gefahr extrem hoch, dass sie seinen Besuch bei ihr erwähnte. Das wäre der absolute Super-GAU für ihn, war er sich sicher. Ida-Marie würde ihm den Kopf abreißen, und er wäre fürs Erste raus aus sämtlichen Ermittlungen.

Morten sah auf den Zettel und tippte die Nummer auf der Tastatur ein. Bei den letzten beiden Zahlen wählte er andere Ziffern. Er hoffte, dass einfach irgendjemand abnahm und er sich damit herausreden konnte, die Nummer falsch aufgeschrieben zu haben.

Wieder war ein Freizeichen zu hören. Konzentriert und voller Erwartung saßen sie alle am Tisch. Aus dem Augenwinkel beobachtete er, dass Birger angespannt auf seinem Stuhl hin und her rutschte.

Es klingelte immer wieder, ohne dass jemand den Anruf

annahm. Morten spürte sofort, dass ihm dieses Szenario noch besser gefiel. Niemand würde ihn verdächtigen, irgendetwas Falsches getan zu haben. Nachdem der Ton ein Dutzend Mal ertönt war, drückte auch er die rote Taste.

»Das führt zu nichts«, sagte Birger. »Wir können hier nicht vor einem Telefon sitzen und darauf warten, dass jemand den Hörer abnimmt. Teilen wir uns lieber auf und fahren zu jeder einzelnen Adresse.«

Im nächsten Augenblick schraken alle zusammen. Ein Klopfen drang durch den Raum. Birger fuhr herum und sah, dass plötzlich Harald Seelhoff vor ihnen stand.

»Alle noch hier? Gibt es etwa Neuigkeiten?«

»Möglicherweise schon«, antwortete Ida-Marie. »Aber wir müssen die ganzen Informationen noch sortieren.«

»Dann freut euch, dass ich noch ein paar neue habe. Ich komme gerade aus der Wohnung von Jan Ahrens. Wir haben sehr wenig gefunden, was für die Ermittlungen wichtig wäre, aber das hier könnte tatsächlich eine Rolle spielen.«

Der Leiter der Kriminaltechnik legte eine transparente Tüte auf den Tisch.

Morten reckte sich, um den Inhalt zu erkennen.

»Ein Flugticket«, sagte Seelhoff. »Neuseeland, ausgestellt auf den Namen Jan Ahrens. Terminiert auf Anfang November.«

»Die Reise hat er aber frühzeitig geplant«, sagte Ida-Marie leise.

»Ja, das ist allerdings noch nicht alles«, fuhr Seelhoff fort. Er zog eine weitere Tüte aus seiner ledernen Tasche hervor und hielt sie in die Höhe. »Wir haben insgesamt fast fünfzig solcher Tüten entdeckt, aufbewahrt in einem Hartschalenkoffer. In jeder befinden sich mindestens zehntausend Euro.«

Ein ungläubiges Raunen ging durch den Raum. Morten war der Erste, der seine Gedanken sammeln konnte.

»Habe ich das eben richtig verstanden«, setzte er an, »das Ticket, das ihr gefunden habt, war nur für den Hinflug?«

»Gewissermaßen. Es gilt allerdings interessanterweise ab Oslo via Stockholm und Peking.«

»Also kein Ticket für einen Rückflug?«

»Nein, offenbar one-way«, antwortete Seelhoff, während er mit den Schultern zuckte und eine vielsagende Grimasse zog.

Kümmel

Morten hatte gezögert, als Ole ihn fragte, ob sie den späten Abend bei einem Bier ausklingen lassen wollten. Noch dazu im Buthmanns, der Stammkneipe von Oles Vater. Er wusste nicht, ob eine Absicht dahintersteckte. Ihr Verhältnis hatte sich zuletzt zwar verbessert, doch von einem freundschaftlichen Miteinander waren sie noch weit entfernt.

Insgeheim freute Morten sich aber sogar über Oles Initiative. Er hatte keinerlei Interesse an Streitereien mit den anderen, solange sie ihm nicht gut gemeinte Tipps gaben, wie er mit seinem Trauma umgehen sollte, und er weiterhin nach seinen Vorstellungen ermitteln konnte. Der Hauptgrund, weshalb er den Vorschlag begrüßte, war allerdings die Tatsache, dass ein frisch Gezapftes ohnehin guttat nach allem, was in den letzten Stunden passiert war.

Als Harald Seelhoff um kurz vor neun im Präsidium erschienen war, hatte bei allen im Team endgültig Erschöpfung eingesetzt. Der Tag war lang gewesen, mit immer neuen Informationen, die zwar ein gewisses Bild ergaben, aber noch nicht zusammenpassen wollten. Sie hatten darüber diskutiert, was das Flugticket wohl zu bedeuten hatte. Weshalb wollte Ahrens ausgerechnet von Oslo nach Neuseeland fliegen? Und hatte er bewusst nur den Hinflug gebucht?

Wichtiger war allerdings etwas anderes gewesen. Sie mussten die drei Frauen, die Ahrens nahegestanden hatten, erreichen, um sicherzugehen, dass sie nicht in Gefahr waren. Morten war zwischendurch ziemlich nervös gewesen. Er wusste, dass die anderen nicht nachgeben und notfalls auch bei Stella Ahrens vorbeifahren würden. Das durfte er nicht zulassen, wenn sein Besuch bei ihr nicht auffliegen sollte.

Wieder war ihm eine Idee gekommen, um den anderen einen Schritt voraus zu sein. Zum Glück war es Birger nicht wichtig, selbst die Gespräche mit den Frauen zu führen, also hatte Morten kurzerhand vorgeschlagen, dass er bei Stella Ahrens und Malin Klein anrufen würde. Bei Ahrens' Schwester könne es gern jemand anderes ein weiteres Mal versuchen, am besten Ole oder Elif, die ja schon mit ihr gesprochen hatten.

Birger hatte sofort zugestimmt – die Unlust, am späten Abend noch in diese Ermittlungen einzusteigen, hatte man ihm dabei deutlich angesehen. Und auch die anderen waren froh, dass Morten sich darum kümmerte.

Allen war klar, was zu tun war, wenn sie eine oder mehrere der Frauen nicht erreichten. Dann würde ihnen womöglich eine lange Nacht bevorstehen. Obwohl sie gleichzeitig nicht sicher davon ausgehen konnten, dass die unbekannte Anruferin tatsächlich eine der drei war.

Von Elif hatte sich Morten die Nummer von Malin Klein geben lassen. Es war erstaunlich, wie leicht es ihm mittlerweile fiel, der Kollegin gegenüberzutreten. Vielleicht würden ihn die Bilder, die ihn seit Monaten verfolgten, zumindest vorerst nicht mehr belasten, hoffte er.

Anschließend war er in sein Büro gegangen. Für einen kurzen Moment hatte er daran gedacht, gar nichts zu unternehmen und den anderen einfach irgendeine Geschichte aufzutischen, aber das konnte er nicht nur mit seinem Gewissen nicht vereinbaren. Das Risiko, dass tatsächlich eine der Frauen in Gefahr war, war einfach zu groß.

Also hatte er die beiden angerufen. Stella Ahrens hatte sich nach dem zweiten Klingelton gemeldet, und nach wenigen Sätzen war ihm klar gewesen, dass sie nicht diejenige war, die sich bei Birger gemeldet hatte. Sie hatte genauso wie am Nachmittag geklungen, als er bei ihr gewesen war. Keine Anzeichen von Panik um ihr Leben. Mit einigen fadenscheinigen Nachfragen zu ihrem vorherigen Gespräch hatte Morten so getan, als müsse er ein paar Angaben verifizieren. Er hatte sich bedankt und dafür entschuldigt, dass er sie so spät am Abend noch angerufen hatte.

Malin Klein zu erreichen war dagegen deutlich schwieriger gewesen. Erfolglos hatte er die Nummer bestimmt ein halbes Dutzend Mal gewählt. Als er schon keine Hoffnung mehr gehabt hatte, war sie doch noch rangegangen. Morten hatte sich kurz vorgestellt und sich auch bei ihr entschuldigt, sie an diesem Abend noch zu stören. Nachdem er herausgehört hatte, dass sie bereits über Jan Ahrens' Tod Bescheid wusste, hatte er sie um ein persönliches Gespräch am nächsten Morgen gebeten. Etwas zögerlich hatte sie zugestimmt, woraufhin Morten sich bedankt und verabschiedet hatte.

Auch sie war es nicht gewesen, die Birger angerufen hatte, da war er sich sicher. Malin Klein machte nicht den Eindruck, bedroht zu werden. Es schien ihr aber trotzdem schwerzufallen, über ihren ehemaligen Freund zu reden. Morten würde ihr morgen auf den Zahn fühlen.

Caroline Ahrens hatten sie tatsächlich nicht erreichen können. Weder zu Hause noch auf ihrem Handy. Und auch nicht im Kutterfutter an der Obertrave, wo ihnen eine Mitarbeiterin mitgeteilt hatte, dass ihre Chefin vor einer knappen Stunde das Restaurant verlassen habe. Das sei nichts Ungewöhnliches, sie würde meistens nicht bis zum Schluss bleiben, hatte die Frau gesagt.

Morten wunderte sich, dass das Restaurant nach dem Tod von Jan Ahrens nicht wenigstens für ein paar Tage geschlossen war, aber vielleicht hatte Caroline ja angeordnet, dass der Betrieb weiterlaufen solle, weil es im Sinne ihres Bruders gewesen wäre.

Wenn Henning Ahrens seinen Bruder erschossen haben sollte, war es vielleicht nicht abwegig, dass er auch seine Schwester bedrohte. Womöglich hatten sie es mit einer grausamen Familientragödie zu tun.

Obwohl es bereits kurz nach zehn und die Müdigkeit bei allen inzwischen groß war, hatten sie sich aufgeteilt und ein paar Kollegen der Streife um Unterstützung gebeten. Bis auf Birger, der sich nach Hause verabschiedet hatte, weil er nicht glaubte, ihnen heute Abend noch weiterhelfen zu können, waren sie gemeinsam in die Hohelandstraße gefahren, wo Caroline Ahrens in einer Wohnung in einem Mehrfamilienhaus wohnte. Sie hatten sich Zugang zum Treppenhaus verschafft, als eine andere Bewohnerin genau in dem Moment das Haus verlassen hatte, während sie auf dem Klingelschild nach Caroline Ahrens' Namen suchten. Eilig waren sie hoch in den zweiten Stock gelaufen.

Ida-Marie, die unten wartete, hatte ihnen die Anweisung gegeben, die Tür zur Wohnung aufzubrechen, falls sie auf ihr Klingeln nicht reagieren würde. Die Gefahr, dass ihr etwas zugestoßen war, erlaubte ein solches Eingreifen in jedem Fall.

Caroline Ahrens hatte nicht geöffnet, und auch das Nachbarehepaar, das nach einer Weile neugierig aus seiner Wohnung direkt nebenan auf den Flur getreten war, konnte ihnen nicht weiterhelfen. Sie würden die Frau ohnehin selten zu Gesicht bekommen, sagten sie. Frau Ahrens sei eine ruhige und zurückgezogen lebende Frau, die im Treppenhaus freundlich grüße, aber für Small Talk nichts übrighabe. Die offenbar auch keinen Partner habe und niemals Besuch empfange.

Die Schutzpolizei verzichtete darauf, sich gewaltsam Zugang zu der Wohnung zu verschaffen. Ein Kollege von der Streife brüstete sich nämlich damit, jede Tür mit dem passenden Werkzeug öffnen zu können. Er kramte einen Dietrich und eine Plastikkarte aus seiner Jackentasche und begann sofort, das Schloss zu bearbeiten. Dreißig Sekunden später trat er mit einem zufriedenen Grinsen zur Seite.

Die Altbauwohnung machte einen geräumigen Eindruck, fand Morten. Gleichzeitig wirkte sie fast etwas zu steril. Sehr funktional und wenig persönlich eingerichtet. Aber sie waren nicht hier, um den Geschmack von Caroline Ahrens zu beurteilen. Vielleicht hatte er selbst sich nur ablenken wollen, indem er seinen Blick ausgiebig durch die Räume schweifen ließ, weil natürlich wie bei ihnen allen die Sorge mitschwang, hier irgendwo eine grauenhafte Entdeckung zu machen.

Aber das war nicht der Fall gewesen. Caroline Ahrens war nicht zu Hause. Nicht lebend und zum Glück auch nicht tot. Und es gab nichts, was auf ein Gewaltverbrechen an ihr hindeutete.

Die große Frage war nur – wo steckte sie? Morten hatte das Haus relativ schnell wieder verlassen und war raus auf den Bürgersteig in die kühle Frühsommerluft getreten. Ihm gingen jede Menge Gedanken durch den Kopf. Fragen, auf die sie so schnell wie möglich Antworten brauchten.

Was war auf dem Weg zwischen dem Kutterfutter und Carolines Wohnung vorgefallen? Es war der Zeitraum, in dem der Anruf der anonymen Nummer bei Birger eingegangen war. Welche Möglichkeiten gab es, ihn vielleicht noch zurückzuverfolgen? Die Kollegen aus der IT mussten sich in jedem Fall Birgers Handy vorknöpfen.

Wie war Caroline Ahrens eigentlich unterwegs gewesen? Mit dem Auto oder dem Fahrrad? Oder sogar zu Fuß? Besaß sie überhaupt ein Auto? Zweifellos mussten sie noch heute Abend eine Fahndung nach ihr herausgeben.

Als er dort gestanden und nachgedacht hatte, was sie an diesem Abend überhaupt noch ausrichten konnten, war Ole neben ihn getreten und hatte ihn gefragt, was er von einem Bier im Buthmanns halte, um auf andere Gedanken zu kommen. Im Nachhinein konnte Morten gar nicht mehr sagen, wie viel Zeit vergangen war, bis er reagiert hatte, aber irgendwann hatte er einfach genickt und Ole freundschaftlich auf die Schulter geklopft.

Nun saßen sie hier in dieser Traditionsbierstube und versuchten bislang noch ziemlich erfolglos, ein ungezwungenes Gespräch in Gang zu bringen.

»Weswegen sitzen wir hier eigentlich?«, fragte Morten schließlich.

»Falls du denkst, ich hätte das von langer Hand geplant, das ist definitiv nicht der Fall. Es war eine sehr spontane Entscheidung, dich zu fragen.«

»Und ich hatte schon gehofft, du würdest es wirklich ernst mit uns meinen.« Morten lachte spöttisch.

»Ich glaube, unser Start war nicht so gut«, erwiderte Ole, ohne auf seine Spitze einzugehen. »Aber wir sitzen alle im selben Boot. Wir sind die Zukunft der Mordkommission. Auf meinen Vater brauchen wir nicht mehr zu setzen, das haben wir heute Abend gesehen.«

»Nichts gegen dich, aber ich finde es wirklich schade«, sagte Morten. »Alles, was ich kann, habe ich Birger zu verdanken. Als ich hier angefangen habe, war ich logischerweise ein richtiger Frischling. Es war nicht so, dass er sich die ganze Zeit um mich gekümmert hat. Aber er hat mich akzeptiert und mich auch alleine ermitteln lassen. Ich hatte von Anfang an das Gefühl, er vertraut mir.«

»Ich habe inzwischen meinen Frieden mit ihm geschlossen«, entgegnete Ole. »Aber zur Wahrheit gehört auch, dass mein Verhältnis zu ihm nicht immer das beste gewesen ist. Ich hatte lange Zeit nicht das Gefühl, dass er mich so akzeptiert, wie ich bin.«

»Das wusste ich zwar nicht, aber es erklärt vielleicht einiges.«

»Was meinst du?«

»Dass ich immer das Gefühl hatte, da stünde etwas zwischen euch. Birger hat nie viel über dich erzählt, aber er hat zumindest Andeutungen gemacht, dass er sich ein besseres Verhältnis wünscht.«

»Wie gesagt, es ist mittlerweile in Ordnung zwischen uns. Vielleicht besser als je zuvor«, sagte Ole. »Aber es ist nicht leicht, alles so einfach abzuschütteln, was passiert ist.«

Morten sah Ole tief in die Augen und verstand sofort, dass zwischen den beiden weitaus mehr vorgefallen sein musste, als er wusste. Und er war sich nicht unbedingt sicher, ob er noch mehr Details erfahren wollte.

»Ich kann mich nicht erinnern, schon einmal einen Tag wie heute erlebt zu haben«, sagte Ole plötzlich. »Es kam wirklich alles zusammen.«

»Ja, war ein harter Tag«, stimmte Morten zu. »Aber glaub mir, es gab schon weitaus belastendere als den heutigen.«

»Ein sehr subjektives Empfinden«, gab Ole zurück. Es war natürlich undenkbar, dass er ihm von seinem Abenteuer mit Danuta erzählte. »Aber klar, dein Trauma will niemand erleben. Wie geht es dir aktuell damit?«

»Ich habe das ganz gut im Griff«, antwortete Morten schnell. »Ehrlich gesagt kann ich mich nicht mal mehr daran erinnern, wann ich das letzte Mal an den Moment gedacht habe.«

»Gut zu hören. Ich hatte in letzter Zeit nicht immer das Gefühl, dass wirklich alles in Ordnung ist.«

»Weil Ida-Marie nicht müde wird, das ständig zu erwähnen?«

»Weil wir alle merken, dass dich die Sache belastet. Ich kenne dich ja noch nicht so lange, aber Elif sagt, du hättest dich verändert.«

»Sagt sie das?« Morten verzog den Mund.

»Ja, sie meinte, es wäre schade –«

»Sie weiß ganz genau, weshalb ich mich ihr gegenüber anders als früher verhalte«, fuhr er dazwischen. »Das hat aber nichts mit Jens Bachmann zu tun.«

»Sondern weil euer Status kompliziert ist?«

»Er ist nicht meinetwegen kompliziert«, entgegnete Morten energisch. Eigentlich hatte er nicht vorgehabt, mit Ole über Elif zu sprechen, aber vielleicht war es an der Zeit, sich den Frust von der Seele zu reden. Er hatte in den ganzen Monaten noch niemandem erzählt, was zwischen Elif und ihm überhaupt vorgefallen war. Andererseits wusste er auch nicht, was die anderen vielleicht ahnten.

»Du musst nicht darüber reden, wenn du nicht willst«, sagte Ole und hob entschuldigend beide Hände.

»Wie großzügig von dir, dass du mich nicht zwingst.«

»Du weißt schon, wie ich –«

»Natürlich«, unterbrach Morten ihn. »Aber es ist tatsächlich eine gute Idee, ein paar Dinge loszuwerden.«

»Dann lass uns aber erst mal noch eine zweite Runde bestellen«, schlug Ole vor.

»Und einen Kümmel dazu. Das lockert mein Mundwerk.«

»Nichts leichter als das.« Ole winkte der Frau hinter dem Tresen zu und machte mit der rechten Hand einige Zeichen. Ein paar Minuten später brachte sie ihnen zwei Herrengedecke und verschwand grinsend mit einem »Ganz wie der Vater«.

»Man kennt sich mittlerweile.« Auch Ole lächelte jetzt. »Ich weiß allerdings selbst noch nicht, ob ich das nun gut finden soll. Lass uns anstoßen, und dann erzählst du mir von Elif und dir.«

Zwanzig Minuten später hatte sich Oles Blick etwas verfinstert. Morten hatte ihm alles erzählt, von ihrer ersten Annäherung über die abgekühlte Phase dazwischen bis hin zu ihrem Kuss und den anschließenden SMS. Er hatte kaum etwas ausgelassen, auch über seine Gefühle hatte er so schonungslos gesprochen, dass er zwischenzeitlich Angst bekommen hatte, die Kontrolle über seine Worte zu verlieren und am Ende noch von den Bildern zu erzählen, die er seit einigen Monaten sah. Das durfte nicht passieren, hatte er sich mehrfach still ermahnt. Auf gar keinen Fall würde jemand erfahren, womit sich sein Unterbewusstsein beschäftigte. Niemals.

Ole war ein angenehmer Gesprächspartner. Er hatte ihn einfach reden lassen und nur gelegentlich Fragen gestellt. Es fiel Morten dennoch schwer zu glauben, er täte dies ohne ein eigenes Interesse. Und je mehr Bier und Schnaps sie getrunken hatten, desto sicherer war er sich, dass auch Ole etwas unter den Nägeln brannte, das er loswerden wollte.

Es war kurz vor halb eins, als Morten den Abend vernünftigerweise beenden wollte. Das Buthmanns hatte sich mittlerweile sichtlich geleert, außer ihnen saßen nur noch zwei ältere Männer an einem Tisch ganz hinten in der Ecke.

Er trank sein Glas aus und wollte gerade vorschlagen zu zahlen, als Oles Handy, das auf dem Tisch lag, aufleuchtete. Eher reflexartig fiel Mortens Blick auf das Display. Er stutzte sofort, als er den Namen »Danuta« als Absender der WhatsApp las. Etwa Danuta Kapustka? Die Direktorin des Rechtsmedizinischen Instituts? Die er selbst von einigen Partys und Abenden im Tonfink kannte? Weshalb schickte sie Ole mitten in der Nacht eine Nachricht?

»Willst du nicht nachsehen, wer dir geschrieben hat?«

»Nicht so wichtig, denke ich«, antwortete Ole ausweichend. »Gehen wir nach Hause. Morgen wird es nicht einfacher als heute.«

»Das befürchte ich auch.« Morten stand auf und ging vor bis zur Theke.

Ole blieb noch einen Moment sitzen und griff nach seinem Handy. Er hatte ohnehin schon den ganzen Abend an Danuta denken müssen. An das, was vor einigen Stunden zwischen ihnen passiert war. Es hatte mehrere Augenblicke gegeben, in denen er kurz davor gewesen war, Morten davon zu erzählen, aber das durfte auf keinen Fall geschehen.

Er tippte auf seinem Handy herum und öffnete die Nachrichten-App. Es dauerte ein paar Sekunden, bis er verstand, was er sah. Ein derart freizügiges Foto von Danuta hatte er jedenfalls nicht erwartet. Sie war nahezu nackt, die intimsten Bereiche nur mit kleinen Herzen verdeckt, mit denen sie das Bild bearbeitet hatte. Noch viel mehr schockierten ihn allerdings die wenigen Worte darunter: »Niemand sollte von uns beiden erfahren, das versteht sich von selbst. Aber ich brauche mehr von dir, und zwar so schnell wie möglich.«

Der Sheriff der Stadt

Das erste Mal, dass Thorsten den Wunsch gehabt hatte, diese Macht auszuüben, war ungefähr mit sechs Jahren gewesen. Damals hatte er aus dem Küchenfenster genau beobachtet, was zu tun war. Und irgendwann war er einfach raus auf die Straße gegangen und hatte die Männer angesprochen.

In dem Moment hatte er beschlossen, selbst einer von ihnen zu werden. Jemand, der die Straße beherrschte. Der immer zur Stelle war, wenn man ihn erwartete. Jemand, der aufräumte. Und der respektiert wurde.

Er lächelte müde. Heute war ihm klar, dass nicht alle seiner kindlichen Vorstellungen der Realität entsprochen hatten. Ja, es fühlte sich gut an, aufzuräumen und wie ein Uhrwerk Mülltonne um Mülltonne auf den Lifter zu stellen, um sie ins Innere des großen orangen Gefährts zu entleeren. Und manchmal, wenn Thorsten sich am Griff hinten am Heck festhielt und sie durch die Straßen fuhren, kam es ihm tatsächlich so vor, als wäre er der Sheriff der Stadt. Aber er wusste natürlich, dass es nur die Kleinen waren, die ihn bewunderten. So wie er selbst es damals getan hatte. Mit großen Augen sahen sie ihm dabei zu, wenn er sich die Tonnen locker schnappte, entleerte und wieder auf den Wagen sprang.

Doch den eigentlichen Respekt, von dem er damals geträumt hatte, den gab es nicht. Denn die Menschen sahen den Beruf bestenfalls als notwendiges Übel an. Müllwerker waren in den Augen der meisten wohl die Schmuddelkinder unter den Berufstätigen. »Lerne etwas Anständiges, ansonsten endest du als Müllmann«, sagten sie zu ihren Söhnen. Stinkenden Abfall zu entsorgen war für viele das Sinnbild eines gescheiterten Lebens.

Und dann gab es da auch noch die alltäglichen Beschimpfungen, denen sie ausgesetzt waren. Dass sie die Straße blockierten und weshalb sie ausgerechnet jetzt den Müll abholen mussten, wenn alle zur Arbeit fuhren oder die Kinder zur Schule gebracht wurden. Wie oft hatte er die Worte, die ihm auf der Zunge lagen, schon hinuntergeschluckt. Weshalb diese verwöhnten Gören nicht einfach mit dem Fahrrad fuhren. Und wieso jeder hier mindestens ein viel zu großes Auto fuhr, sodass überall die Bürgersteige und jede noch so kleine Fläche zugeparkt waren.

Manchmal wünschte Thorsten diesen unverschämten Menschen, die seine Arbeit und die der Kollegen nicht anerkennen wollten, Verhältnisse wie in Neapel, wo die Müllabfuhr kam, wie es ihr gerade passte, und der Abfall sich auf den Straßen stapelte.

Er vermied es aber weitestgehend, den Ärger über diese Leute die Oberhand über seine Gedanken gewinnen zu lassen. Dafür gab es zu viele Gründe, diesen Job einfach zu lieben. Mit seinen Kollegen verstand er sich bestens, sie lachten viel und trafen sich auch privat. Neuerdings hatten sie auch eine Kollegin, die ihnen Paroli bot und den alten weißen Müllmännern endlich mal den Spiegel vorhielt.

Und er arbeitete jeden Tag an der frischen Luft, es gab nicht viele, die das von sich behaupten konnten. Selbst den Gestank des Mülls registrierte man nach einer Weile eigentlich nur noch an besonders heißen Tagen, wenn Essensreste in den Tonnen vergoren.

Thorsten hatte keine großen Ansprüche an sein Leben, weshalb ihm Geld nicht besonders wichtig war. Er war genügsam und zufrieden mit dem, was er als Müllwerker verdiente. Und so wenig, wie die Leute vielleicht dachten, war es auch gar nicht. Für ihn als Alleinstehenden reichte es allemal.

So schwierig die engen Straßen hier im Wohnviertel für sie manchmal zu befahren waren, so sehr mochte er die Gegend aber auch. Manchmal, wenn Markt auf dem Brink war, sprang er selbst oder einer der Kollegen kurz vom Wagen und besorgte für alle Espresso.

Und natürlich begegneten ihnen längst nicht alle Menschen,

auf die sie trafen, feindlich oder respektlos. Mit vielen verband sie die jahrelange Routine, vor allem mit den Älteren. Man grüßte sich, schnackte ein paar Worte und verabschiedete sich bis zum nächsten Mal.

Als das Fahrzeug in der Hohelandstraße hielt, nickte Thorsten seinem Kollegen auf der anderen Seite kurz zu. Dann sprangen sie ab, und jeder kümmerte sich um seine Straßenseite. Obwohl es noch dämmerte, wusste Thorsten genau, wie er sich zwischen parkenden Autos und Hauseingängen am geschicktesten bewegen musste, um die Mülltonnen auf die Straße ziehen zu können. Und wenn dennoch kein Platz war, fand er jedes Mal eine Lösung. Noch nie hatte er eine Tonne stehen lassen.

Heute Morgen erkannte er aber schon von Weitem, dass es wirklich schwierig werden konnte. Jemand hatte seinen Wagen so verkehrswidrig abgestellt, dass er mit Mülltonnen von mindestens drei großen Häusern einen ordentlichen Umweg laufen musste. Die Mercedes A-Klasse stand halb vor einer Einfahrt, die wegen einer Baustelle ohnehin nicht zugängig war. Aber jetzt war der Weg komplett versperrt.

Thorsten stieß ein paar Flüche aus, versuchte aber sofort, sich nicht zu sehr hineinzusteigern. Bloß keine negativen Schwingungen zulassen.

Er näherte sich dem Wagen und speicherte währenddessen das Kennzeichen ab. Vielleicht würde er es der kleinen Polizeistation stecken, die sich hier gleich um die Ecke befand. Denn egal ob es zu wenige Stellplätze gab, es konnte doch nicht sein, dass jeder so parkte, wie er wollte.

Seufzend sah er sich um. Er musste eine Einfahrt weiter oben oder unten nehmen, um die Tonnen an ihr Ziel zu bringen. Vielleicht würde er sie aber nach der Entleerung heute einfach dort lassen und nicht zurück vor ihre Häuser bringen.

Thorsten entschied sich, die Straße aufwärts weiterzugehen. Parallel zu dem geparkten Auto. Vielleicht würde er dem Fahrer des Müllwagens ein Zeichen geben, weiter vorzufahren.

Als er das Heck des Mercedes erreicht hatte, zuckte er plötzlich zusammen. Saß da am Steuer des Wagens etwa jemand? Er zögerte keine Sekunde und ging raschen Schrittes Richtung Fahrertür. Er hatte sich seine Wortsalve schon zurechtgelegt, als er auf einmal innehielt.

Diese Person auf dem Fahrersitz hatte eine ziemlich seltsame Haltung angenommen. Der Kopf schien auf dem Lenkrad zu liegen. Als schliefe sie.

Sein Verstand sagte ihm, dass es besser wäre, nicht weiterzugehen, sondern am besten sofort die 112 anzurufen, aber seine Füße bewegten sich einfach immer weiter, wie ferngesteuert. Bis er direkt neben der Fahrertür stehen blieb.

Dass die Fahrerin tot war, erkannte Thorsten sofort. Nicht nur, weil ihr Kopf unnatürlich schief nach vorne hing. Vor allem das viele Blut im Wageninneren und überall auf der Frau ließen keinen anderen Schluss zu. Er war sich einigermaßen sicher, dass jemand diese Frau am Steuer ihres Autos erschossen hatte.

Thorsten wandte sich ab und atmete ein paarmal tief durch. Er würde gleich die Kollegen warnen und dann rüber zu der kleinen Polizeistation gehen. Das Uhrwerk würde an diesem Tag nicht so laufen wie gewohnt. Heute würde er nicht mehr aufräumen und die Erwartungen der Leute, immer zur selben Zeit zur Stelle zu sein, erfüllen können. Heute war er nicht der Sheriff der Stadt, die Mülltonnen würden einfach ungeleert stehen bleiben.

Umrisse

Mortens Kopf dröhnte, als er von dem Klingeln seines Handys wach wurde. Es war acht Uhr. Normalerweise war er um diese Uhrzeit längst auf den Beinen, in der Regel schon an seinem Schreibtisch. Immerhin hatte er es gestern Nacht noch geschafft, den Wecker zu stellen. Andernfalls wäre er wahrscheinlich erst am späten Vormittag wach geworden.

Mit zusammengekniffenen Augen glaubte er, an der Nummer zu erkennen, dass es jemand aus dem Präsidium war, der ihn anrief. Trotz seiner Müdigkeit und der Kopfschmerzen, die er auf das letzte Herrengedeck des gestrigen Abends schob, nahm er das Gespräch entgegen und meldete sich mit einem kurzen »Hallo«.

»Peters aus der Einsatzzentrale«, meldete sich eine ältere Stimme. Morten kannte den Mann nur vom Sehen, aber er wusste, dass er einer der Dienstältesten bei der Bezirkskriminaldirektion Lübeck war. »Ich soll dich im Auftrag von Ida-Marie Berg anrufen«, fuhr der Mann fort. »Du sollst sofort in die Hohelandstraße kommen. Sie sagte, du wüsstest dann Bescheid.«

»Ich wüsste dann Bescheid?«, fragte Morten überrascht. »Was ist denn passiert?«

»Jemand wurde wohl erschossen, mehr weiß ich aber auch nicht.«

Augenblicklich saß Morten senkrecht im Bett. Dass ihn einer aus dem Präsidium um diese Zeit anrief, hatte ihn ohnehin schon alarmiert. Aber wenn in der Hohelandstraße jemand erschossen worden war, hatten sie wohl die Gewissheit, dass die unbekannte Anruferin nicht nur tatsächlich Caroline Ahrens gewesen, sondern ihre Vorahnung, sterben zu müssen, Realität geworden war.

Er bedankte sich bei Peters und legte auf. Dann stand er hastig auf, ging ins Badezimmer, wo er sich etwas Wasser ins

Gesicht klatschte und kurz die Zähne putzte, und zog sich anschließend seine Klamotten von gestern Abend über. Sie stanken noch nach Zigarettenrauch und etwas Schweiß. Aber das war ihm in diesem Moment egal.

Als er die Wohnungstür hinter sich schloss, wurde ihm für einen kurzen Moment schwindelig. Sein Kreislauf schien noch nicht voll auf der Höhe zu sein. Während Flur und Treppenhaus um ihn herum bedenklich schwankten, erschienen auf einmal wieder die Bilder der letzten Wochen und Monate vor seinen Augen. Erneut war also jemand erschossen worden. Morten hatte kein Bild von Caroline Ahrens im Kopf. Deshalb blieb das Gesicht, auf das er zielte, seltsam unscharf. Und doch glaubte er, es zu kennen. Aber gerade als die Umrisse klarer wurden, verschwand die Erscheinung von einem Moment auf den anderen. Eine Wohnungstür im Stockwerk unter ihm öffnete sich, und ein kleines Kind kreischte laut.

Eine Viertelstunde später parkte Morten in der Hohelandstraße hinter mehr als einem halben Dutzend Rettungs- und Streifenwagen. Auch das eine oder andere Zivilfahrzeug seiner Kollegen erkannte er. Während der Fahrt hierher war ihm das Bild dieser Person nicht mehr aus dem Kopf gegangen. Wen hatte er da plötzlich gesehen, auf den er die Waffe gerichtet hatte? Er konnte die Antwort auf diese Frage einfach nicht finden, was ihn noch mehr verunsicherte als die Tatsache, dass sein Unterbewusstsein offenbar ständig den Wunsch hatte, auf jemanden zu zielen.

Nachdenklich stieg Morten aus und duckte sich unter dem rot-weißen Absperrband hindurch, das quer über die Straße gespannt war. Dann ging er an den mittig auf der Fahrbahn geparkten Autos vorbei die Straße weiter hoch. Ein Fahrzeug der Müllabfuhr versperrte offenbar den Weg. Als er es passiert hatte, erkannte er Ida-Marie und Ole. Sie standen neben einer weißen Mercedes A-Klasse, die am Seitenrand abgestellt war. Sein Blick fiel auf das Kennzeichen. HL-CA … Mehr brauchte er gar nicht zu wissen.

Die Fahrertür des Autos stand offen. Ein Kollege von der Spurensicherung beugte sich dort in das Fahrzeuginnere, ein weiterer von der anderen Seite. Er war sich ziemlich sicher, dass es sich um Jannik handelte.

»Morgen«, sagte Morten leise. »Ist sie es?«

Ida-Marie nickte.

»Ich konnte sie nur anhand ihrer Kleidung identifizieren, die noch dieselbe ist, die sie gestern Mittag getragen hat«, sagte Ole mit schwerer Stimme. »Ihr wurde zweimal mitten ins Gesicht geschossen. Kein schöner Anblick, kannst du mir glauben.«

»Wer hat sie gefunden?«

»Einer der Müllmänner«, antwortete Ole und nickte in Richtung des orangen Fahrzeugs. »Das war vor einer knappen Stunde. Der Mann hat einen leichten Schock erlitten und wurde vorsichtshalber ins Krankenhaus gefahren.«

»Gibt es denn irgendwelche Zeugen?«

»Nein, wir haben jedenfalls noch niemanden gefunden«, antwortete Ole leicht bissig. »Der Schütze wird wahrscheinlich wieder einen Schalldämpfer benutzt haben. Und es könnte auch daran liegen, dass der Mord wohl schon einige Stunden zurückliegt, also gestern Abend passierte, als es längst dunkel war. Jedenfalls ist das meiste Blut an ihrem Körper und auf den Armaturen im Wageninneren schon angetrocknet.«

»Verdammt«, fluchte Morten. »Glaubt ihr, der Wagen stand schon gestern Abend an dieser Stelle, als wir hier waren?«

»Durchaus möglich«, sagte Ida-Marie. »Ihre Wohnung ist noch gut hundert Meter von hier entfernt, und wir haben ja nicht die ganze Straße nach ihrem Wagen abgesucht, weil wir gar nicht davon ausgegangen sind, dass sie hier ist.«

»Es sieht so aus, als seien die Scheiben des Wagens heil«, setzte Morten noch einmal an. »Das könnte bedeuten, dass der Täter mit ihr im Auto gesessen hat.«

»Jemand, den sie gut kannte?«

»Vielleicht.«

»Du meinst, ihr Bruder?«, wollte Ida-Marie wissen.

»Uns fehlt zwar das Motiv, weshalb er seine Geschwister brutal ermorden sollte, aber anhand der bisherigen Faktenlage deutet alles darauf hin, dass der Täter tatsächlich Henning Ahrens heißt. Haben wir schon irgendetwas von den dänischen Kollegen gehört?«

»Bislang keine Spur von Ahrens«, antwortete Ida-Marie. »Sie haben ihn in seiner Wohnung nicht auffinden können. Auch sein Auto scheint verschwunden zu sein.«

»Könnte bedeuten, dass er seit dem Mord an seinem Bruder nicht mehr zu Hause gewesen ist, sondern sich hier in Lübeck aufgehalten hat«, fasste Morten zusammen.

»Genau genommen kann er sich überall aufhalten«, gab Ole zu bedenken. »Er hat sich auf dem Boot befunden, von wo er nach dem Mord an Jan wahrscheinlich sofort verschwunden ist. Wobei wir nicht wissen, weshalb er es offenbar überstürzt verlassen hat. Fast vier Tage später taucht er dann hier auf und erschießt auch seine Schwester.«

»Oder aber Henning und Caroline Ahrens hatten schon vorher Kontakt«, warf Morten ein. »Vielleicht haben sie sich getroffen, und sie hat plötzlich verstanden, dass er ihren Bruder umgebracht hat. Weshalb sie dann Birger angerufen hat, was mir allerdings auch ein Rätsel ist, schließlich hast du doch mit ihr gesprochen.«

Ole zuckte mit den Schultern. Niemand hatte eine Antwort darauf, wieso sich die unbekannte Anruferin, bei der es sich aller Wahrscheinlichkeit nach um Caroline Ahrens handelte, ausgerechnet bei Birger gemeldet hatte. »Wissen wir, was für einen Wagen Henning Ahrens fährt?«, fragte er.

»Einen Audi Q3«, antwortete Ida-Marie. »Die Dänen haben versprochen, ein Foto und Fahrzeugdetails zu schicken.«

»Was können wir hier eigentlich noch ausrichten?«, fragte Morten und sah sich etwas verloren um. Die Wohnung von Caroline Ahrens hatten sie bereits gestern Abend inspiziert. Sie mussten irgendetwas unternehmen, nur hatte er in diesem Moment nicht den Hauch einer Ahnung, was das sein konnte.

Henning Ahrens zu finden glich wahrscheinlich der Suche nach der berühmten Stecknadel im Heuhaufen. Und natürlich konnte es nach wie vor sein, dass der Täter jemand ganz anderes war. Auch wenn dafür nicht viel sprach.

»Wir werden die Fahndung nach ihm noch einmal ausweiten«, sagte Ida-Marie ausweichend. »Eine Ringfahndung bringt leider nichts mehr, aber ich werde dafür sorgen, dass alle Polizeistationen mindestens in Schleswig-Holstein angehalten werden, nach ihm und dem Fahrzeug Ausschau zu halten.«

»Wir müssen noch einmal mit dem Vater sprechen«, sagte Morten. »Nicht, dass ich irgendeine Lust verspüre, ihm ein weiteres Mal unter die Augen zu treten, aber er hat jetzt innerhalb weniger Tage zwei seiner Kinder verloren, und das dritte verdächtigen wir des Mordes an ihnen.«

»Zumindest müssen wir ihm die Nachricht überbringen und ihn in diesem Zusammenhang fragen, wann er zuletzt Kontakt zu Henning hatte«, sagte Ida-Marie. »Ihr versteht sicherlich, dass ich in den nächsten Stunden nicht dazu kommen werde, euch zu unterstützen. Um auf deine Frage von vorhin zurückzukommen: Nein, ich glaube, ihr könnt hier im Moment nichts mehr ausrichten. Fahrt am besten direkt zu Christian Ahrens und redet mit ihm.«

Schweigend gingen sie auseinander. Morten folgte Ole die Straße hinunter und verzichtete darauf, einen letzten Blick auf Caroline Ahrens zu werfen oder ein paar kurze Worte mit Jannik zu wechseln.

»Kann ich bei euch mitfahren?«

Morten und Ole drehten sich um und blickten einer abgehetzten Elif entgegen. Sie machte den Eindruck, als wäre ihre Nacht ziemlich kurz gewesen.

»Geht's dir gut?«, fragte Ole. »Du siehst etwas angeschlagen aus.«

»Schon okay«, wiegelte Elif ab. »Als mich Peters anrief, habe ich mich aus dem Bett gequält und bin hergekommen.

Ida-Marie sagte mir gerade, dass ihr weitere Gespräche führen wollt.«

»Eigentlich brauchen wir auch jemanden im Präsidium, der die Stellung hält und weiter recherchiert.« Die Worte kamen über Mortens Lippen, ohne dass er sich dagegen wehren konnte.

Er merkte sofort, dass sie wie eine Ohrfeige wirkten. Elif zuckte förmlich zusammen und wich einen Schritt zurück. Aber es war ihm in diesem Moment tatsächlich egal. Noch war er nicht wieder so weit, dass er Seite an Seite mit Elif ermitteln und so tun konnte, als sei alles in Ordnung zwischen ihnen. Das mochte vielleicht unprofessionell sein, aber letztlich war es besser für alle. Und außerdem hielt er es für unnötig, dass sie zu dritt mit Christian Ahrens sprachen.

»Ich frage Ida-Marie, sie soll entscheiden, wie wir uns aufteilen.«

»Warte«, ging Morten dazwischen. »Fahrt ihr beide. Ich war gestern schon bei Ahrens, vielleicht bringt ihr noch mehr in Erfahrung.«

»Und was machst du?«

»Es gibt genug zu tun. Ich werde schon etwas Sinnvolles finden, keine Sorge.«

»Keine Alleingänge«, mahnte Ole an. »Wir alle kriegen Ärger, wenn du dich nicht daran hältst.«

»Darf ich denn allein an meinem Schreibtisch sitzen?«, fragte Morten provokant.

»Du weißt genau, was ich meine.« Ole winkte ab und warf ihm einen mahnenden und zugleich zwinkernden Blick zu.

Auch Elif wandte sich ab. Morten war sich sicher, dass ihre offensichtliche Kraftlosigkeit nichts mit seinen etwas zu barschen Worten zu tun hatte. Etwas anderes schien sie zu belasten. Mal wieder.

Gerade als er sich wegdrehen und zu seinem Auto gehen wollte, hörte er das Klingeln eines Telefons. Er sah sofort, dass es das Handy von Ole war. Augenblicklich kam die Szenerie von letzter Nacht im Buthmanns wieder hoch. Eigentlich ging ihn das Privatleben seines Kollegen ja nichts an, aber neugierig war er allemal. Er hatte in Erinnerung, dass Danuta auf ältere Männer stand und nicht auf so einen Jungspund wie Ole. Oder gab es einen anderen Grund, weshalb sie ihm schrieb?

Vielleicht würde er dem Ganzen mal auf den Grund gehen müssen. Aber vorher wollte er noch etwas anderes erledigen.

Freches Mundwerk

Dass er einen Fehler begangen hatte, war Ole sofort klar gewesen, nachdem es passiert war. Nicht, dass es ihm nicht gefallen hatte, das Gegenteil war der Fall. Er konnte nach wie vor kaum an etwas anderes denken als an die wenigen, aber umso intensiveren Minuten in Danutas Büro. Trotzdem, und das war gut so, hatte er seine Gefühle mittlerweile wieder im Griff und richtete seinen Fokus voll auf die Ermittlungen.

Bei Danuta schien es sich allerdings anders zu verhalten. Nachdem sie anfangs noch so kühl gewirkt hatte, als sie rauchend am Fenster gestanden hatten, war er sich mittlerweile sicher, dass sie regelrecht obsessiv war. Ihre erste WhatsApp-Nachricht hatte ihn erreicht, als er noch mit Morten im Buthmanns gewesen war. Sofort hatte er sich darüber geärgert, dass sie Nummern ausgetauscht hatten. Dabei war es sogar seine Idee gewesen.

Es war ihm so unangenehm, sich das Foto ihres nackten Körpers anzusehen, dass er sein Handy direkt in seiner Jackentasche hatte verschwinden lassen. Doch kurz nachdem er sich von Morten verabschiedet hatte, um durch die dunklen Gänge der Hansestadt nach Hause zu gehen, hatte Danuta ihn angerufen. Obwohl er gar nicht rangehen wollte, vor allem auch, weil er nicht mehr ganz nüchtern gewesen war, hatte er es schließlich doch getan. Die Anziehungskraft, die sie auf ihn ausübte, war einfach zu groß.

Der zweite Fehler.

Auch Danuta war nicht mehr nüchtern gewesen. Im Gegensatz zu ihm äußerte sich das bei ihr allerdings in sehr lautem und extrovertiertem Verhalten. Erst hatte sie ihn noch auf ihre forsche Art gebeten vorbeizukommen, um damit weiterzumachen, womit sie am Nachmittag aufgehört hatten. Als er ihr aber zu verstehen gab, dass er sich nur noch auf sein Bett freue und dringend schlafen müsse, war sie von einem auf den anderen Moment explodiert. Was er sich einbilde, nicht das zu tun, worum sie ihn bitte. Ob er überhaupt eine Ahnung habe, worauf er sich bei ihr eingelassen habe. Sie habe ihm etwas geschenkt, das nur für Auserwählte vorgesehen sei. Also müsse er nun auch etwas für sie tun. Und zwar egal zu welcher Tages- oder Nachtzeit.

Er könne nicht mehr, hatte er sich entschuldigt. Der Tag sei wirklich hart gewesen. Und die Ermittlungen würden seine volle Kraft benötigen. In den nächsten Tagen könnten sie bestimmt wiederholen, was sie heute begonnen hatten.

Der dritte Fehler.

Sie hatte einen lauten Schrei losgelassen, ehe das Gespräch abgebrochen war. Es war der Augenblick, in dem Ole verstanden hatte, dass es besser gewesen wäre, wenn er am Nachmittag seinen Kopf eingeschaltet hätte, anstatt seiner Körpermitte das Kommando zu überlassen.

Eine halbe Stunde später hatte der Psychoterror erst so richtig angefangen. Textnachrichten im Minutentakt. Forderungen. Wirre Beschimpfungen. Ole hatte sein Handy ausgeschaltet und zu Hause noch ein Glas Milch getrunken, ehe er mit einem unguten Gefühl eingeschlafen war. Als hätte er geahnt, dass am frühen Morgen ein Anruf aus dem Präsidium kommen würde, hatte er sich den Wecker am Handy gestellt.

Der vierte Fehler.

Auf dem Display ploppte am Morgen eine Nachricht nach der anderen auf. Ole verstand immer mehr, dass mit Danuta etwas nicht in Ordnung war. Er war vollkommen überfordert von dem, was sie verlangte und wie sie ihn bedrängte. Am liebsten hätte er das Handy an die gegenüberliegende Wand geworfen, als es erneut vibrierte.

Aber diesmal war es keine WhatsApp, sondern ein Anruf. Und es war nicht Danuta. Er war sofort rangegangen, weil er die Nummer zuordnen konnte. Jemand aus dem Präsidium. Die Befürchtungen hatten sich tatsächlich bewahrheitet, ein weiterer Mord war geschehen, und anhand der Adresse war sofort klar, dass es sich um Caroline Ahrens handelte.

Danuta hatte allerdings nicht aufgehört, ihm zu schreiben oder anzurufen. Sogar noch am Tatort, obwohl sie bestimmt längst mitbekommen hatte, was passiert war. Um in Ruhe gelassen zu werden und unangenehme Fragen von Elif zu vermeiden, hatte er Danuta geschrieben, dass er sich später bei ihr melden würde, um dann über alles zu sprechen.

Der fünfte und vorerst letzte Fehler, den er begangen hatte. Mit Sicherheit würde sie darauf bestehen, dass sie sich heute noch sahen. Und sosehr er sich gestern Abend noch eine Wiederholung gewünscht hatte, verängstigte ihn jetzt der Gedanke an ein erneutes Treffen.

Nicht nur über Danuta dachte Ole während der kurzen Fahrt in die Elsässer Straße nach. Auch die Person neben ihm auf dem Beifahrersitz bereitete ihm Sorgen. Elif wirkte in sich gekehrt, fast apathisch. Sie hatten kaum ein Wort miteinander gewechselt, ihre einzige Erklärung lautete, sie habe schlecht geschlafen und fühle sich, als würde sie krank werden. Er hatte nicht weiter nachgehakt, war sich aber sicher, dass mehr dahintersteckte als eine einfache Erkältung.

Ole kannte die Gegend, ein guter Schulfreund hatte hier damals in einer der Villen gewohnt. Dessen Vater war Direktor einer Bank gewesen, wenn er sich richtig erinnerte. Auch die Villa, in der Christian Ahrens lebte, kam ihm noch bekannt vor. Manchmal hatten sie den Nachbarn in der Straße Streiche gespielt. Wenn er nicht völlig falschlag, hatten sie hier Zahnpasta und Klebstoff unter den Knauf der Eingangstüren geschmiert.

Die Türen waren noch immer dieselben, aber die Bewohner waren heute wahrscheinlich andere. Zumindest glaubte er, dass Ahrens, der frühere Wirtschaftssenator, damals nicht hier gewohnt hatte.

Gerade als Ole und Elif auf den akkurat gepflasterten Weg zur Villa einbogen, öffnete sich die Haustür. Ein älterer Mann erschien und trat auf einen Stock gestützt ins Freie. Gefolgt von einer dunkelhaarigen Frau um die vierzig.

Ole und Elif tauschten einen raschen Blick und nickten sich zu. Beide waren sich einig, dass es sich bei dem Mann um Christian Ahrens handeln musste. Es war so, wie Morten und Ida-Marie berichtet hatten. Der ehemalige Senator sah mit Ausnahme seiner Gehhilfe einige Jahre jünger aus, als er tatsächlich war.

»Bringen wir es hinter uns«, sagte Ole leise. »Soll ich, oder möchtest du?«

»Ich kann das machen, kein Problem«, sagte Elif, ohne dabei irgendeine emotionale Reaktion zu zeigen.

»Bist du sicher?«

Sie zuckte mit den Schultern.

»Es ist ziemlich offensichtlich, dass es dir nicht gut geht«, sagte Ole. »Ich habe kein Problem damit, dass du das hier übernimmst, aber bist du dafür in der richtigen Verfassung?«

»Um ganz ehrlich zu sein, ich würde mich am liebsten gerade unter meiner Bettdecke verstecken«, antwortete Elif. »Aber jetzt bin ich hier. Und nur das zählt.«

Ole fixierte seine Kollegin. Sie wollte Stärke zeigen, aber es gelang ihr einfach nicht. Es lag an ihm zu entscheiden, ob er ihr trotzdem vertrauen sollte. »In Ordnung, dann los. Sobald du merkst, dass es für dich schwierig wird, gib mir einfach ein Zeichen.«

Sie näherten sich Christian Ahrens und registrierten seinen misstrauischen Blick. Seine Begleitung drängte sich im nächsten Moment an ihm vorbei und kam energischen Schrittes auf sie zu.

»Darf ich fragen, wer Sie sind?«, fragte sie mit einem Akzent, den Ole im ersten Moment nicht einordnen konnte.

»Kripo Lübeck«, antwortete Elif. »Wir müssen dringend mit Herrn Ahrens reden.«

»Worum geht es denn? Herr Ahrens hat mir erzählt, dass er gestern bereits zweimal mit der Polizei gesprochen hat. Wie

Sie sich vorstellen können, belastet ihn der Tod seines Sohns sehr. Er braucht viel Ruhe.«

»Das verstehen wir natürlich. Allerdings können wir ihm ein weiteres Gespräch nicht ersparen. Wären Sie aber bitte auch so nett, uns zu sagen, wie Sie heißen und in welcher Beziehung Sie zu Herrn Ahrens stehen?«

»Mein Name ist María Jiménez, ich kümmere mich um Christian.«

Ole musterte die Frau mit den braunen Rehaugen und den strahlend weißen Zähnen. Sie war nicht sonderlich groß, doch ihr Körper wohlgeformt. Ihre Kurven stachen durch eine eng anliegende Jeans und ein knappes Top hervor. Darüber trug sie eine grasgrüne Kunstlederjacke.

»Sie ›kümmern‹ sich um ihn?«, hakte Elif nach. »Was genau können wir uns darunter vorstellen?«

»Es gibt nichts, wobei ich ihn nicht unterstütze«, antwortete sie nicht ohne Stolz. »Egal ob im Haushalt oder bei Büroangelegenheiten. Als ehemaliger Senator fällt noch immer jede Menge Schriftverkehr an.«

»Sie arbeiten also in einem Angestelltenverhältnis für Christian Ahrens?«

»Richtig, aber nur halbtags.«

»Und Sie wohnen nicht hier mit ihm zusammen?«

»Natürlich nicht.« Die Empörung in ihren Worten kam Ole etwas aufgesetzt vor.

»Na schön«, sagte Elif. »Dann würden wir uns jetzt gerne mit ihm unterhalten, allerdings unter sechs Augen. Es wäre aber gut, wenn Sie anschließend bei ihm bleiben. Ich gehe davon aus, dass er Ihren Beistand benötigen wird.«

»Ich weiß zwar nicht, was Sie mit ihm besprechen wollen, aber gehen Sie bitte vorsichtig mit ihm um«, sagte María Jiménez. »Ich mache mir Sorgen um ihn. Am besten nur für ein paar Minuten.«

»Wir geben uns alle Mühe«, erwiderte Elif knapp, nickte ihr zu und ging dann an ihr vorbei Richtung Villa.

Ole folgte ihr langsam, blieb noch einmal neben María Jiménez stehen und warf ihr ein kurzes Lächeln zu. An ihrem irritierten Blick erkannte er jedoch sofort, wie unpassend sein Versuch eines kurzen Flirts war. »Danke für Ihr Verständnis«, sagte er stattdessen hastig und folgte Elif.

Er versuchte, den Gedanken an diese attraktive Frau sofort wieder abzuschütteln, fragte sich allerdings, was überhaupt mit ihm los war. Offenbar hatte Danuta irgendetwas in ihm in Gang gesetzt, das vorher im Verborgenen geschlummert hatte.

Elif hatte sich bei Christian Ahrens bereits vorgestellt, als er dazukam und Ahrens zunickte. Der Ex-Senator machte einen knurrigen Eindruck und schien allein von ihrer puren Anwesenheit genervt zu sein. Ole erinnerte sich daran, was Morten über ihr Gespräch mit ihm erzählt hatte. Wie abfällig Ahrens über die Entscheidung seines Sohns, Gastronom zu werden, gesprochen hatte. Und dass er ihm Affären unterstellt hatte, weshalb die Beziehung zu seiner Frau kaputtgegangen sei. Beim Anblick des ernsten Gesichts und der ablehnenden Körperhaltung konnte Ole sich eine gewisse Unerbittlichkeit lebhaft vorstellen.

»Wir sind nicht nur hier, um ein weiteres Mal mit Ihnen über Ihren Sohn zu reden«, sagte Elif und klang dabei ein wenig wie ein Roboter. »Wir müssen Ihnen mitteilen, dass …«

Ole räusperte sich deutlich hörbar und warf Elif einen unmissverständlichen Blick zu. Sie war nicht empathisch genug, am besten würde er das Gespräch übernehmen. Denn egal wie sich dieser Mann bislang geäußert hatte und wie schlecht sein Verhältnis zu seinem Sohn gewesen war, sie mussten so einfühlsam wie möglich vorgehen. Niemand konnte den Verlust zweier seiner Kinder einfach so verkraften.

»Wir wissen, wie schwer die Situation für Sie sein muss«, begann Ole vorsichtig. Er spürte, dass seine Worte kaum besser klangen als die von Elif, aber er hoffte, zumindest etwas mehr Mitgefühl zu zeigen. »Umso mehr tut es uns leid, dass wir Ihnen heute Morgen eine weitere schlimme Nachricht überbringen müssen.« Er machte eine kurze Pause. »Ihre Tochter wurde heute Morgen tot aufgefunden.«

»Caroline?«

Ole nickte langsam und dachte gleichzeitig, was das für eine überflüssige Frage war.

»Wie?«

»Sie wurde unseren ersten Erkenntnissen nach ebenfalls erschossen. Wir müssen davon ausgehen, dass es sich um denselben Täter handelt, der auch Ihren Sohn getötet hat.«

Eine Reaktion von Christian Ahrens blieb aus. Er schien vollkommen emotionslos.

»Uns ist bewusst, dass diese Nachricht für Sie –«

»Sie wissen gar nichts«, fuhr Ahrens jetzt dazwischen. Für einen Augenblick verlor er die Fassung. Seine Mundwinkel zuckten, die Pupillen flackerten. Offenbar sackte die Nachricht über den Tod der Tochter mit einigen Sekunden Verspätung in sein Bewusstsein.

»Was wissen wir denn nicht?«, fragte Ole vorsichtig.

»Ich …« Ahrens suchte offenbar nach den richtigen Worten. »Gar nichts, ich muss das nur erst einmal verarbeiten.«

»Verständlich.«

»Wissen Sie, mein Sohn hat sich selbst in diese Situation gebracht, indem er mit Menschen zu tun hatte, die offenbar vor nichts zurückschrecken. Aber dass Caroline leider auch da reingeraten ist, erschüttert mich wirklich. Es ist eine Tragödie. Meine Tochter …« Er brach ab, als seine Stimme brüchig wurde.

»Unser aufrichtiges Beileid«, versuchte Ole, die Situation zu überbrücken. Der Verlust seiner Tochter setzte Ahrens sichtbar zu.

»Sparen Sie sich das Gerede«, sagte Ahrens plötzlich hart und winkte ab. Er schien sich schnell wieder gefangen zu haben. »Wollen Sie noch irgendetwas von mir wissen?«

»Auch wenn es Ihnen wahrscheinlich schwerfällt, darüber zu reden, müssen Sie uns alles sagen, was für unsere Ermittlungen wichtig sein könnte«, setzte Ole noch einmal an. »Wer sind zum Beispiel diese ›Menschen, die vor nichts zurückschrecken‹?«

»Woher soll ich das wissen?«, brach es aus Ahrens hervor. »Ich habe Ihrem Kollegen gestern alles gesagt, was ich weiß. Wenn man sich mit dem Teufel einlässt, braucht man sich nicht darüber zu wundern, am Ende in der Hölle zu landen.«

»Sie tun ja gerade so, als hätte Ihr Sohn mit der Mafia zu tun gehabt«, erwiderte Ole.

»Richtig, weil es ganz genau so war. Ich habe diese Leute gesehen, von denen er sich am Anfang Geld leihen wollte. Das waren Kriminelle. Ich bin mir sicher, dass sie ihn erpresst haben. Vielleicht konnte er am Ende irgendwelche Schulden nicht mehr zahlen, was einem Todesurteil gleichkam.«

»Und wer genau sind diese Leute?«, versuchte Ole es noch einmal. Irgendwie klang diese Geschichte wenig glaubhaft, andererseits gab es doch auch keinen Grund für Ahrens, sich das Ganze auszudenken.

»Damit habe ich mich nie beschäftigt«, wiegelte der ab. »Wenn die Kripo ihrer alltäglichen Arbeit vernünftig nachgeht, sollte sie doch wissen, welche mafiösen Strukturen in der Lübecker Gastronomie herrschen.«

»Mir ist nichts darüber bekannt«, sagte Ole, »aber wir werden der Sache natürlich nachgehen müssen.«

»Das sollten Sie wohl, wenn Sie den Mörder von Jan finden wollen.« Plötzlich klang Ahrens fast trotzig.

»Noch einmal zu Ihrer Tochter«, sagte Ole vorsichtig. »Wieso musste sie denn sterben?«

»Ich habe erst vor ein paar Wochen erfahren, dass Jan sie mit in diesen Sumpf hineingezogen hat.« Ein lautes Seufzen begleitete Ahrens' Antwort. »Caroline war leider immer etwas zu gutgläubig. Ich habe ihr wieder und wieder gesagt, dass sie sich bloß nicht von ihm vereinnahmen lassen soll. Aber sie hatte ja nichts Eigenes, auf das sie stolz sein konnte.«

»Sie meinen, weil sie keinen Job hatte?«

»Keine richtige Arbeit, keine Familie. Ihr fehlte leider immer der nötige Ehrgeiz, etwas aus ihrem Leben zu machen, aber immerhin war sie ein guter Mensch.« Wieder schluckte er schwer. In der Vergangenheit über seine Tochter zu reden, fiel ihm offenbar alles andere als leicht.

»Wir haben Ihre Tochter unweit ihrer Wohnung gefunden«, sagte Ole. »Erschossen in ihrem Auto. Ohne dass wir bereits belastbare Schlüsse ziehen können, deutet vieles auf einen sehr gezielten Mord hin.«

»Haben Sie denn schon eine Spur, die Sie verfolgen?«

»Nein, wir machen uns aber in alle Richtungen Gedanken bezüglich des Motivs.«

»Wissen Sie, meine Beziehung zu Jan und Caroline war nie besonders eng«, sagte Christian Ahrens auf einmal überraschend ehrlich. »Als ich noch in der Politik war, hatte ich kaum Zeit für meine Kinder. Später, als sie erwachsen waren, haben sie mich dann natürlich spüren lassen, dass ihnen ihr Vater nicht viel bedeutet. Ich konnte es ihnen nicht verdenken, aber manchmal hat es schon geschmerzt.«

Ole fragte sich, was Ahrens bezweckte. Warum erzählte er ihnen von seinem schlechten Verhältnis zu seinen Kindern? Als sei das nicht ohnehin die ganze Zeit aus seinen Worten herauszuhören.

»Was ist mit Ihrem Sohn?«, fragte Elif plötzlich.

»Wie bitte?«

»Mit Ihrem anderen Sohn, Henning.«

Ole blickte zu Elif herüber. Ihr Einwurf kam überraschend, aber genau zum richtigen Zeitpunkt.

»Was soll diese Frage jetzt?«, fragte Ahrens sichtlich irritiert.

»Haben Sie Kontakt zu ihm?«

»Nein, Henning lebt in Kopenhagen.«

»Das wissen wir, aber haben Sie in den letzten Tagen mit ihm gesprochen? Haben Sie ihn gestern nicht vielleicht versucht zu erreichen?«

»Mit Henning habe ich seit vielen Jahren kein Wort mehr

gewechselt.« Ahrens atmete tief aus. Es war, als würde sämtliche Energie aus seinem Körper weichen, weil ihm klar wurde, dass auch sein einzig verbliebenes Kind für ihn längst verloren war.

»Wir haben gehört, dass Jan und er sich zerstritten hatten«, ließ Elif nicht locker. »Können Sie etwas über den Grund dieses Streits sagen? Waren auch Sie darin involviert?« Sie klang noch immer sehr kühl und professionell, aber in der jetzigen Phase des Gesprächs schien Ole das durchaus eine erfolgversprechende Strategie zu sein.

»Das ist nichts, worüber ich sprechen möchte«, antwortete Ahrens leise, aber entschieden. »Und schon gar nicht heute«, schob er hinterher.

»Und was, wenn wir Ihnen sagen, dass Henning der Hauptverdächtige in diesem Fall ist?« Elif kam jetzt ohne Umschweife zum Punkt. »Aktuell fahnden wir mit Hochdruck nach ihm.«

»Soll das ein Witz sein?« Ahrens schien jetzt völlig verunsichert. »Wie kommen Sie denn darauf?«

»Wir gehen davon aus, dass Jan und Henning gemeinsam auf der ›Gloria‹ waren, bevor Jan erschossen wurde. Und Caroline hat uns wenige Stunden vor ihrem Tod angerufen, weil sie angeblich wusste, wer der Mörder ist, und selbst Angst um ihr Leben hatte.«

»Sie wussten, dass sie in Gefahr ist?«

»Wir haben alles in unserer Macht Stehende getan, um sie zu finden.«

»Ach ja?« Die Energie kehrte bei Christian Ahrens zurück. Plötzlich schien er in den Angriffsmodus zu schalten. »Bei mir war niemand und hat nachgefragt.«

Ole sah Elif an. Hatten sie tatsächlich vergessen zu überprüfen, ob Caroline Ahrens bei ihrem Vater gewesen war?

»Ein Kollege von uns hat sich gestern Abend bei Ihnen telefonisch gemeldet«, reagierte Elif gelassen. »Frau Jiménez hat bestätigt, dass Ihre Tochter nicht da sei.«

»Tatsächlich? Und wann soll das gewesen sein?«

»Auf jeden Fall deutlich nach zwanzig Uhr. Überraschend spät dafür, dass Frau Jiménez nur halbtags für Sie arbeitet.«

»Ganz schön freches Mundwerk. Wer und wann hier bei mir ist, geht ganz allein mich etwas an.«

»Selbstverständlich. Dann sprechen wir doch am besten wieder über Henning. Sie hatten also keinen Kontakt zu ihm, und Jan und er lagen auch über Kreuz. Wie war denn das Verhältnis zwischen Caroline und Henning?«

»Das kann ich Ihnen nicht sagen«, antwortete Ahrens und klang auf einmal schonungslos ehrlich. »Wie ich eben bereits erwähnte, hatte ich auch mit Caroline keinen engen Kontakt. Ich gehe allerdings davon aus, dass sich die beiden allein durch die Distanz ebenfalls nicht sonderlich nahestanden.«

»Vielleicht waren sie auch zerstritten?«, hakte Ole noch einmal nach. Caroline hatte ihnen berichtet, selbst keinen Kontakt zu Henning gehabt zu haben. Aber das musste ja nicht die Wahrheit gewesen sein.

»Vielleicht.« Christian Ahrens zuckte mit den Schultern.

»Aber weshalb glauben Sie dann, dass er nichts mit dem –«

Elif wurde plötzlich von María Jiménez unterbrochen. »Ich denke, es reicht jetzt. Wie Sie sehen, ist Herr Ahrens bereits sehr aufgebracht. Das ist nicht förderlich für sein Herz.«

»Danke, María«, sagte Ahrens. »Die beiden Beamten wollten ohnehin gerade gehen, nicht wahr?«

»Normalerweise gehen wir erst dann, wenn alle unsere Fragen beantwortet sind«, sagte Ole. »Aber wir möchten natürlich nicht Ihre Gesundheit gefährden. Das, was Sie verkraften müssen, ist ohnehin schon schwer genug. Trotzdem würden wir Sie bitten, noch einmal darüber nachzudenken, wann Sie zuletzt mit Henning gesprochen haben. Vielleicht haben Sie auch andere Möglichkeiten als wir, ihn zu erreichen. Sagen Sie ihm, es wäre in jedem Fall wichtig, dass er sich so schnell wie möglich bei uns meldet.«

»Ich glaube nicht, dass ich bessere Chancen als Sie habe, mit ihm zu reden.«

Ahrens' Worte klangen so nüchtern, dass Ole sofort jede Hoffnung auf Unterstützung durch ihn verlor. Dennoch griff er in seine Jackentasche, um dem ehemaligen Senator seine Karte zu geben, damit der sich direkt bei ihm melden konnte, falls ihm doch noch etwas einfiel.

Er fischte den kleinen Stapel Karten hervor und wollte Ahrens eine davon in die Hand drücken, als er plötzlich stutzte. Ganz kurz war sein Blick auf dem festen Karton hängen geblieben. Das waren gar nicht seine Visitenkarten, dort war zweifellos der Name »Birger Andresen« zu lesen. Ole hatte keine Ahnung, weshalb sie sich in seiner Jackentasche befanden, aber auf einmal verstand er, weshalb Caroline Ahrens gestern bei seinem Vater angerufen hatte.

Plüschpantoffeln

Morten kam sich wie ein Mitschnacker vor. Der Schokoladenonkel, der sich seinem Opfer lächelnd näherte und mit Süßigkeiten lockte, damit es mit ihm ging.

Sein größtes Problem war, dass er nicht genau wusste, wie Karl aussah. In Stella Ahrens' Wohnung hatte es nur wenige persönliche Gegenstände gegeben. Aber das eine Foto an der Wand im Flur war ihm ins Auge gefallen. Mutter und Sohn. Es war nicht aktuell, beide hatten darauf jünger ausgesehen.

Die meisten Kinder auf dem Schulhof konnte er kaum voneinander unterscheiden. Sie liefen an ihm vorbei, ohne dass er irgendein besonderes Merkmal ausmachen konnte, das auf Karl zutraf. Er duckte sich vor Lehrerinnen weg, die gestresst aus dem Gebäude kamen, um auf dem Schulhof die Pausenaufsicht zu verrichten.

Morten hatte den Eindruck, sich im Rahmen einer Ermittlung nie erbärmlicher gefühlt zu haben. Trotzdem wollte er unbedingt mit diesem Jungen reden. Er war sich sicher, dass es ihn weiter brachte als noch ein Gespräch mit dem alten Ahrens, der ihm ohnehin so unsympathisch gewesen war.

Eine weitere Klasse drang unter großem Geschrei aus dem Gebäude und verteilte sich auf dem Schulhof. Da war dieser Junge. Er hätte es nicht für möglich gehalten, ihn tatsächlich unter all den Kindern zu identifizieren, aber als er ins Blickfeld geriet, war Morten sofort klar, dass es sich um Karl handelte. Er hatte etwas an sich, das ihn herausstechen ließ. Die Mundpartie und die Wangen. Und vor allem der stechende Blick.

Morten beobachtete ihn. Irgendwie musste er einen Moment abpassen, in dem Karl allein war und niemand sie sehen konnte. Aber er merkte schnell, dass es unmöglich war, den Jungen anzusprechen, ohne dass andere Kinder etwas davon mitbekamen. Kurzerhand beschloss er, einfach auf ihn zuzugehen.

»Du bist Karl, richtig?« Etwas verschwörerisch beugte er sich zu ihm herunter.

»Wer will das wissen?«

»Eine sehr gute Frage. Ich bin Polizist und würde dir gerne ein paar Fragen stellen.« Er zog seine Dienstmarke aus der Jackentasche und hielt sie dem Kind vor die Nase. Wahrscheinlich hätte er ihm irgendeinen Ausweis zeigen können – woher sollte Karl wissen, ob er die Wahrheit sagte? Es fühlte sich einfach nur schäbig an.

»Und wieso?«

»Mich würde interessieren, wann du das letzte Mal deinen Vater gesehen hast«, sagte Morten.

»Ich weiß, dass er tot ist«, sagte Karl und klang dabei so nüchtern, dass Morten ein Schauer über den Rücken lief. Wie konnte ein Junge in diesem Alter derart gefasst reden, wenn er gerade erst erfahren hatte, dass sein Vater gestorben war?

»Das tut mir sehr leid für dich.« Morten suchte angestrengt nach den richtigen Worten. »Du hast ihn nicht so oft gesehen in den letzten Jahren, oder?«

»Geht so«, sagte Karl gedehnt.

»Euer letztes Treffen«, versuchte es Morten noch einmal, »wo war das?«

»Ich weiß nicht mehr«, antwortete Karl jetzt verunsichert.

»Doch, du erinnerst dich bestimmt. Streng dich bitte an, es ist wirklich wichtig.«

»Und wieso? Mein Papa ist doch tot.«

»Ja, aber wir möchten herausfinden, weshalb er tot ist. Ich weiß nicht, was dir deine Mama gesagt hat, aber es könnte sein, dass er vielleicht …« Morten stockte und entschied sich, den Satz besser nicht zu beenden. »Sag mir einfach, ob du deinen Papa in den vergangenen zwei Wochen noch einmal gesehen hast. Kam er vielleicht hier an der Schule vorbei oder nach deinem Klavierunterricht?«

Jetzt zuckte Karl mit den Schultern. Es war offensichtlich, dass er nicht lügen konnte oder wollte. Morten war sich sicher, dass Jan und der Junge sich noch einmal gesehen hatten, ohne dass Karls Mutter davon gewusst hatte.

»Okay, du brauchst mir nicht zu sagen, wo ihr euch gesehen habt. Ich stelle dir jetzt einfach ein paar Fragen, auf die du nur mit Nicken oder Kopfschütteln antworten musst. Ist das okay für dich?«

Karl nickte.

»Sehr gut, du hast das Prinzip schon verstanden. Dein Vater wollte dich dringend noch einmal sehen, hat mir deine Mama gesagt. War es wirklich so dringend?«

Wieder ein Nicken.

»Weil er etwas Wichtiges mit dir besprechen wollte?«

Diesmal reagierte Karl nicht.

»Okay, anders gefragt: Er wollte dich einfach unbedingt sehen und in den Arm nehmen?«

Nicken.

»Wollte er sich vielleicht von dir verabschieden, weil er eine längere Reise vorgehabt hat?«

Dieses Nicken kam zögerlich.

»Hat er gesagt, was genau er vorhat?«

Erstmals schüttelte Karl den Kopf.

»Wir wissen, dass seine Reise erst in einem halben Jahr beginnen sollte«, sagte Morten. »Er hätte also noch genug …«

Das Kopfschütteln von Karl war plötzlich so stark, dass Morten innehielt und den Jungen fixierte. »Also wollte er bereits früher verreisen?«, fragte er schließlich.

Nicken.

»Schon bald?«

Nicken.

»Sehr bald?«

Noch ein Nicken.

»Wirkte dein Papa nervös?«

Jetzt nickte Karl und schüttelte gleichzeitig den Kopf, als

wisse er das Verhalten seines Vaters rückblickend nicht einzuschätzen.

»Absolut in Ordnung, wenn du dir nicht sicher bist. Denkst du denn, dein Vater hatte irgendein Problem, dass er Lübeck verlassen wollte?«

Diesmal zuckte der Junge wieder mit den Schultern. Im nächsten Augenblick sah Morten, dass zwei Lehrerinnen aus dem Gebäude traten und direkt auf sie zukamen.

»Na gut, du hast mir sehr geholfen«, sagte er hastig. »Es tut mir wirklich sehr leid für dich. Aber eine Sache noch: Es ist zwar nicht verboten, dass ich mit dir spreche, aber für uns beide wäre es wohl angenehmer, wenn du niemandem davon erzählst, wer ich bin und über was wir geredet haben. Würde nur zu lästigen Fragen führen.« Er zwinkerte Karl zu, doch der Junge verzog keine Miene.

»Danke noch mal.« Morten richtete sich wieder auf und spürte sofort, wie ein Schmerz durch seinen Rücken fuhr. So fühlte es sich also an, wenn man älter wurde.

»Mein Papa war nicht der, den die Leute kennen«, sagte Karl plötzlich.

»Wie bitte?«

»Er wollte ein anderer Mensch sein.«

»Ich glaube, ich verstehe nicht ganz, was du …« Morten brach ab, weil die beiden Lehrerinnen nur noch wenige Meter entfernt waren und ihn bereits kritisch beäugten. Er nickte ihnen noch kurz zu, dann verschwand er raschen Schrittes vom Schulhof.

Hinter sich hörte er empörte Frauenstimmen, die wissen wollten, was er hier zu suchen hatte. Morten beschleunigte seinen Schritt und hoffte einfach, dass Karl dichthalten würde. Vielleicht hatte er ihn emotional erreicht. Was er am Ende noch über seinen Vater gesagt hatte, stimmte Morten jedenfalls optimistisch, dass der Junge ihm vertraute.

Nur was hatte Karl eigentlich damit gemeint, dass Jan Ahrens jemand anderes sein wollte? Dass die Menschen nicht wussten, wer er wirklich war? Irgendetwas musste in Ahrens vorgegangen sein, das dazu geführt hatte, dass er Lübeck verlassen wollte. Deutschland. Weit weg. Und nicht erst im November, wie das Flugticket vermuten ließ, sondern schon sehr bald.

Morten spürte sofort ein Gefühl von Unbehagen, als sein Blick auf die Frau fiel, die neben dem Kleinwagen am Straßenrand stand und in ihr Handy sprach, das sie sich dicht vor den Mund hielt. Es hatte einige Sekunden gedauert, ehe er ihr Gesicht einordnen konnte. Doch dann war er sich sicher, dass es sich um diese Journalistin der »Lübecker Nachrichten« handelte. Paula Hinrichs.

Er erinnerte sich an ihren Namen, weil sie während der Pressekonferenz gestern dafür gesorgt hatte, dass er die Contenance verlor. Weil sie Fragen gestellt hatte, die er in den falschen Hals bekam. Dass er in dieser Situation so aufgewühlt reagiert hatte, ärgerte ihn selbst am meisten. Immerhin war er doch so darauf bedacht gewesen, sich nach außen nicht anmerken zu lassen, wie sehr ihn Jens Bachmann noch immer beschäftigte.

Noch viel mehr irritierte ihn allerdings, was diese Journalistin überhaupt hier zu suchen hatte. Woher wusste sie, dass Malin Klein eine Beziehung mit Jan Ahrens geführt hatte? Und weshalb mischte sie sich in diese Ermittlungen ein?

Er vermied es, sie anzusehen, und ging schnell in Richtung Hauseingang. Die Tür stand ein Stück weit offen, ein Holzkeil verhinderte, dass sie zufiel.

Morten betrat das Treppenhaus und verharrte für einen Moment. Nachdem er sich schnell von der Schule beim Stadtpark entfernt hatte, war er bestimmt zwanzig Minuten im Schritttempo durch das Wohnviertel gekurvt, einfach um darüber nachzudenken, was Karls Worte zu bedeuten hatten. Er hatte versucht, alle bisherigen Erkenntnisse übereinanderzulegen. Die lapidare Bemerkung von Stella Ahrens, dass Jan womöglich in dubiose Geschäfte verwickelt war, erschien vor dem Hintergrund, dass er abtauchen wollte, plötzlich in einem anderen Licht. Einiges ergab jetzt mehr Sinn. Nur die Frage, wer ihn und seine Schwester getötet hatte, war aus Mortens Sicht viel unklarer, als er noch vor wenigen Stunden geglaubt hatte. Denn außer einem jahrealten Streit der Brüder gab es keine durchschlagenden Argumente dafür, dass Henning Ahrens derjenige war, den sie suchten.

Malin Klein wohnte im dritten Stockwerk des Hauses in der Lindenstraße, das hatte er gerade noch auf dem Klingelschild gesehen, als er ins Gebäudeinnere geschlüpft war. Das Haus war allem Anschein nach vor nicht allzu langer Zeit saniert worden und machte einen gepflegten Eindruck. Trotzdem hatte er das Gefühl, als würde Malin Klein einen ganz anderen Lebensstil als die Ex-Frau von Jan Ahrens führen.

Eine halbe Minute später hatte er die Bestätigung dafür, dass sie sich auch optisch komplett von Stella Ahrens unterschied. Eine Frau mit blondem Kurzhaarschnitt und jugendlichem Äußeren stand vor ihm und sah ihn fragend an.

Wenn es eines Gegenteils von Stella Ahrens bedurft hätte, dann wäre Malin Klein sicherlich die Person gewesen, an die man als Erstes gedacht hätte. Die kurzen Haare hatten beide gemein, aber Malin Klein hatte nichts von der sehr gestylten eleganten Frau, die sich zweifellos über jedes Detail von der Farbe ihrer Fingernägel bis zu den Schuhen Gedanken machte. Sie trug kein Make-up, und ihre Haare machten den Eindruck, als sei sie gerade erst aufgestanden. Unter dem roten Kapuzenpullover trug sie eine weite Jogginghose. Die ausgelatschten Plüschpantoffeln rundeten den Look ab.

Morten wunderte sich, dass Jan Ahrens zwei so unterschiedliche Frauentypen gewählt hatte, aber je länger er Malin Klein, die er etwas jünger als sich selbst schätzte, in die blauen Augen sah, desto mehr verwarf er seinen ersten Eindruck. Sie war hübsch, vor allem war da irgendetwas an ihrem Blick und ihrem Wesen, das sehr einnehmend war. Obwohl sie noch kein Wort miteinander gewechselt hatten, vermittelte sie allerdings auch das Gefühl, dass etwas sie belastete. Sie strahlte eine Traurigkeit aus, die sie fast ein wenig hilflos wirken ließ.

»Morten Sandt, Kripo Lübeck«, sagte er knapp und zeigte seinen Dienstausweis. »Wir haben ja gestern Abend bereits kurz telefoniert. Ich hatte mich angekündigt, um Ihnen noch ein paar Fragen zu stellen.«

»Ehrlich gesagt passt es gerade nicht so gut«, antwortete sie. »Kann ich Sie vielleicht später anrufen? Dann können wir in Ruhe reden.«

»Wer ist denn da schon wieder?«, drang plötzlich eine tiefe Männerstimme aus dem Hintergrund zu ihnen herüber.

»Mein Freund«, sagte Malin Klein und lächelte verlegen. »Er ist etwas genervt von der ganzen Sache.«

»Sie meinen, weil diese Journalistin eben bei Ihnen gewesen ist?«

»Ja, auch.«

»Was wollte sie denn eigentlich hier?«, hakte Morten nach.

»Sie hat mir ein paar Fragen gestellt, weil sie offenbar einen größeren Artikel über Jan schreiben möchte. Über sein Leben und den großen Erfolg von Kutterfutter.«

»Und was genau wollte sie da von Ihnen wissen?«

»Zum Beispiel, wie er so als Mensch war. Oder wie er mit seinen Mitarbeitern umgegangen ist, aber dazu konnte ich gar nicht viel sagen. Überhaupt hat das Gespräch nicht lange gedauert, weil Dennis …«

Gerade als sie seinen Namen ausgesprochen hatte, erschien hinter ihr ein groß gewachsener, muskulöser Mann, den Morten auf mindestens Ende dreißig schätzte. Altersmäßig passte er also etwas besser zu Malin Klein als Jan Ahrens. Aber Morten wurde nicht so richtig schlau daraus, was die eher zierliche Malin Klein an einem solchen aufgepumpten Typen fand. Dieser Schrank von einem Mann verbrachte mit Sicherheit in einer Woche mehr Stunden im Fitnessstudio, als Morten es in seinem ganzen Leben schaffen würde.

»Ist das etwa schon wieder so ein Pressevogel?«

»Der Mann ist von der Kripo«, sagte Malin Klein mit gedämpfter Stimme. »Pass also auf, was du sagst.«

»Dreht sich denn jetzt alles nur noch um dieses Arschloch?«

»Ich glaube, es wäre besser, wenn Sie jetzt gehen«, wandte Malin Klein sich an Morten. Ihr Gesichtsausdruck verriet, dass ihr die Situation äußerst unangenehm war. »Ich melde mich bei Ihnen«, schob sie noch hinterher.

»Es wäre wirklich gut, wenn Sie noch heute durchrufen«, sagte Morten. »Wir haben einige Fragen, die dringend geklärt werden müssen. Und in den letzten Minuten sind ehrlich gesagt einige neue dazugekommen.« Er zog seine Karte hervor und reichte sie Malin Klein. Dann nickte er zum Abschied und wandte sich Richtung Treppenhaus.

Als er hörte, wie hinter ihm die Wohnungstür zufiel, hielt Morten noch einmal inne. Die laute Stimme von diesem Dennis drang augenblicklich bis hinaus auf den Flur. Er musste nicht einmal näher herangehen, um jedes Wort zu verstehen.

Morten hatte keinen Zweifel daran, dass Malin Kleins Freund soeben damit gedroht hatte, sie umzubringen, wenn sie »diesen Bullen« anriefe. Dabei war seine Stimme immer aggressiver geworden. Den Geräuschen nach zu urteilen, wurden auch Möbel in der Wohnung verschoben. Er konnte nur hoffen, dass dieser Stiernacken ihr gegenüber noch nicht gewalttätig geworden war.

Morten befühlte sein Holster unter der dünnen Jacke und schloss die Augen. Eigentlich durfte er momentan gar keine Waffe tragen, Ida-Marie hatte es ihm untersagt. Solange er nicht wieder richtig stabil wäre, sollte er darauf verzichten. Aber er hatte ihre Ansage ignoriert. Wie sollte er ermitteln und sich womöglich in Gefahr begeben, ohne seine Dienstpistole zu tragen? Am Ende würde es ihm noch vorgeworfen und gegen ihn verwendet werden.

Die Stimme von Dennis drang immer lauter an seine Ohren. Von einem auf den anderen Moment erschien das Gesicht dieses Dreckskerls vor seinem inneren Auge. Mortens rechte Hand zitterte plötzlich in der Versuchung, seine Pistole zu zücken und noch einmal die wenigen Stufen bis zu der Wohnung zurückzugehen. Solchen Typen gehörte deutlich gemacht, dass es Grenzen gab, die sie besser nicht überschreiten sollten. Sie mussten verstehen, was er mit ihnen machte, wenn sie sich derart benahmen.

In Mortens Gedanken war seine Waffe längst auf die Stirn des Mannes gerichtet. Er atmete noch einmal tief durch. Dann traf er eine Entscheidung.

Auf Knien

Bislang ist alles so reibungslos verlaufen, wie ich es mir vorgestellt habe. Caroline gestern Abend zu erschießen war genau die richtige Entscheidung. So hatte ich die ganze Nacht Zeit, mich zu erholen und die letzten notwendigen Schritte noch einmal zu überdenken.

Es ist ein beruhigendes Gefühl, dass die Polizei komplett ahnungslos ist. Schließlich brauche ich die Ruhe, um alles zu einem guten Ende zu bringen. Und anschließend die letzten Spuren zu verwischen, um endlich in ein neues Leben zu starten.

Eigentlich hatte ich damit gerechnet, dass irgendwann der Moment käme, in dem ich in ein Loch fallen würde. In dem ich mir darüber bewusst werde, was ich getan habe. Wozu ich fähig bin. Drei Menschen aus nächster Nähe zu erschießen, die mir so nahestanden. Oder hätten nahestehen sollen.

Aber dieser Moment ist nicht gekommen. Es hat kein Loch gegeben. Keinen einzigen Augenblick des Zweifelns. Keine Reue.

Im Gegenteil. Es war so, wie ich es mir erhofft hatte. Mit jedem Schuss habe ich mich besser gefühlt. Weil ich weiß, dass sich mein Leben von nun an in eine bessere Richtung entwickeln kann. Der Hass, der mein Antrieb war, wird schon bald verschwinden. Der Hass auf diese Menschen, aber auch auf mich selbst.

Es ist sogar längst so weit. Ich spüre eine Zufriedenheit über das, was ich tue, die ich so bislang nicht kannte. Ich bin stolz, dass ich es durchgezogen habe, ohne mit der Wimper zu zucken. Und niemand weiß, dass ich dahinterstecke.

Als ich heute Morgen wach geworden bin, war ich allerdings für einige Sekunden in einer Art Zwischenwelt gefangen. Mein Traum aus der Nacht war noch allgegenwärtig und vermischte sich mit sehr klaren realen Gedanken. Ein sehr makabrer Traum, der mir unter normalen Umständen selbst Angst bereitet hätte.

Überall um mich herum hatten Leichen gelegen, über die ich mit einem zufriedenen Lächeln stieg. Bekannte und unbekannte Menschen, die ich eiskalt erschossen hatte. Bis mich die Martinshörner aufgeschreckt hatten. Sie waren hinter mir her, wussten jetzt, was ich getan hatte.

Das Geräusch kam immer näher, und für einige Augenblicke spürte ich Panik in mir aufsteigen. Panik, die ich in meinem Leben oft genug durchlebt habe. Aber seit dem letzten Mal sind einige Monate vergangen. In letzter Zeit war ich so klar im Kopf, dass ich eigentlich gedacht hatte, der Panik für immer in den Allerwertesten getreten zu haben.

Aber heute Morgen war sie plötzlich wieder da gewesen. Mit voller Wucht.

Bis ich Augenblicke später wach wurde. Die Martinshörner dröhnten noch immer in meinen Ohren, ehe ich irgendwann verstand, dass es nur mein Wecker war, der schrillte. Ich musste so laut über mich selbst lachen, dass es sich bestimmt hysterisch angehört hat. Zum Glück gab es niemanden, der mich hören konnte. Oder wollte.

Die Panik konnte ich somit wieder dahin packen, wo sie hingehört. Ganz tief in die hinterste Ecke meiner Seele, wo sie für immer versauern soll. Und trotzdem haben dieser Traum und die Ungewissheit, in der ich mich kurzzeitig befand, etwas in mir ausgelöst. Vielleicht hat mein Unterbewusstsein mir den Hinweis geben wollen, dass ich mich nicht zu sicher fühlen soll. Und dass ich nicht mehr lange warten darf, wenn ich mein Ziel erreichen will.

Ich habe meine Entscheidung getroffen. Morgen ist es so weit. Dann werde ich das Schlechte in meinem Leben für immer auslöschen. Ich werde diesem Menschen gegenübertreten und ihn zur Rechenschaft ziehen, wie er es sich in seinen schlimmsten Träumen nicht vorzustellen vermag. Bei einer schnöden

Kugel wird es nicht bleiben. Ich werde ihm den Brief vorlesen. Ihn mit allem konfrontieren, was er getan hat. Und wenn ich damit fertig bin, werde ich mich erst so richtig um ihn kümmern. Er soll leiden, so schlimm, dass er winselnd um Gnade fleht. Auf Knien soll er vor mir um Vergebung bitten und zugeben, dass er ein Monster ist. Und kurz bevor er glaubt, er käme mit seinem Leben davon, wird er genau das Gegenteil erfahren. Denn ich werde ihn töten. Weil ich selbst endlich leben will.

Zwielichtige Typen

Am frühen Nachmittag traf sich das Team erneut im Präsidium zur Lagebesprechung. Eine weitere Pressekonferenz war von Ida-Marie erst für halb fünf angesetzt worden. Bis dahin hatten sie ausreichend Zeit, die neuesten Erkenntnisse aus den Gesprächen und Recherchen auszutauschen.

Noch immer stand über allem die Suche nach Henning Ahrens. Er war ihre heißeste Spur, und einiges sprach dafür, dass er seine Geschwister getötet hatte. Dass sie auch nach mehr als vierundzwanzig Stunden noch keinen Hinweis auf seinen Aufenthaltsort hatten, frustrierte sie zwar, ließ sie aber umso mehr vermuten, dass er sich auf der Flucht befand.

Aber da waren auch einige Ungereimtheiten, die es fraglich erscheinen ließen, ob sie tatsächlich der richtigen Fährte folgten. Und gerade Morten hatte in den letzten Stunden Dinge in Erfahrung gebracht, dass er sich fragte, ob es sinnvoll war, den Täterkreis derart einzuschränken.

Ida-Marie betrat mit einigen Pizzakartons den Besprechungsraum und blickte in dankbare Gesichter. Morten hatte seit dem Frühstück, das auch nicht mehr als Toast und eine Tasse Kaffee gewesen war, nichts mehr zu sich genommen, dazu war er viel zu sehr mit sich selbst beschäftigt.

In erster Linie war er froh darüber, nicht noch einmal die Treppenstufen hoch zur Wohnung von Malin Klein gegangen zu sein, um etwas zu tun, das alles verändert hätte. Egal wie sehr ihn Menschen oder Augenblicke triggerten, er war in der Lage, letztlich darüber hinwegzusehen und rational die richtigen Entscheidungen zu treffen. Etwas, das ihn sehr beruhigte. Und das am Ende auch dafür sorgen würde, dass Ida-Marie ihm wieder voll vertraute.

Das Problem war allerdings, er konnte niemandem von dieser Erfahrung berichten. Nicht von seinem Gespräch mit dem Sohn von Jan Ahrens und dessen Aussage, dass der Vater offenbar Lübeck schon bald verlassen wollte und gar nicht der war, der er vorgab zu sein, was auch immer das zu bedeuten hatte. Und natürlich genauso wenig von dem Besuch bei Malin Klein und ihrem aggressiven Freund, der ihr ganz offen drohte. Ebenso nicht von der Journalistin, die einen Artikel über Jan Ahrens schreiben wollte und ihnen in ihrer Recherche offenbar sogar einen Schritt voraus war.

Morten musste über all das einfach seine Klappe halten. Im Grunde hatte er in dieser Besprechung nichts Sinnvolles beizutragen, obwohl er durchaus in der Lage gewesen wäre, die Ermittlungen in eine ganz neue Richtung zu lenken. Die Situation war absurd. Aber trotzdem musste er aufpassen, was er tat.

Während sie die Pizzastücke verteilten und aßen, redeten sie kaum ein Wort miteinander. Als müssten sie sich erst einmal stärken, bevor ihre Gehirnzellen wieder Betriebstemperatur erreichten. Vollkommen egal, ob Ida-Marie das Ganze nur als Teambuilding organisiert hatte oder einfach für den Rest des Tages für eine gute Grundlage sorgen wollte, sie hatte damit alles richtig gemacht.

Mortens Handy vibrierte in seiner Hosentasche. Er fischte es heraus und sah auf dem Display eine ihm unbekannte Handynummer. Er zögerte, verließ dann jedoch den Raum und nahm das Gespräch auf dem Flur entgegen. Eigentlich hatte er damit gerechnet, dass die Anruferin Malin Klein wäre, aber am anderen Ende der Leitung meldete sich zu seiner Überraschung Stella Ahrens.

»Waren Sie das?«, kam sie direkt zur Sache.

»Wovon sprechen Sie?« Morten ahnte natürlich, worauf sie hinauswollte, aber er hatte nicht vor zuzugeben, dass er mit ihrem Sohn geredet hatte.

»Ich wurde von der Schulleitung informiert, dass Karl heute Morgen auf dem Schulhof von einem unbekannten Mann angesprochen wurde«, fuhr sie fort und klang dabei so, als würde sie ihn am liebsten am Kragen packen und durch den Hörer ziehen. »Die Beschreibung dieser Person passt ziemlich gut auf Sie. Haben Sie es wirklich gewagt, mein Kind in diese Sache mit reinzuziehen?«

»Ich weiß wirklich nicht, was Sie meinen«, antwortete Morten so empört wie möglich. »Mit Sicherheit würde ich niemals ohne Ihre Zustimmung mit Ihrem Sohn sprechen. Warum sollte er mir auch mehr über Ihren Ex-Mann verraten können als Sie?«

»Ich würde mich an Ihrer Stelle nicht darauf verlassen, dass die Lehrerinnen, die Sie beobachtet haben, Sie nicht wiedererkennen.« Stella Ahrens blieb hart, sodass Morten allmählich das ungute Gefühl bekam, er könne womöglich auffliegen.

»Was sagt denn Ihr Sohn dazu?«, versuchte er abzulenken. »Hat er Ihnen nicht verraten, wer dieser Mann war und was er von ihm wollte?«

»Leider nein, Karl zieht es vor zu schweigen. Er möchte sich nicht an den Moment erinnern, sagt er. Mit Sicherheit haben Sie ihn mit irgendetwas unter Druck gesetzt, damit er nichts verrät.«

»Jetzt reicht es aber allmählich mit Ihren Anschuldigungen«, brach es mit strenger Stimme aus Morten heraus. »Ich habe mir Ihre Unterstellungen geduldig angehört, aber vielleicht nehmen Sie zur Kenntnis, dass ich nicht derjenige bin, der sich mit Ihrem Sohn auf dem Schulhof unterhalten hat.«

Schweigen.

»Sind Sie noch dran?«

»Ich werde herausfinden, wer das gewesen ist, da können Sie sich sicher sein«, antwortete Stella Ahrens.

»Machen Sie das«, entgegnete Morten trocken. Innerlich brodelte es jedoch längst in ihm. Was, wenn er tatsächlich über diese Sache stolperte? Nicht nur, dass er allein keine Gespräche führen sollte. Ein Kind zu befragen, ohne dessen Mutter um Erlaubnis zu bitten, würde ihm Ida-Marie niemals verzeihen. Die Polizeipräsidentin würde ihn wahrscheinlich, ohne mit der Wimper zu zucken, vom Dienst suspendieren. Er musste einfach unnachgiebig und glaubwürdig bleiben.

»Gibt es denn noch etwas anderes, das Sie mir mitteilen möchten?«, fragte er. »Ist Ihnen vielleicht etwas eingefallen, das uns hilft, den Mörder Ihres Ex-Manns zu finden?«

Fast hätte er noch hinterhergeschoben, dass auch ihre ehemalige Schwägerin heute Morgen tot aufgefunden worden war, schluckte die Worte jedoch hinunter. Es war besser, wenn Stella Ahrens zum jetzigen Zeitpunkt noch nicht zu viel wusste. Und vor allem nicht von ihm.

»In der Tat gibt es da noch etwas, das ich Ihnen nicht gesagt habe, als Sie hier waren«, antwortete sie jetzt deutlich reservierter, als wäre es ihr etwas unangenehm, erst jetzt mit dieser Information herauszurücken. »Es geht um Malin Klein, die Frau, mit der Jan einige Monate zusammen war.«

»Ich weiß, wen Sie meinen. Was ist mit ihr?«

»Sie hat mittlerweile einen neuen Partner«, fuhr sie fort. »Ich habe die beiden vor einigen Monaten zufällig auf dem Weihnachtsmarkt gesehen. Ein ziemlich angsteinflößender Typ, wenn Sie mich fragen.«

»Das kann ich bestätigen«, sagte Morten. »Worauf wollen Sie hinaus?«

»Als Jan vor zwei Wochen bei mir vor der Tür stand, um Karl zu sehen …« Sie stockte. »Ich weiß gar nicht, weshalb, aber aus irgendeinem Grund habe ich mich ans Fenster gestellt, als er das Haus wieder verließ und zurück zu seinem Auto ging. Ich habe es erst gar nicht verstanden, weil diese Frau rauchend auf dem Bürgersteig stand. Sie schnippte ihre Kippe weg, als er auf sie zukam. Dann küssten sie sich kurz und stiegen in sein Auto ein.«

»Diese Frau?«

»Malin Klein.«

»Heißt das, sie waren wieder zusammen?«

»Das weiß ich nicht, aber offenbar lief da wieder etwas zwischen den beiden. Und ich möchte mir nicht vorstellen, wie dieser Freund von ihr reagiert, wenn er davon erfahren hat.«

»Sie meinen …« Jetzt hielt Morten inne. Stella Ahrens verdächtigte allen Ernstes den Freund von Malin Klein, Jan Ahrens getötet zu haben.

Sein Gedankenkarussell begann sich in Sekundenschnelle zu drehen. War das wirklich möglich? Eine neuerliche Affäre zwischen Jan Ahrens und Malin Klein wäre sicherlich ein Motiv. Zumal Morten keinen Zweifel daran hatte, dass ihr Freund Dennis das nicht auf sich sitzen lassen würde. Nur: Weshalb sollte er auch Caroline Ahrens umbringen? Das ergab keinen Sinn, außer sie wussten etwas Entscheidendes noch nicht.

»Ich wollte Ihnen nur mitteilen, was ich beobachtet habe«, sagte sie. »Ob dieser Typ tatsächlich Jan erschossen hat, müssen Sie selbst herausfinden.«

»Das werden wir mit Sicherheit, auch wenn es mir aktuell schwerfällt zu glauben, dass dieser Mann etwas mit den Morden zu tun hat.«

»Den Morden?«, fragte Stella Ahrens überrascht. »Gibt es etwa noch ein Opfer?«

Morten biss sich auf die Unterlippe. Er ärgerte sich darüber, was ihm da gerade rausgerutscht war, und entschied sich für die nächste kleine Notlüge. »Wir prüfen derzeit noch einen anderen Todesfall. Vielleicht gibt es einen Zusammenhang, auch wenn das nach den ersten Erkenntnissen eher unwahrscheinlich ist.«

»Na schön, ich habe Ihnen alles gesagt, was ich weiß. Dann versuchen Sie bitte, diesen Verrückten zu finden. Aber wenn Sie es wagen, dafür noch einmal meinen Sohn anzusprechen, werde ich höchstpersönlich dafür sorgen, dass Sie bestenfalls noch Ihren Bewährungshelfer etwas fragen dürfen.«

»Sie verrennen sich da in etwas«, entgegnete Morten und spürte, dass seine Stimme schwächer klang, als er eigentlich gehofft hatte. Stella Ahrens war eine starke Frau, der er offenbar nichts vormachen konnte. Doch dann fiel ihm erneut etwas ein, das sie bei ihrem gestrigen Gespräch erwähnt hatte. Etwas, das ihn hatte aufhorchen lassen. Sein Nachhaken hatte sie jedoch schnell abgewiegelt.

»Bevor Sie auflegen«, sagte er rasch, »hätte ich da noch eine letzte Frage. Gestern redeten Sie von ›dubiosen Geschäften‹, die Jan gemacht habe. Ich würde gerne wissen, was genau Sie damit meinten.«

»Ich sagte doch schon, dass mir das –«

»Wir glauben uns also gegenseitig nicht«, fuhr Morten dazwischen. »Es gibt aber zwei entscheidende Unterschiede zwischen uns. Erstens sage ich die Wahrheit, und zweitens halten Sie eine wichtige Information für unsere Ermittlungen zurück.«

»Das ist lächerlich«, reagierte sie aufgebrachter, als er erwartet hatte. »Als hätten Sie nicht längst selbst herausgefunden, wie Jan an sein Geld für die Restaurants gekommen ist und mit welchen Gestalten er zu tun hatte.«

Morten suchte nach den passenden Worten. Natürlich wollte er nicht zugeben, dass sie tatsächlich nichts von diesen Leuten wussten, die auch Christian Ahrens gestern erwähnt hatte. Offenbar Menschen in Jans Umfeld, die alles andere als seriöse Geschäftsmänner waren.

Zwar hatte sein Vater auch gesagt, dass er ihm das Geld für den Start seiner Restaurantkette gegeben oder vorgestreckt hatte, aber womöglich hatte Jan Ahrens viel tiefer in einem finanziellen Dilemma gesteckt, als sie bislang vermutet hatten. Eine mögliche Flucht, die er geplant hatte, erschien vor diesem Hintergrund immer plausibler, fand Morten.

»Waren diese Geschäfte auch ein Trennungsgrund für Sie?«

»Ich habe ihm damals gesagt, was ich davon halte«, antwortete Stella Ahrens knapp. »Nämlich nichts. Ein paar Monate später war unsere Ehe am Ende.«

Das war deutlich. Es war nicht nur die Tatsache, dass Jan Ahrens überhaupt in die Gastronomie eingestiegen war, die zur Trennung der beiden geführt hatte, es waren auch die Begleitumstände und das neue Umfeld, mit dem er plötzlich zu tun gehabt hatte.

»Ging es also um die Beschaffung von Geld, um mit Kutterfutter weiter zu expandieren?«, fragte Morten vorsichtig und redete erst weiter, als kein Widerspruch kam. »Können Sie sich denn vorstellen, dass diese Geschäfte ein Motiv für den Mord an ihm waren?«

»Wir haben in den letzten Jahren kaum Kontakt gehabt, das erwähnte ich bereits. Und wenn, dann haben wir über Karl gesprochen und nicht über seine Finanzen. Deshalb kann ich Ihnen Ihre Frage nicht beantworten.«

»Haben Sie diese Leute in Jans Umfeld denn damals kennengelernt? Kennen Sie Namen, denen wir vielleicht nachgehen können?«

»Das Ganze ist viele Jahre her.« Sie seufzte. »Ich habe niemals jemanden von ihnen getroffen, allerdings hat Jan immer mal wieder ein paar Namen genannt. Aber beim besten Willen erinnere ich mich nicht mehr daran.«

»Versuchen Sie es, bitte.«

»Das Einzige, was ich noch weiß, ist, dass es skandinavisch klingende Namen waren. Dänische, vielleicht schwedische.«

»Dänische?«, vergewisserte sich Morten.

»Ja, so hörten sie sich an.«

»Na schön, falls Ihnen doch noch ein Name einfällt, melden Sie sich bitte sofort bei mir. Jeder Hinweis …«

»… hilft Ihnen. Das habe ich verstanden. Ich wünsche Ihnen viel Erfolg bei Ihren Ermittlungen. Und denken Sie daran, was ich Ihnen in Bezug auf meinen Sohn gesagt habe.«

Morten überlegte, noch einmal etwas zu entgegnen, aber im nächsten Moment hörte er das unzweideutige Zeichen in der Leitung, dass Stella Ahrens aufgelegt hatte.

Er steckte sein Handy wieder in die Hosentasche und lehnte sich an die Wand im Flur. Dann fuhr er sich mit beiden Händen durchs Gesicht und atmete tief durch. Jetzt gab es also gleich zwei neue Spuren, denen sie nachgehen mussten. Die Kollegen würden sicherlich große Augen machen, wenn er ihnen davon erzählte. Vielleicht würde er erst einmal abwarten und die anderen berichten lassen, bevor er seine Neuigkeiten teilte.

Als er den Raum wieder betrat und Elif sich gerade das letzte Stück Pizza nahm, war die Stimmung trotz der schwierigen Ermittlungen und des Leichenfunds heute Morgen einigermaßen gelockert. Erst Ole sorgte dafür, dass alle wieder auf den Boden der Tatsachen zurückgeholt wurden.

»Elif und ich haben seit heute Morgen ein paar Dinge herausgefunden, die wir euch nicht vorenthalten möchten«, begann er und ließ seinen Blick kreisen. »Uns ist es gelungen, die letzten Tage vor dem Tod von Jan Ahrens zu rekonstruieren. Also das, was er und wahrscheinlich sein Bruder auf dem Boot gemacht haben.«

Morten hatte gerade erst Platz genommen, jetzt lehnte er sich aber interessiert vor. Bislang waren die letzten Tage in Ahrens' Leben noch wie eine Blackbox für sie gewesen, aber vor dem Hintergrund dessen, was der kleine Karl ihm über seinen Vater verraten hatte, war er gespannt auf Oles Neuigkeiten.

»Sie haben nicht lange in der Pötenitzer Wiek geankert«, fuhr Ole fort. »Vorher waren sie offenbar auf einem kurzen Törn in der südlichen Ostsee unterwegs. Wir wissen, dass die ›Gloria‹ drei Tage vor dem vermutlichen Todeszeitpunkt in Orth auf Fehmarn festgemacht hat. Am nächsten Tag tauchte sie dann in einem Yachthafen in der Nähe von Gedser ganz im Süden von Dänemark auf der Insel Falster auf. Und vierundzwanzig Stunden später wurde sie in Kühlungsborn registriert.«

»Hat das Boot etwa ein AIS an Bord?«, fragte Ida-Marie überrascht.

»Nein, aber Elif hatte die Idee, bei einigen Hafenmeistern in der Lübecker Bucht nachzufragen, ob die ›Gloria‹ dort in letzter Zeit festgemacht hat. Das war zwar nicht der Fall, aber wir haben nicht aufgegeben, und auf Fehmarn waren wir schließlich erfolgreich. Von dort haben wir uns dann mühsam weitergearbeitet. Ob die Ahrens-Brüder zwischen Kühlungsborn und Pötenitzer Wiek noch irgendwo einen Stopp gemacht haben, wissen wir nicht.«

»Die beiden unternehmen einen gemeinsamen Segeltörn, und als sie zurückkommen, erschießt der eine Bruder den anderen?« Ida-Marie war skeptisch.

»Wir wissen, dass sie zerstritten waren«, warf Morten ein. »Vielleicht wollte Jan das Verhältnis zwischen ihnen in Ordnung bringen, bevor er …« Er stockte, als er merkte, dass er nichts Falsches sagen durfte.

»Bevor was?«

»Ich erinnere nur an das Flugticket«, rettete sich Morten. »Vielleicht hatte er ja vorgehabt, für längere Zeit zu verschwinden.«

»Statt sich zu vertragen, könnte der Streit zwischen den beiden während des Törns vollends eskaliert sein, und dann hat Henning Jan schließlich erschossen«, überlegte Ole laut und ließ seine Worte einen Moment lang sacken, vielleicht in der Hoffnung, auch Ida-Marie von seiner Theorie überzeugen zu können.

»Was ist eigentlich mit der Frage nach einem möglichen Waffenschein von Henning Ahrens?«, fragte die Leiterin der Mordkommission allerdings im nächsten Moment. »Waren die dänischen Kollegen in der Sache schon erfolgreich?«

»Er besitzt keinen Waffenschein«, antwortete Elif. »Ich habe vorhin mit Kopenhagen telefoniert. Es gibt auch keine Schusswaffe, die auf ihn registriert ist. Aber ich denke nicht, dass das ein Grund sein sollte, Henning Ahrens als Täter auszuschließen.«

Morten beobachtete Elif. Sie machte einen angespannten Eindruck. Vielleicht war sie einfach nur hoch konzentriert, aber er wurde das Gefühl nicht los, sie bedrücke etwas. Womöglich hatte es noch immer mit dem Telefonat zu tun, von dem er gestern ein paar Brocken mitgehört hatte. Es war um ein Versprechen gegangen, das nicht gebrochen werden sollte.

Und darum, dass sie lieber leiden würde, als ebenjenes Versprechen zu brechen. Er hatte keine Ahnung, was dahintersteckte, vermutete aber, dass ein anderer Mann der Grund war. Ob es noch derjenige war, wegen dem sie ihn im letzten Herbst abgeschossen hatte, wusste er nicht. Er hatte weder sie noch jemand anderen im Team danach gefragt, es interessierte ihn schlichtweg nicht mehr. Zumindest redete er sich das ein.

»Na schön«, sagte Ida-Marie, »ich will nur vermeiden, dass wir Dinge übersehen, weil wir uns einzig und allein auf Henning Ahrens als Täter versteifen. Bleibt wachsam, solange wir nicht einen Beweis haben. Was haben denn eigentlich eure Gespräche heute Morgen ergeben?«

Ole und Elif berichteten, wie ihr Besuch bei Christian Ahrens verlaufen war. Von María Jiménez, seiner Angestellten, die sich vielleicht um ein wenig mehr als nur den Haushalt und ein paar Bürotätigkeiten kümmerte, wie Ole etwas lapidar anmerkte. Fast so, als sei er neidisch auf den alten Ahrens, dachte Morten.

Viel Neues hatten sie nicht herausgefunden, außer dass der ehemalige Senator ausschloss, dass sein Sohn Henning, mit dem er selbst seit einem Jahrzehnt keinen Kontakt mehr hatte, der Mörder seiner Geschwister war.

Doch dann sagte Elif plötzlich etwas, das Mortens Aufmerksamkeit auf sich zog. Ihr sei aufgefallen, dass in Christian Ahrens' Gesicht für einen kurzen Moment ein Hauch von Angst zu sehen gewesen sei. Und zwar genau in dem Augenblick, als sie ihm mitgeteilt hätten, dass Henning der Hauptverdächtige sei.

Hatte das etwas zu bedeuten?, fragte sich Morten. Traute Ahrens seinem Sohn in Wirklichkeit doch diese kaltblütige Brutalität zu? Hatte er womöglich sogar Angst um sein eigenes Leben?

Er überlegte, seine Gedanken mit den anderen zu teilen, als Ida-Marie erneut das Wort ergriff.

»Morten, was hast du denn eigentlich zu berichten?«, fragte sie. »Hast du auch mit jemandem gesprochen?«

»Nein, ich war allein. Und auf eigene Faust sollte ich ja nicht –«

»Okay, schon gut«, fiel sie ihm ins Wort. Offenbar war es Ida-Marie unangenehm, dass er das Thema vor allen ansprach.

»Ich habe aber tatsächlich auch ein paar Dinge in Erfahrung bringen können«, redete er unbeeindruckt weiter. »Zum Beispiel über Malin Klein. Sie hat seit einer Weile einen neuen Freund. Sein Name ist Dennis Schindler. Nach kurzer Recherche bin ich darauf gestoßen, dass der Mann kein Unbekannter für uns ist. Mehrfach vorbestraft wegen gefährlicher Körperverletzung, Beamtenbeleidigung, räuberischer Erpressung und häuslicher Gewalt. Sein Strafregister ist erschreckend lang, und ich frage mich, wie es sein kann, dass er auf freiem Fuß ist.«

»Ich denke mal, das ist eine andere Baustelle, um die wir uns aktuell nicht kümmern können«, sagte Ida-Marie. »Er wird wohl kaum etwas mit den beiden Morden zu tun haben.«

»Hast du nicht eben noch gesagt, wir sollen bei unseren Ermittlungen offen für alle Spuren sein, damit uns nichts durchrutscht?«

»Natürlich, aber der neue Partner von Jan Ahrens' ehemaliger Freundin dürfte nun wirklich keine Rolle in unseren Ermittlungen spielen.«

»Und was wäre, wenn Jan Ahrens und Malin Klein sich in den letzten Wochen vor seinem Tod wieder angenähert haben?«

»Ist das Spekulation von dir?«

»Nein, Stella Ahrens hat es mir gerade eben am Telefon gesagt. Sie hat mich angerufen, weil ihr noch ein paar Sachen eingefallen sind. Unter anderem vermutet sie, dass zwischen den beiden wieder etwas lief. Zumindest hat sie beobachtet, wie sie sich kurz geküsst haben. Und bei dem Gedanken daran, dass dieser Dennis Schindler womöglich Wind davon bekommen hat, ist nicht nur mir ganz anders geworden.«

»Du tust beinahe so, als würdest du ihn persönlich kennen.«

»Natürlich nicht«, sagte Morten etwas zu forsch, wie er selbst fand. Aber die anderen schienen keinen Verdacht zu schöpfen, dass er diesen unangenehmen Schläger tatsächlich vor ein paar Stunden getroffen hatte.

»Selbst wenn sich dadurch ein schwaches Motiv ergibt, wieso sollte dieser Schindler auch Caroline Ahrens erschießen?«, fragte Ole skeptisch.

»Ich würde trotzdem vorschlagen, ihn etwas genauer unter die Lupe zu nehmen«, sagte Morten. »Wer weiß, was wir noch finden? Ich kann das gerne übernehmen. Solange wir keine Spur von Henning Ahrens haben, können wir uns doch diesen Hinweisen widmen.«

Ida-Marie warf ihm einen Blick zu, den Morten mal wieder nicht richtig deuten konnte. War sie genervt von ihm, oder fand sie es gut, dass er Engagement zeigte? Er hoffte auf Letzteres und fuhr direkt mit der zweiten Spur fort, auf die ihn Stella Ahrens vorhin gebracht hatte.

»Du erinnerst dich doch daran, was Christian Ahrens uns gegenüber geäußert hat, als wir beide bei ihm waren. Wie das mit seinem Sohn und den Restaurants alles anfing.« Morten suchte jetzt seinerseits den Blickkontakt zu Ida-Marie. Sie wich ihm allerdings aus, vielleicht weil sie nicht wusste, worauf er hinauswollte.

»Er erwähnte, dass Jan damals mit zwielichtigen Typen bei ihm aufkreuzte, die ihm einen Kredit geben wollten, um in das erste Restaurant zu investieren«, fuhr Morten fort. »Zu diesem Zeitpunkt war Jan noch mit seiner Frau zusammen. Sie hat mir eben bestätigt, dass das Umfeld, mit dem er damals zu tun hatte, alles andere als vertrauenerweckend gewesen sei. Sie sprach wortwörtlich von ›dubiosen Geschäften‹, ohne das näher auszuführen. Aber es klingt fast so, als sei dieses Geld nicht das sauberste gewesen.«

»Ich dachte, der Alte hat ihm die Kohle gegeben«, warf Ole ein.

»Ja, damals schon, weil er angeblich sofort gesehen hat, dass Jan sich nicht in die Abhängigkeit dieser Leute begeben soll. Aber wir wissen nicht, wie es danach weiterging. Er hat in ziemlich kurzer Zeit recht viele Restaurants eröffnet, das wird eine Menge Geld gekostet haben. Ich kann mir nicht vorstellen, dass Jans Vater ihm problemlos einen siebenstelligen Betrag zur Verfügung stellen konnte.«

»Du telefonierst einmal kurz und kommst direkt mit zwei neuen Theorien wieder. Scheinst ja gute Kontakte zu haben.« Ole lächelte und sah ihn herausfordernd an.

Morten war sich sicher, dass es nur ein spitzer Kommentar war. Keine Provokation. Dafür hatten sie sich gestern Abend zu gut verstanden. Als Kollegen würden sie bestimmt gut miteinander auskommen. Vielleicht hatte Ole aber auch einfach nur schlecht geschlafen, oder es hatte mit der Nachricht und den Anrufen von Danuta zu tun. Zu gern hätte Morten gewusst, was es damit auf sich hatte.

»Und wer sollen diese Typen sein?«, wollte Ida-Marie wissen. »Hat Stella Ahrens dazu auch etwas gesagt?«

»Da das Ganze einige Jahre zurückliegt, konnte sie sich nur noch erinnern, dass die Namen dieser Männer skandinavisch klangen, wahrscheinlich dänisch.«

»Mehr nicht?«

»Nein, aber immerhin ...«

»Ja, du hast recht«, wiegelte Ida-Marie sofort ab. »Es ist gut, dass wir diesen Spuren nachgehen können. Auch wenn das Motiv für den Mord an Caroline Ahrens fehlt.«

»Das fehlt uns allerdings nach wie vor auch bei Henning Ahrens. Weshalb sollte er seine Schwester erschießen?«

»Wir müssen mehr darüber herausfinden, was es mit dem Streit zwischen den beiden Brüdern auf sich hatte«, warf Elif ein. »Irgendetwas scheint in dieser Familie grundsätzlich nicht gestimmt zu haben. Der eine Sohn lebt in Kopenhagen und hatte offenbar keinen Kontakt zu seinen Geschwistern und dem Vater. Der wiederum scheint zu all seinen Kindern kein gutes oder zumindest kaum ein Verhältnis gehabt zu haben. Und Caroline hat Jan zwar im Kutterfutter geholfen, aber so eng waren die Bande ihrer eigenen Aussage nach nun auch nicht.«

»Diese Frage haben wir bislang tatsächlich kaum betrachtet«, sagte Ida-Marie. »Wir haben also ein paar neue und alte Ansatzpunkte. Ich würde sagen, ihr sprecht untereinander ab, wer sich um was kümmert. Wir müssen in Bewegung bleiben, auch wenn es uns gerade etwas schwerfällt. Wichtig wäre aus meiner Sicht, dass wir ein Motiv für den Mord an Caroline Ahrens finden.«

»Es sollte dasselbe sein wie bei ihrem Bruder«, sagte Ole und klang etwas niedergeschlagen.

So ging es wahrscheinlich allen im Raum. Mit einer Ausnahme: Morten selbst hatte durch das Telefonat mit Stella Ahrens einen kleinen Schub bekommen. Vielleicht lag es auch daran, dass er noch immer mehr wusste als die anderen. Er hätte seine Informationen gern geteilt, aber zum jetzigen Zeitpunkt war das unmöglich.

»Wer begleitet mich heute zur Pressekonferenz?«, fragte Ida-Marie, während sie ihre Unterlagen nahm und aufstand.

Morten wollte schon den Finger heben, überlegte es sich jedoch anders. Nicht wegen der gestrigen PK und seines kleinen Aussetzers. Er wollte die Zeit lieber für etwas anderes nutzen. Ihm kam nämlich gerade eine Idee. Es gab da noch jemanden, mit dem er unbedingt sprechen musste. Ganz in Ruhe, ohne die anderen.

Rapport

Dass er nicht bei der Sache war, mussten die anderen längst gemerkt haben. Ole nahm an einem der beiden schlichten Tische ganz vorn im Raum Platz und sah in die Gesichter der versammelten Presse.

Nach wenigen Augenblicken war er sich sicher, dass er nur zwei anwesende Journalisten schon einmal gesehen hatte. Sie arbeiteten für eine große Hamburger Boulevardzeitung und das Regionalprogramm eines privaten TV-Senders. Er kannte sie nur deshalb, weil sie ihm auch bei den Ermittlungen letzten Herbst in Grömitz aufgefallen waren. Sie waren aufdringlich gewesen, aber Ida-Marie hatte ihre Fragen souverän pariert.

Immer wieder warf Ole einen verstohlenen Blick auf sein Handy. Nachdem er Danuta heute Morgen geschrieben hatte, dass er sich bei ihr melden würde, war eine Weile Ruhe gewesen. Aber als er später wieder an seinem Schreibtisch gesessen hatte, war es mit der Bombardierung durch WhatsApp und Anrufe weitergegangen.

Sie hatte ihm weitere anzügliche Nachrichten und Fotos geschickt, aber auch die klare Ansage, dass er nicht zu glauben brauche, sich klammheimlich davonstehlen zu können. Sie werde darauf bestehen, dass sie sich wiedersahen. Und dann werde sie ihm noch viel mehr zeigen. Denn das gestern sei lediglich der Anfang gewesen.

Die Sache setzte ihm von Stunde zu Stunde mehr zu. Es gelang ihm nur noch unter größter Anstrengung, sich auf die Ermittlungen zu konzentrieren. Fast machte Danuta ihm Angst. So schnell, wie er ihr gestern verfallen war, so abrupt war das Ganze anschließend gekippt.

Sie stalkte ihn nicht nur. Es war, als fordere sie ein, ab jetzt nur noch ihr zur Verfügung zu stehen. Als wäre er ihr Besitz. Dabei war es doch nur eine schnelle Nummer gewesen, die zweifellos auch mit ihm etwas gemacht hatte. Er war in den Stunden danach wie auf Drogen gewesen, wie schwerelos war er durch die Stadt gefahren und hatte nur noch an diese Frau gedacht, die nicht nur mehr als zehn Jahre älter war als er, sondern in erster Linie die Leiterin des Rechtsmedizinischen Instituts. Nichts daran war verboten, trotzdem wollte er auf gar keinen Fall, dass jemand davon erfuhr. Und schon gar nicht, dass sie es in ihrem Büro getan hatten, kurz nachdem sie im Sektionssaal neben der Leiche von Jan Ahrens gestanden hatten.

Was sollte er tun? Ihr einfach geben, was sie von ihm wollte? Immerhin käme auch er auf seine Kosten. Aber was folgte dann als Nächstes? Sie würde ihn vielleicht zu ihrem Sklaven, ihn komplett von sich abhängig machen. Es war vollkommen verrückt. Kaum vierundzwanzig Stunden waren vergangen, aber er hatte das Gefühl, als würde sie ihn schon seit Wochen bedrängen. Es schnürte ihm regelrecht die Luft ab.

Er schob seine Gedanken beiseite, als er sah, dass Ida-Marie den Raum betreten hatte und durch den schmalen Gang zwischen den Stuhlreihen näher kam. Sie sah angespannt aus.

Weil sich keiner der anderen gemeldet hatte, war sie nach der Besprechung noch einmal auf ihn zugekommen und hatte ihn gebeten, sie heute bei der PK zu begleiten. Ole war nicht begeistert, aber er empfand es durchaus auch als Anerkennung seiner Arbeit, dass er in die Kameras schauen und vielleicht die eine oder andere Frage für die Medien beantworten durfte.

Sie hatten vereinbart, heute mit den Namen der Opfer offen umzugehen. Dass Jan Ahrens tot war, hatte sich ohnehin in Lübeck und Umgebung wie ein Lauffeuer herumgesprochen. Auf den Social-Media-Kanälen gab es Postings mit Hunderten Beileidsbekundungen, Kommentaren und Gerüchten, denen sie heute, so gut es ging, entgegentreten mussten. Elif und zwei Kollegen aus dem Kommissariat für Computerkriminalität hatten sich schon heute Mittag darangesetzt, die verschiedenen Portale zu durchforsten. Sowohl auf der Suche nach strafrechtlich zu verfolgenden Kommentaren als auch in der Hoffnung, den einen oder anderen Hinweis aus der Bevölkerung zu finden.

»Wir sind heute nicht allein«, sagte Ida-Marie leise zu ihm, als sie sich gesetzt hatte. »Die Frau Polizeipräsidentin und die Oberstaatsanwältin haben sich angekündigt.«

»Hat das etwas zu bedeuten?«

»Nein, eigentlich nicht. Zeichner hat früher auch immer danebengesessen, wenn Birger und ich uns der Presse gestellt haben.«

Franz Zeichner, der ehemalige Polizeipräsident. Ole hatte ihn nicht mehr kennengelernt, aber sein Vater hatte ihm irgendwann erzählt, dass sich Zeichner vor ein paar Jahren in der Tiefgarage des Präsidiums das Leben genommen hatte. Im Nachhinein hatte sich herausgestellt, dass er in einen der größten Kinderpornografieskandale Norddeutschlands verwickelt gewesen war.

Er fragte sich, ob er in den nächsten Jahren auch solche Schicksale und Dramen erleben würde. Und wurde sich sofort bewusst, dass er bereits mittendrin steckte und sogar ein sehr aktiver Teil des Ganzen war, als er sah, dass sein Display wieder aufleuchtete, weil Danuta ihm eine weitere Nachricht geschrieben hatte.

Ole war fest entschlossen, sie zu ignorieren, wenigstens so lange, bis die PK vorbei war. Aber im nächsten Moment siegte bereits seine Neugier. Er hielt seine rechte Hand schützend über das Display, damit Ida-Marie nichts erkennen konnte, und öffnete die App. Er hatte mit einem weiteren anzüglichen Foto gerechnet oder der Aufforderung, heute Abend bei ihr vorbeizukommen, um »die zweite Lektion zu lernen«, wie sie es letzte Nacht bereits einmal geschrieben hatte.

Was er aber sah, war ein Foto von Danuta neben einem Seziertisch, auf dem der Oberkörper einer Frau zu erkennen war. Er vermutete, dass es sich um Caroline Ahrens handelte. Darunter stand eine kurze Nachricht:

»Gerade ein paar interessante Dinge entdeckt. Und ich

meine nicht die Schusswunden. Außerdem wurde mit ziemlicher Sicherheit eine Hymenrekonstruktion vorgenommen. Wir sollten telefonieren. Oder besser noch, du kommst vorbei.«

Ole starrte auf sein Handy und versuchte zu verstehen, was Danuta mit dieser WhatsApp sagen wollte. War das eine neue Strategie, oder hatte sie bei der Obduktion von Caroline Ahrens' Leiche tatsächlich etwas so Interessantes gefunden, dass sie unbedingt mit ihm sprechen musste? Und was zum Himmel war eine Hymenrekonstruktion?

»Ole, es geht los.« Ida-Marie warf ihm einen strengen Blick von der Seite zu. Er hatte nicht einmal mitbekommen, dass Solveig Schröder und die Oberstaatsanwältin sich bereits neben sie gesetzt hatten.

»Ja, natürlich«, sagte er leise, noch immer irritiert von dem, was Danuta ihm eben geschrieben hatte. »Ich bin bereit.« Er steckte das Handy weg, um seiner Chefin zuzuhören.

Nach ein paar einführenden Worten der Polizeipräsidentin, die Ole als seltsam distanziert und bürokratisch empfand, übernahm Ida-Marie das Wort. Sie begrüßte die anwesenden Medienvertreter mit dem notwendigen Ernst, aber auch einer gewissen Emotionalität, die er bei ihr bislang selten erlebt hatte. Es dauerte nicht lange, bis sie zur Sache kam und von dem Mord an Caroline Ahrens berichtete. Ohne zu viele interne Informationen aus den Ermittlungen preiszugeben, präsentierte sie ihren aktuellen Erkenntnisstand und klärte darüber auf, dass sie eine grenzübergreifende Großfahndung nach dem potenziellen Täter ausgerufen hatten. Mit der Begründung, dass der Verdächtige sich womöglich ins Ausland abgesetzt habe.

Ida-Marie endete schließlich mit dem Hinweis, dass die Ermittlungen gerade einmal einen Tag liefen und vieles sich noch in einem dynamischen Prozess befinde. Neben der Suche nach dem Verdächtigen würden sie weiteren Spuren nachgehen, auch um die Motivlage abzusichern.

Während Ole noch darüber nachdachte, ob sie nicht vielleicht etwas zu viel verraten hatten, was unweigerlich zu Nachfragen führen würde, hob einer der Journalisten in der ersten Reihe die Hand. Ida-Marie nickte ihm zu.

»NDR, Studio Lübeck«, sagte der Mann. »Verstehe ich das richtig, bei der Toten, die heute Morgen in ihrem Auto gefunden wurde, handelt es sich um die Schwester von Jan Ahrens, dem bekannten Gastronomen?«

»Das ist richtig.«

»Gehen Sie denn davon aus, dass das Ganze eine familiäre Angelegenheit ist?«

»Das ist sicherlich ein Ansatz, den wir verfolgen. Neben einigen anderen.«

»Da Sie bereits einen mutmaßlichen Täter im Visier haben, denken Sie offenbar in eine ganz bestimmte Richtung. Können Sie mehr dazu sagen?«

»Es gibt immer Spuren, die vielversprechender sind als andere. Das muss aber nichts heißen, Ermittlungen können ständig die Richtung wechseln. Wir bekommen laufend neue Hinweise herein, die wir prüfen, und richten unsere Arbeit entsprechend aus.«

»Was heißt ›grenzübergreifend‹?«, fragte eine Frau um die fünfzig, die schräg hinter dem Mann vom NDR saß. Mit ihrem gewellten dunkelblonden Haar, dem eleganten beigen Hosenanzug und den weißen Absatzschuhen passte sie nicht richtig hierher, fand Ole. Eher wirkte es, als würde sie üblicherweise von Filmpremieren oder Galas auf dem roten Teppich berichten.

Er erwischte sich dabei, sie ein paar Sekunden zu lange anzustarren. Hatte sie ihm daraufhin gerade etwa ein Lächeln zugeworfen? Ole schüttelte sich innerlich und wandte seinen Blick von der Frau ab.

»Aktuell bedeutet das, wir suchen in erster Linie in Deutschland und Dänemark«, antwortete Ida-Marie geduldig.

»Weshalb in Dänemark?«, fragte eine Frau, die recht weit hinten saß.

»Die schon wieder«, murmelte Ida-Marie und räusperte sich anschließend, um Zeit für eine Antwort zu gewinnen.

Ole hätte gern nachgefragt, wer diese Journalistin mit den langen dunkelbraunen Haaren und den auffallend großen grünen Augen war und weshalb Ida-Marie sich offenbar an ihrer Anwesenheit störte, aber dafür war nicht die Zeit.

»Dazu können wir aus ermittlungstaktischen Gründen nichts sagen«, antwortete Ida-Marie schließlich im Polizeijargon.

»Hängt es etwa damit zusammen, dass Jan Ahrens' Bruder Henning in Kopenhagen lebt?«, fragte die Frau.

»Kein Kommentar.«

»Aber stimmt es nicht, dass die beiden zerstritten waren?«

Ole beobachtete abwechselnd Ida-Marie aus dem Augenwinkel und die Journalistin, die er auf höchstens Anfang dreißig schätzte. Sie schien bestens informiert zu sein. Offenbar hatte sie eigene Erkundungen im Umfeld der Familie Ahrens angestellt.

»Wir würden Sie bitten, mit dieser Art von Vermutungen sehr vorsichtig umzugehen«, reagierte Ida-Marie nun deutlich schärfer. »Die Motivlage ist derzeit noch vollkommen unklar. Hier gehen wir mehreren Ansätzen nach.«

»Ist es richtig, dass Caroline Ahrens als Betriebsleiterin im Stammhaus von Kutterfutter gearbeitet hat?« Jetzt war es wieder die ältere Frau, von der Ole eben so gefangen gewesen war, die ihre Frage in den Raum warf.

»Das stimmt, soweit wir wissen, allerdings nur aushilfsweise, weil die bisherige Betriebsleiterin gekündigt hatte.«

»Dann besteht also die Möglichkeit, dass sich die Morde auch direkt gegen die Restaurantkette richten?«, fragte ein angegrauter Mann, der hinter der Stuhlreihe an der Wand lehnte und einen Notizblock in der Hand hielt. Er trug ein altmodisches Sakko mit Ellenbogenpatches und eine Cordhose. »Vielleicht steckt eine Tierschutzorganisation dahinter, die gegen die Überfischung eintritt. Immerhin wird in den Restaurants jede Menge Fisch angeboten, der eigentlich nicht mehr auf die Teller kommen darf, weil er kaum noch in der Ostsee vorkommt.«

»Auch eine Theorie, der wir nachgehen. Aber aktuell nicht die wahrscheinlichste.«

Ole blickte wieder zur Seite. Ida-Marie machte das wirklich professionell. Obwohl sie nicht ein einziges Mal darüber gesprochen hatten, dass die Taten vielleicht von militanten Tierschützern begangen worden waren, tat sie so, als würden sie ernsthaft darüber nachdenken. Aber auch ein riskantes Spiel, wenn jemand sie durchschaute.

»Noch einmal zu dem Mord an Caroline Ahrens«, setzte der Mann vom NDR an. »Habe ich Sie vorhin richtig verstanden, dass die tödlichen Schüsse bereits gestern Abend gefallen sind?«

»Davon gehen wir aus.«

»Und das Ganze fand auf offener Straße statt?«

»Das Opfer wurde hinter dem Steuer seines Wagens erschossen. Wir wissen nicht, ob der Täter mit im Wagen gesessen hat. Aber wir sind uns sicher, dass nicht durch die geschlossene Tür geschossen wurde.«

»Können Sie denn aktuell ausschließen, dass es zu weiteren Morden kommt?«

Die Fragen kamen jetzt aus allen Richtungen. Diesmal war es der Mann von der Hamburger Boulevardzeitung.

»Wir können derzeit leider nichts ausschließen«, antwortete Ida-Marie ehrlich. »Aber es existiert auch keine akute Gefahrenlage.«

»Gab es die denn, bevor Caroline Ahrens ermordet wurde?«

»Nein, so wie sich die Lage dargestellt hat, konnten wir nicht davon ausgehen, dass es zu einem weiteren Mord kommt.«

»Das klingt nicht gerade beruhigend.«

Ole spürte, dass die Situation sich anders entwickelte, als sie sich das vorgestellt hatten. Die Fragen wurden zunehmend kritisch, und vielleicht waren sie doch nicht gut genug vorbereitet.

»Es gibt keinerlei Grund für die Bevölkerung, sich Sorgen zu machen.« Ida-Maries Worte, mit denen sie eigentlich klarmachen wollte, dass sie die Lage unter Kontrolle hatten, schienen das Gegenteil zu bewirken. In den Gesichtern der anwesenden Journalisten waren mehr Fragezeichen und Verunsicherung zu sehen als zu Beginn der PK.

Ole überlegte einzugreifen. Nur wie, wenn er seine Chefin nicht bloßstellen oder ihr sogar in den Rücken fallen wollte? Er würde es sehr vorsichtig formulieren. »Wir arbeiten gerade –«

»Wenn es keine weiteren Fragen gibt, schlage ich vor, dass wir die Pressekonferenz an dieser Stelle beenden«, fuhr Solveig Schröder ihm barsch über den Mund. »Sobald neue Erkenntnisse vorliegen, die wir mitteilen können, werden wir Sie kurzfristig informieren.«

»Eine Frage noch«, meldete sich erneut die Journalistin mit den braunen Haaren zu Wort. »Glauben Sie, dass Malin Klein, die Ex-Freundin von Jan Ahrens, etwas mit der Sache zu tun hat?«

Jetzt war es Ida-Marie, die zu Ole herübersah. Ihr Blick verriet, dass sie keine Ahnung hatte, worauf diese Frau hinauswollte. Und was sie womöglich noch alles wusste.

»Im Rahmen der Ermittlung beschäftigen wir uns selbstverständlich mit allen Personen, die den Opfern nahestanden«, antwortete Ole nun und hoffte, einigermaßen überzeugend zu klingen. »Aber das bedeutet natürlich nicht, dass sie irgendetwas mit den Taten zu tun haben. Darf ich fragen, wie Sie darauf kommen?«

»Nun, wenn ich mich nicht völlig irre, habe ich einen Ihrer Kollegen gesehen, als ich mich dort ein wenig umgesehen habe. Ich empfehle Ihnen, mal ein Auge auf den aktuellen Freund von Malin Klein zu werfen. Irgendetwas stimmt mit ihm nicht, wenn Sie mich fragen.«

Wieder blickte Ida-Marie zu Ole rüber. Er zuckte mit den Schultern, weil er nicht wusste, welchen Kollegen sie meinte. Aber eine Ahnung hatte er schon. Und Ida-Marie mit Sicherheit auch. Morten hatte ihnen die Erkenntnisse eben in der Besprechung doch selbst präsentiert. Natürlich hatte er eine andere Quelle genannt, aber in Wahrheit war er offenbar selbst bei Malin Klein gewesen und hatte dort wahrscheinlich auch ihren Freund kennengelernt.

»Vielen Dank für den Hinweis«, sagte Ole nun rasch. »Auch diese Tatsache ist uns bekannt. Wir beobachten die Situation ganz genau. Momentan besteht jedoch kein Anlass, diesen Mann wegen irgendetwas zu verdächtigen, was im Zusammenhang mit den beiden Mordfällen steht.«

»Gut, dann machen wir hier jetzt aber wirklich Schluss«, sagte die Polizeipräsidentin und nickte den anwesenden Medienvertretern zu. Dann stand sie auf und warf Ida-Marie einen Blick zu, den Ole nicht deuten konnte. Zufriedenheit, da war er sich sicher, sah allerdings anders aus.

Wortlos verließen sie den Raum im fünften Stockwerk des Behördenhochhauses in Richtung Flur, vorbei an den Journalisten, die sie allzu gern noch weiter gelöchert hätten. Ole warf der Frau mit dem Hosenanzug ein Lächeln zu, aber sie schien ihn komplett zu ignorieren. Sogleich schämte er sich. Diese Frau war bestimmt zwanzig Jahre älter als er. Was stimmte eigentlich nicht mit ihm, seit Danuta sich vor ihm entblößt hatte?

Er versuchte, sich zu sammeln, während er weiterging, und rief sich die letzten Minuten der PK noch einmal in Erinnerung. Tatsächlich war er überrascht, wie offensiv die Journalisten ihre Fragen gestellt hatten. Es schien ihnen längst nicht mehr nur um reine Berichterstattung zu gehen, er hatte mehr denn je das Gefühl, sie wollten ihre eigenen Ermittlungen führen. Vor allem diese Frau mit den braunen Haaren und den riesigen grünen Augen war auffallend forsch und verfügte über Informationen, die bislang nur der Kripo bekannt sein sollten.

Solveig Schröder, die neben der Oberstaatsanwältin vor ihnen herging, drehte sich kurz um und raunte Ida-Marie etwas zu, das Ole nicht verstehen konnte, weil er ein paar Meter hinter ihnen lief. Wahrscheinlich hatte sie gerade zum Rapport in ihr Büro gebeten, weil sie von der PK alles andere als begeistert war. Und wenn er ehrlich war, musste er zugeben, dass sie recht hatte. Sie hatten ab einem bestimmten Punkt keine gute Figur mehr abgegeben und auf die meisten Fragen ziemlich ausweichend reagiert.

Ein wenig hatte Ida-Marie aber auch dazu beigetragen, dass die Stimmung im Raum argwöhnischer wurde, je länger die PK andauerte. Sie hätten sich gründlicher vorbereiten müssen. Noch besser wäre es wohl gewesen, sie hätten heute ganz auf diesen Termin verzichtet.

Er sah, wie Ida-Marie ihr Handy zückte, jemand schien sie anzurufen. Im nächsten Augenblick meldete sie sich mit einem kurzen »Ja?«.

Sie blieb stehen und hörte zu. Das Telefon dicht ans Ohr gepresst. »Absolut sicher?«, fragte sie.

Es folgte eine kurze Stille, in der nur noch die Schritte der Polizeipräsidentin und der Oberstaatsanwältin auf dem Linoleumboden zu hören waren.

»Okay, sie sollen sich nicht vom Fleck rühren. Wir schicken alle verfügbaren Einheiten.« Dann bedankte sie sich und legte auf. Langsam drehte sie sich zu Ole um.

»Was ist los?« Ole, der ebenfalls stehen geblieben war, sah sie mit einem mulmigen Gefühl an.

»Das Auto von Henning Ahrens wurde gefunden.«

»Und wo?«

»Auf dem Priwall.«

Hulk

»Für mich bitte das Labskaus«, sagte Birger Andresen und klappte die Karte wieder zu. »Und ein Pils dazu, bitte.«

»Sehr gerne«, sagte der Mann mit den zu einem Dutt geknoteten blonden Haaren und dem Dreitagebart. »Und für dich?« Er blickte Morten mit einem aufgesetzten Lächeln an.

»Könnte ich einfach nur ein Matjesbrötchen haben?«

»Klar, gar kein Problem. Und dazu auch ein frisch Gezapftes für dich?«

»Lieber ein Wasser, wer weiß, was der Abend noch bringt.«

»Natürlich.« Der Mann grinste verschwörerisch, als verstehe er, was Morten meinte. »Wenn ihr beiden sonst noch etwas braucht, dann gebt mir einfach ein Zeichen, okay? Und wenn ich gerade nicht zu sehen bin, einfach nach Kofi fragen.«

»In Ordnung.« Morten seufzte, als die Bedienung ihren Tisch verließ und zurück zur Theke ging, um ihre Bestellung weiterzugeben.

Eigentlich hatte er sich mit Birger im Kutterfutter-Stammhaus an der Obertrave treffen wollen, aber nach dem Tod von Caroline Ahrens war das Restaurant bis auf Weiteres geschlossen worden. Genau wie alle anderen Filialen, mit Ausnahme des Lokals in der Vorderreihe in Travemünde, der in den Sommermonaten autofreien Straße direkt an der Travemündung, die mit ihren vielen Restaurants, Cafés, Geschäften und den markanten Kopflinden nicht nur bei Touristen beliebt war. Kreischende Möwen, die nicht davor zurückscheuten, einem die Eiswaffel aus der Hand zu klauen, große Skandinavienfähren, die sich nur wenige Meter entfernt unter ihrem typischen Motorenwummern vorbeischoben, und eine Architektur, die noch immer durchblicken ließ, wie das Seebad vor hundert Jahren und mehr ausgesehen hatte.

Wie der Zufall es wollte, hatte Morten Birger erreicht, als

der mit seiner Freundin am Strand auf dem Priwall unterwegs war. Er hatte nicht lange gezögert und zugesagt, sich eine halbe Stunde später in dem Fischrestaurant gegenüber der Kaiserbrücke mit ihm zu treffen. Agnes würde noch ein wenig auf der Priwallpromenade shoppen gehen und ihn dann später abholen. Und hier saßen sie nun.

»Wirst du spießig, Morten?« Birger grinste. »Das ist doch deine Generation, hast du etwa ein Problem damit?«

»Ich suche noch nach Gemeinsamkeiten mit den Kofis dieser Welt«, antwortete er. »Aber vielleicht tickt man als Kriminalpolizist einfach etwas anders.«

»Ganz bestimmt sogar«, sagte Birger. »Und ehrlich gesagt kenne ich niemanden in diesem Job, der sich in seiner Laufbahn noch einmal grundlegend verändert hat. Im Gegenteil, bei den meisten haben sich die Eigenarten und Macken eher verschärft. Aber lassen wir das, du weißt inzwischen ja selbst am besten, wie hart und einsam unser Beruf ist. Also, weswegen wolltest du mit mir sprechen?«

»Ich hatte das Gefühl, dass du gestern Abend nicht gerade glücklich mit der Situation warst.« Morten warf Birger einen vielsagenden Blick zu.

»Inwiefern?«

»Ich weiß es nicht. Sag du es mir.«

»Du bist ein schlauer Beobachter«, sagte Birger. »Da wir uns mittlerweile ganz gut kennen, hast du sicher eine ziemlich gute Vorstellung davon, was in mir vorgegangen ist.«

»Ich würde schätzen, dass du einfach dein Leben genießt und so etwas wie gestern nicht mehr brauchst, richtig?«

»Sehr vereinfacht ausgedrückt: ja. Es ist zwar nicht so, dass ich nur noch Enten füttern will oder mir demnächst eine Angel oder ein E-Bike kaufe. Aber diese zermürbenden Ermittlungen in Mordfällen sind tatsächlich nichts mehr für mich. Außerdem seid ihr drei jung und voller Energie, da passt ein alter Sack wie ich nicht mehr wirklich dazu.«

»Jung und voller Energie«, wiederholte Morten und lachte

schief. »Keine Ahnung, wann ich mich das letzte Mal so gefühlt habe. Muss schon eine Weile her sein.«

»Es gibt nur zwei Dinge, die dir helfen werden, um mit der Sache mit Bachmann auf Dauer klarzukommen«, griff Birger sofort Mortens Anspielung auf. »Erstens musst du darüber reden, wenn es dir nicht gut geht. Und das Zweite ist Zeit. So abgedroschen es klingt, irgendwann verblassen die Erinnerungen an diesen Moment. Vor allem dann, wenn du in deinem Job immer wieder neue Herausforderungen meistern musst. Aber dafür musst du weitermachen und darfst dich nicht hängen lassen.«

»Klingt für den Moment leider etwas frustrierend«, sagte Morten.

»Ich weiß, aber es ist nun mal die Wahrheit. Der größte Fehler, den du machen kannst, wäre, daran zu zweifeln, dass du das Richtige getan hast. Natürlich hast du das, und das sage ich nicht, weil ich dir einfach gut zureden will. Du hast ein Leben gerettet, das sollte dir –«

»Und ein anderes ausgelöscht«, ergänzte Morten. »Aber egal, deswegen sitzen wir nicht hier. Lass uns lieber über den aktuellen Fall reden. Du hast ja mitbekommen, dass wir heute Morgen Caroline Ahrens gefunden haben. Mich würde interessieren, was du von der ganzen Sache hältst. Womit haben wir es zu tun?«

»Um ehrlich zu sein, weiß ich kaum etwas über eure bisherigen Ermittlungen. Keine Ahnung, welchen Spuren ihr nachgeht, aber aus meiner Sicht spricht alles dafür, dass wir es mit einer familiären Angelegenheit zu tun haben. Natürlich kann es auch jemand auf diese Restaurantkette abgesehen haben, aber so wie ich es verstanden habe, hat Caroline Ahrens ja nur übergangsweise dort gearbeitet. Meine persönliche Meinung aus der Ferne lautet, jemand wollte Rache an den beiden nehmen. Vielleicht auch eine Erbschaftsgeschichte oder so etwas.«

»Also denkst du auch an Henning Ahrens als Täter?«

»Wenn er der Einzige aus der Familie ist, der in Frage

kommt, macht alles andere keinen Sinn. Aber das wisst ihr besser als ich.«

»Und wenn ich dir erzähle, dass der aktuelle Partner von Jan Ahrens' ehemaliger Freundin ein vorbestrafter Gewaltverbrecher ist, der offen damit droht, sie umzubringen, wenn sie sich an die Polizei wendet?«

Birger wurde nachdenklich. »Dann könnte das die Lage natürlich verändern.«

»Vor allem, weil wir auch den Hinweis bekommen haben, dass Jan Ahrens sich wohl wieder mit seiner Ex getroffen haben soll. Damit liegt das fehlende Motiv gewissermaßen auf dem Silbertablett vor uns. Wenn da nicht …«

»… die Frage bliebe, weshalb Caroline Ahrens sterben musste«, ergänzte Birger. »Und übrigens auch, weshalb sie ausgerechnet mich angerufen hat.«

»Ihre Rolle in dem Ganzen ist momentan vielleicht das größte Rätsel«, seufzte Morten. »Natürlich liegt es nahe zu vermuten, dass Henning Ahrens seine Geschwister getötet hat, weil die Streitigkeiten zwischen ihnen eskaliert sein könnten und wir seine Kleidung auf dem Boot gefunden haben. Aber ich werde das Gefühl nicht los, dass wir bislang irgendetwas übersehen.«

»Wisst ihr denn eigentlich, worum es bei diesen Streitigkeiten ging?«

»Leider nicht, aber wir vermuten, dass sie nicht nur Jan und Henning betroffen haben. Auch der Rest der Familie war sich offenbar nicht sonderlich grün.«

»Dann solltet ihr genau da ansetzen«, sagte Birger. »Es muss in dieser Familie in der Vergangenheit irgendeinen Auslöser gegeben haben. Und genau den müsst ihr finden.«

»Niemand scheint darüber reden zu wollen«, sagte Morten. »Alle Gespräche, die wir geführt haben, kamen genau an der Stelle nicht weiter, wo es um den Grund für die Funkstille zwischen den Geschwistern und auch dem Vater ging.«

»Habt ihr wegen des Flugtickets noch irgendetwas herausgefunden?«, wechselte Birger das Thema.

Morten spürte, dass das Gespräch bereits festgefahren war. Er hatte gehofft, dass Birger ihm weiterhelfen könnte, aber dafür war der zu weit weg von dem Fall und vom Ermittlerdasein überhaupt. Er konnte sich offenbar nicht mehr so intensiv hineindenken, wie es ihm früher möglich gewesen war.

»Ich habe etwas getan, das ich besser nicht getan hätte«, sagte Morten, statt auf Birgers Frage einzugehen, und erntete einen fragenden Blick.

Er musste dringend loswerden, was ihm unter den Nägeln brannte, und erzählte davon, dass er den Sohn von Stella Ahrens an dessen Schule angesprochen und ein wenig ausgequetscht hatte. Dass Karl geglaubt hatte, sein Vater würde schon bald für längere Zeit verschwinden. Und etwas, das Morten bislang noch gar nicht einordnen konnte. »Dieses Kind erwähnte, dass sein Vater nicht der sei, den die Leute kennen.«

»Was meinte er damit?«

»Ich weiß es nicht«, antwortete Morten. »Aber er sagte noch, sein Vater wollte gerne ein anderer Mensch sein. Danach musste ich mich leider aus dem Staub machen, sonst hätten sie mich erwischt.«

»Ich sage jetzt nichts zu deinen Methoden.« Birger sah ihn scharf an. »Du weißt selbst, dass so etwas nicht geht. Andererseits kann ich dir keine Vorwürfe machen – ich war mit Sicherheit kein gutes Vorbild für dich.«

»Doch, sogar das beste. Und das meine ich völlig ohne Ironie, ich schwöre.«

Birger hob die rechte Augenbraue und verzog das Gesicht. Er hatte niemals das Gefühl gehabt, ein Vorbild zu sein. Nicht für seinen Sohn und nicht für Morten. Es fiel ihm deshalb schwer, mit den Worten umzugehen.

»Hast du mit Ida-Marie darüber gesprochen?«, lenkte er von sich ab.

»Nein.«

»Das musst du aber, früher oder später kommt es raus, und dann gibt es richtig Ärger.«

»Den erwarte ich sowieso.« Morten spürte selbst, wie fatalistisch er klang, aber genauso sah es seit Wochen in ihm aus. Immerzu beäugt von Ida-Marie und den anderen, die ihm nicht zutrauten, seinem Job vernünftig nachzugehen.

»Ich kann dir nur Ratschläge geben«, sagte Birger. »Umsetzen musst du sie selbst.«

»Ehrlich, ich schätze deine Ratschläge, aber du glaubst gar nicht, wie viele davon ich in den letzten Monaten bekommen habe. Und jetzt sind wir schon wieder bei mir, dabei wollte ich gar nicht über mich reden. Mich beschäftigt vielmehr, was dieser Junge damit gemeint hat, als er sagte, sein Vater wollte ein anderer Mensch sein.«

»Das klingt, als hätte er tatsächlich vorgehabt, ein neues Leben zu beginnen und mit dem bisherigen abzuschließen. Was war noch gleich das Ziel seiner Flugreise?«

»Neuseeland.«

»Ein Land zum Auswandern.«

»Weshalb sollte er das alles hier zurücklassen? Seine Restaurants laufen gut und sind ziemlich beliebt.«

»Habt ihr die Finanzen des Unternehmens überprüft?«, fragte Birger skeptisch.

»Elif ist da dran, aber so schnell geht das nicht. Denkst du, er wollte abhauen, weil ihn Schulden plagten?«

»Er wäre nicht der Erste.«

»Das wäre dann unsere dritte Theorie. Seine Ex-Frau Stella hat erzählt, dass Jan bei der Beschaffung von Geld, das er in Kutterfutter gesteckt hat, mit Leuten zusammengearbeitet hat, die offenbar alles andere als seriös sind. Wir wissen nicht, wer diese Typen sind, aber wenn wir ihr Glauben schenken, handelt es sich wahrscheinlich um Dänen.«

»Weshalb sollten wir ihr keinen Glauben schenken?«

»In den Gesprächen mit ihr hatte ich das Gefühl, sie rückt nicht mit allem heraus, was sie weiß. Außerdem glaube ich, dass sie auf Jan nicht gut zu sprechen war und mit ihrer Meinung über ihn nur hinterm Berg gehalten hat, weil er tot ist. Die beiden hatten in den Jahren nach der Scheidung nur Kontakt, wenn es um Karl ging.«

»Und auch hier die Frage, weshalb Caroline Ahrens sterben musste«, gab Birger wieder zu bedenken. »Hat sie denn in der Geschäftsführung mitgearbeitet? War sie in die Finanzen involviert?«

»Wäre mir neu«, antwortete Morten. »Aber irgendetwas sagt mir, dass die ›dubiosen Geschäfte‹, wie Stella Ahrens sie nannte, etwas mit dem Ganzen zu tun haben. Je länger ich darüber nachdenke, desto weniger wahrscheinlich erscheint mir auf jeden Fall, dass dieser Dennis Schindler die Ahrens-Geschwister erschossen hat.«

»Moment, wer?«, wurde Birger plötzlich hellhörig.

»Der Freund von Malin Klein. Dennis Schindler.«

»Schindler? Verdammt, den kenne ich.«

»Wie bitte?«

»Dieser Typ, der aussieht wie Meister Proper? Wie ein schlechtes Double von Hulk?«

»Das ist eine gute Beschreibung.« Morten grinste. »Also ja.«

»Vor langer Zeit habe ich ihn mal hinter Gitter gebracht«, erklärte Birger. »Das muss bestimmt fünfzehn Jahre her sein.«

»Was hatte er getan?«

»Er war Handlanger für einen Abbruchunternehmer. Eine heftige Geschichte. Schwedische Investoren, die in Lübeck Fuß fassen wollten und denen dabei jedes Mittel recht war. Dieser Abbruchunternehmer und seine Leute haben die Drecksarbeit verrichtet.«

»Drecksarbeit?«

»Mehrere Morde, schwere Körperverletzung und noch einiges mehr.«

»Aber Schindler hat meines Wissens noch keinen Mord begangen.«

»So ganz genau haben wir nie aufklären können, wer inwieweit an den einzelnen Taten beteiligt war, aber er gehörte tatsächlich nicht zu den Hauptverdächtigen. Trotzdem erinnere ich mich an einen wirklich unangenehmen, angsteinflößenden Mann.«

»Dem du zutraust, aus Eifersucht einen Menschen zu töten?«

Birger dachte noch über seine Antwort nach, als Mortens Handy vibrierte. Eine Handynummer, die er nicht kannte. Er nickte Birger kurz zu und nahm das Gespräch mit einem kurzen »Hallo?« an.

»Malin Klein hier, ich muss dringend mit Ihnen reden.«

»Gut, dass Sie anrufen«, sagte Morten. »Ich hoffe, Ihr Freund hört diesmal nicht mit?«

»Nein, das tut er nicht, aber können Sie so schnell wie möglich vorbeikommen?«

»Jetzt sofort?«

»Ja, ich habe etwas Schreckliches getan. Ich glaube, Dennis ist tot.«

Zahnloser Tiger

Morten fühlte zum ersten Mal seit fast einem Jahr wieder so etwas wie Motivation und Lust auf seine Arbeit. Einfach mit dem zufrieden zu sein, was er tat. An manchen Tagen hatte er schon gar nicht mehr geglaubt, dass er überhaupt noch zu solchen Empfindungen fähig war.

Die Ermittlungen im letzten Herbst waren aus seiner Sicht von Anfang an komplett verkorkst gelaufen. Fast die ganze Zeit war er auf sich allein gestellt gewesen, aber es hatte natürlich auch an ihm selbst gelegen. Schließlich war er es gewesen, der sich abgesondert hatte, niemand von den anderen hatte ihn ausgeschlossen.

Sicherlich hatte auch Elifs Verhalten dazu beigetragen, aber etwas anderes hatte ihm tatsächlich viel schwerer zu schaffen gemacht. Etwas, das ihm erst jetzt in vollem Ausmaß bewusst wurde, weil Birger Andresen neben ihm auf dem Beifahrersitz saß und sie zusammen zu einem Einsatz fuhren. Etwas, das er seit langer Zeit vermisst hatte. Der Grund, weshalb er immer noch Ermittler war, obwohl es so manche Momente gegeben hatte, in denen er nichts lieber getan hätte, als einfach hinzuschmeißen und sein Glück in einem anderen Beruf zu suchen. Aber Birger und er zusammen, das passte einfach. Sie verstanden sich blind, und alles, was er über Ermittlungen wusste und an Erfahrungen gesammelt hatte, hatte er ihm zu verdanken.

»Danke, dass du mitgekommen bist«, sagte Morten. »Allein bin ich momentan ein zahnloser Tiger.«

Birger blickte ihn aus dem Augenwinkel an, sagte jedoch nichts dazu.

»Ida-Marie lässt mich nicht von der Kette«, erklärte Morten. »Kein Gespräch, das ich allein führen darf. Stattdessen Misstrauen, Vorschriften, Sorgen darum, dass ich –«

»Vollkommen zu Recht«, unterbrach Birger ihn.
»Wie bitte?«
»Ich halte es für richtig, dass du momentan nicht auf eigene Faust ermittelst. Im Übrigen halten wir es in der Regel immer so, dass wir keine Alleingänge machen.«
»Diese Worte aus deinem Mund?« Morten lachte laut, merkte aber schnell, wie unpassend das war.
»Es gibt einen nicht ganz unerheblichen Unterschied zwischen uns«, sagte Birger ernst. »Versteh das bitte nicht falsch, es geht mir überhaupt nicht darum, dir irgendeinen Vorwurf zu machen. Ich sagte dir bereits, du hast absolut richtig gehandelt. Aber ich habe in mehr als drei Jahrzehnten bei der Kripo nun mal noch nie einen Menschen mit einem so präzisen Kopfschuss getötet.«
Mortens Gesicht fror ein. Es war, als zöge ihm die letzte Person, auf die er noch vertraut hatte, den Boden unter den Füßen weg. Weshalb musste Birger ihm nun auch noch einen Tritt verpassen, obwohl er schon unten lag?
»Ich sehe in deinem Blick, dass dich meine Sätze wütend machen. Du hast kein Verständnis dafür, dass ich keine tröstenden Worte übrig habe. Glaub mir, Trost mag in einem kurzen Augenblick das richtige Mittel sein, aber es gibt für so eine Situation, in der du steckst, dauerhaft nur eine Sache, die dich weiterbringt. Ich spreche von bewusster und kontinuierlicher Reflexion.«
»Was redest du denn da?«, fragte Morten irritiert. »Du klingst gerade wie ein durchgeknallter Esoteriker.«
»Denk in Ruhe darüber nach, Morten«, entgegnete Birger ruhig. »Ich musste erst Mitte fünfzig werden und eine Weltreise unternehmen, bis mir klar wurde, dass es ratsam ist, ab und zu mal auf andere Menschen zu hören und sich dann kritisch mit sich selbst auseinanderzusetzen. Sich ernsthaft zu hinterfragen, ob das, was man macht, wirklich der richtige Weg ist. Und inwiefern das eigene Verhalten dazu beigetragen hat, dass eine Situation festgefahren ist.«

Morten spürte Resignation und Enttäuschung. Sein letzter Anker ließ ihn also auch im Stich. Birger redete daher, als hätte er mehrere Selbstfindungsseminare absolviert, und warf jetzt mit Kalendersprüchen um sich. Diese Reaktion hatte er nicht von ihm erwartet. Eigentlich war Birger doch der Inbegriff des unangepassten und bisweilen auch rücksichtslosen Kommissars. Niemand, der sich in der Vergangenheit sonderlich reflektiert gezeigt hatte.

Er hatte keine Lust, noch länger über dieses Thema zu reden. Wenn selbst Birger kein Verständnis für ihn aufbrachte und lediglich mit wohlmeinenden Ratschlägen aufwartete, dann würde er seine Probleme mit Ida-Marie und den Geschehnissen aus dem vergangenen Herbst eben mit sich selbst ausmachen.

Eine Weile herrschte Funkstille zwischen ihnen, während Morten seinen Peugeot über die Fackenburger Allee Richtung Innenstadt steuerte. Am Lindenteller bog er schließlich nach rechts ab.

»Ich war heute Morgen schon einmal bei Malin Klein«, durchbrach er die Stille, während er am Rand der Lindenstraße einen Parkplatz suchte.

»Allein?«

»Vielleicht war es ein Fehler von mir, sie mit diesem Verrückten allein zu lassen.« Er ignorierte Birgers Frage. »Denn gerade als ich ging, hörte ich noch, wie er ihr gedroht hat. Wahrscheinlich ist die Situation danach vollkommen eskaliert. Ich hätte es verhindern können, wenn ich dazwischengegangen wäre oder zumindest Verstärkung gerufen hätte.«

»Warum hast du es nicht getan?«

Morten zuckte mit den Schultern. Er konnte Birger keine Antwort geben. Zumindest keine wahre. Dass er gedanklich schon seine Waffe gezückt hatte, um diesem Schindler eine Kugel zwischen die Augenbrauen zu jagen, wollte er nicht einmal sich selbst eingestehen.

Er stellte seinen Wagen in zweiter Reihe ab, halb auf der

Straße, schaltete die Warnblinkanlage ein und legte einen Ausweis der Polizei auf das Armaturenbrett.

»Ich hoffe, er lebt noch«, sagte Birger.

»Ich nicht«, kommentierte Morten.

»Wäre für Malin Klein allerdings nicht gerade der beste Ausblick«, mahnte Birger an.

»Je nachdem, wie es dazu gekommen ist. Es wäre eine Katastrophe, wenn sie Probleme bekommt oder sogar hinter Gitter muss, nur weil sie dieses Arschloch ins Jenseits befördert hat.« Morten stieg aus und atmete mit einem kräftigen Zug die etwas kühler gewordene Luft ein, während Birger noch einige Sekunden sitzen blieb.

Vielleicht habe ich ihn falsch eingeschätzt, dachte Birger. Er hatte gehofft, dass Morten sich aus seinem mentalen Loch wieder befreien würde, wenn nur genug Zeit verging. Aber was er sah und hörte, bereitete ihm ernsthaft Sorgen. Morten hatte sich verändert. Er war härter geworden. Zu sich selbst und gegenüber anderen. Kompromissloser und wahrscheinlich auch egoistischer. Vielleicht ein normaler Prozess für einen Kriminalpolizisten der Mordkommission. Aber etwas in ihm war anders als bei anderen Kolleginnen und Kollegen. Und auch anders als bei ihm selbst, obwohl er in seiner Karriere nicht gerade wenig erlebt hatte, was ihn aus der Bahn hätte werfen können. Und tatsächlich war es das eine oder andere Mal fast so weit gewesen.

Morten schien ihm allerdings in gewisser Weise unkontrollierbar geworden zu sein. Birger hatte nicht mehr das Gefühl, ihn zu durchschauen, zu antizipieren, was er dachte. Vielleicht konnte er ihm nicht einmal mehr vertrauen, dass er in einer Situation wie der, die ihnen jetzt bevorstand, das Richtige tat.

Die Haustür stand auch diesmal offen, allerdings nicht nur einen Spalt weit, sondern komplett. Stimmen drangen durch das Treppenhaus zu ihnen herunter. Morten versuchte erfolglos zu verstehen, worüber die anscheinend männlichen Personen lauthals diskutierten. Aus dem Augenwinkel erkannte er, dass Birger offenbar ein ungutes Gefühl hatte. Etwas war hier nicht in Ordnung.

Sie nickten sich zu und gingen entschlossenen Schrittes die Treppe hinauf. Morten fiel es zuerst auf. Noch vor dem ersten Absatz blieb er stehen und blickte sich um. Sie hätten es gleich sehen können. Das Blut auf dem grauen Zementboden. Auch hier auf der Holztreppe waren überall dunkelrote Flecken zu erkennen.

»Schnell!«, rief Morten und rannte im nächsten Augenblick los, wobei er seine Dienstwaffe zückte. Zwischen dem zweiten und dritten Stockwerk standen zwei Männer und redeten hektisch aufeinander ein. Ein weiterer lehnte sich ein Stück weiter oben mit seinem Handy am Ohr ans Treppengeländer und telefonierte. Aus den Wortfetzen, die Morten mitbekam, schloss er, dass der Mann gerade mit der Polizei sprach.

»Was ist passiert? Weshalb ist hier alles voller Blut?«

»Wer sind Sie?«, fragte einer der Männer. Ein junger Kerl, Anfang zwanzig, schätzte Morten. Etwas blass und schüchtern. Sein Gesichtsausdruck schwankte zwischen Argwohn und Unsicherheit. Vielleicht lag es an der Pistole, die Morten in der rechten Hand hielt.

»Kripo Lübeck, wir wurden hergerufen, weil …« Morten brach ab, weil er merkte, dass er nicht die Wahrheit sagen wollte.

»Er ist weg«, sagte der andere Mann. Er war deutlich älter und wirkte mit seinem akkurat gepflegten Vollbart und der Glatze zwar wie ein Hipster, aber der Blaumann, den er trug, wies ihn zweifellos als Handwerker aus.

»Wer?«, fragte Morten.

»Das Arschloch, das das getan hat.« Er trat zur Seite und gab die Sicht frei auf die Wohnung von Malin Klein. Dort saß jemand gegen den Türrahmen gelehnt, vergrub jedoch den Kopf zwischen den Beinen. Eine Frau beugte sich über die Person und streichelte ihr sanft über die Schulter.

Morten steckte seine Waffe zurück in das Holster und tauschte einen kurzen Blick mit Birger, der neben ihm erschienen war und mit besorgter Miene in Richtung Wohnungstür sah.

»Wenn er nicht weggerannt wäre, hätte ich für nichts garantieren können«, echauffierte sich der Handwerker weiter. »Sehen Sie sich bloß an, was er mit ihr gemacht hat.«

Morten ging die letzten Stufen hinauf, vorbei an dem Mann, der sein Telefonat mit der Polizei mittlerweile beendet hatte. »Es tut mir leid«, sagte er. »Wir sind sofort nach Ihrem Anruf losgefahren.«

»Ich dachte, er wäre tot«, sagte Malin Klein, noch immer ihr Gesicht versteckend. Ihre Stimme war brüchig, als würde sie jeden Moment in einen Weinkrampf ausbrechen. »Dennis hat so stark geblutet und sich nicht mehr gerührt. Aber dann kam er wieder zu Bewusstsein und …« Sie brach ab und schluckte schwer.

»Sie müssen nicht weiterreden, wenn es Ihnen zu viel wird«, sagte Birger jetzt und versuchte, sie zu beruhigen. »Aber vielleicht haben Sie eine Vermutung, wohin er geflüchtet sein könnte?«

»Natürlich habe ich das«, brach es sofort aus ihr heraus. Sie richtete sich auf und sah Morten und Birger an.

Morten schreckte zurück. Vollkommen entsetzt über den Anblick. Malin Kleins Gesicht wies schwerste Verletzungen auf. Beide Wangen waren aufgeplatzt, genau wie die Oberlippe. Das linke Auge musste Schindler voll erwischt haben. Die Augenhöhle leuchtete in allen Farben, Blut lief an der Seite des Gesichts herunter. Aber vor allem der blutunterlaufene Augapfel sah schlimm aus.

»Rufen Sie bitte einen Krankenwagen«, sagte Morten in Richtung des Mannes mit dem Handy. Dann wandte er sich wieder Malin Klein zu. »Also, wo ist er?«

Ihre Antwort kam so prompt, dass Morten nicht wirklich darauf vorbereitet war. Augenblicklich spürte er das Adrenalin in seinem Körper. Aber da war noch etwas anderes, das zurückkam. Das Bild, als er eiskalt auf die Stirn von Dennis Schindler zielte. Doch diesmal zielte er nicht nur, er presste diesem Mann den Lauf seiner Pistole mit voller Wucht in den Mund.

Hüllenlos

Den ganzen Tag über hatte Ole versucht, jeden Gedanken an Danuta zu verdrängen. Was schon allein deswegen zum Scheitern verurteilt war, weil sie ihn Dutzende Male angerufen oder ihm Nachrichten geschrieben hatte.

Er war genervt, hatte gar nicht oder abweisend reagiert. Schließlich musste er sich auf die Ermittlungen konzentrieren. Aber obwohl ihn ihre obsessive Art verstörte, fühlte er sich dennoch davon angezogen. Die Intervalle dazwischen, in denen sie nicht schrieb oder anrief, waren tatsächlich noch schlimmer. Sofort waren die Zweifel gekommen, ob sie schon genug von ihm hatte. Ob er nur ein kurzes Abenteuer gewesen war, das sie alle paar Wochen mit jemand anderem erlebte. Genau das hatte er eigentlich erwartet. Aber es gab nichts, was darauf hindeutete. Alle ihre Signale waren eindeutig. Sie wollte ihn. Und Ole wollte auch sie.

Im Büro hatte er sich noch einmal an seinen Rechner gesetzt und nach dem Begriff »Hymenrekonstruktion« gegoogelt. Er hatte das Wort Hymen noch nie gehört, umso überraschter war er, dass es das altgriechische Wort für das Jungfernhäutchen war. Durch eine Hymenrekonstruktion war es mittels einer Operation offenbar möglich, die dünne Schleimhautmembran wieder so herzustellen, dass sich kaum feststellen ließ, ob sie zuvor beschädigt gewesen war. Ein Eingriff, der vor allem in Kulturen vorgenommen wurde, in denen ein intaktes Jungfernhäutchen als Zeichen der Jungfräulichkeit und Reinheit von Bedeutung war.

Sein Kopf war leer. Es war ihm nicht gelungen, irgendeine Schlussfolgerung aus dieser Information zu ziehen. Und auch die Suche nach Henning Ahrens, dessen abgestellter Wagen auf dem Priwall gefunden worden war, verlief bislang trotz eines hohen Aufgebots an Suchkräften erfolglos.

Ole hatte schließlich seinen Computer heruntergefahren und sich seine Jacke geschnappt. Er war wie üblich zu Fuß losgegangen – heute sehnte er sich besonders danach, die frische Abendluft einzuatmen. Er lief an den Wallanlagen und am Kanal entlang, über den Mühlendamm bis ins Herz der Altstadt. Der Weg zu seiner Wohnung hätte durch die Rippenstraßen bis zum Hüxterdamm geführt, aber es zog ihn Richtung Koberg. Und noch weiter bis zur Großen Burgstraße. Die Anziehungskraft war groß wie bei einem schweren Magneten. Er musste sie sehen.

Sie hatten kein einziges Wort miteinander gewechselt, nachdem er bei Danuta geklingelt und sie ihm geöffnet hatte. Noch im Türrahmen waren sie übereinander hergefallen. Sie hatten sich im Flur geliebt. Und in der Küche. Und waren schließlich in ihrem Schlafzimmer gelandet.

Ole hatte im Nachhinein keine Ahnung, ob es fünf Minuten oder dreißig gedauert hatte. Aber es war noch intensiver als am Vortag gewesen. Eine Leidenschaft und Intensität, die regelrecht süchtig machte. Als sie fertig waren, hätte er am liebsten gleich weitergemacht, aber Danuta hatte sich zur Seite gerollt und nach der Packung Zigaretten auf dem Nachttisch gegriffen.

Schließlich ist sie auch etliche Jahre älter, dachte Ole und lächelte innerlich bei dem Gedanken, dass er sie ganz offenbar nicht nur glücklich gemacht hatte, sondern derjenige war, der nicht genug bekommen konnte.

Auch er steckte sich eine Zigarette an und zog genüsslich daran. Er fühlte sich gut. Selbstbewusst und voller Energie. Er spürte, wie ihn Danuta und der Sex mit ihr beflügelten.

»Sie hat sich ihr Jungfernhäutchen rekonstruieren lassen«, durchbrach Danuta plötzlich die Stille zwischen ihnen und zog noch zweimal tief an ihrer Zigarette. »Es ist heutzutage eigentlich fast unmöglich, das festzustellen, aber früher waren die Operationen noch nicht so gut.«

Ole unterdrückte ein Husten, weil er etwas zu schnell auf Lunge geraucht hatte. Dieses Thema zu besprechen, wenige Augenblicke nachdem sie miteinander geschlafen hatten, fand er ziemlich unpassend, aber etwas sagte ihm, dass dieser Eingriff bei Caroline Ahrens vielleicht mehr zu bedeuten hatte.

»Also liegt diese Rekonstruktion schon länger zurück?«, fragte er, nachdem sich der Hustenreiz wieder gelegt hatte.

»Ja, davon würde ich ausgehen.«

»Weshalb lässt eine erwachsene Frau so etwas machen, wenn nicht aus kulturellen oder religiösen Gründen?«

»Das ist nicht mein Spezialgebiet«, antwortete Danuta und stand auf. Hüllenlos ging sie aus ihrem Schlafzimmer in den Flur und von dort ins Wohnzimmer. Offenbar suchte sie etwas. »Nach meinen Erfahrungen lassen Frauen diesen Eingriff vor allem dann vornehmen, wenn sie zuvor etwas Traumatisches erlebt haben«, rief sie laut in seine Richtung. »Zum Beispiel ungewollten Sex.«

»Du meinst eine Vergewaltigung?«

»Ja, leider.«

Morten dachte nach. Was hatte diese Information zu bedeuten? Konnte das irgendetwas mit den beiden Morden zu tun haben?

Danuta kam zurück. Noch immer nackt, aber mit ihrem Handy in der rechten Hand. »Hier, sieh dir das mal an«, sagte sie und hielt ihm das Telefon hin.

»Was soll das sein?«, fragte Ole. Er konnte das Foto auf dem Display überhaupt nicht einordnen. Die Qualität war nicht sonderlich gut, und außer einer hautähnlichen Struktur war nichts zu erkennen.

»Das ist der Unterleib von Caroline Ahrens«, sagte Danuta. »Hier ist deutlich eine Kaiserschnittnarbe zu sehen.«

»Ich tue mich schwer, irgendetwas auf diesem Bild zu erfassen, aber wenn du meinst, dass dort eine Narbe ist, dann glaube ich dir natürlich.«

»Wenn ich richtig informiert bin, hatte diese Frau keine Kinder, oder?«

»Das stimmt«, sagte Ole und kratzte sich nachdenklich am Kopf. »Soweit wir bislang wissen.«

»Ich kann nicht feststellen, ob Caroline Ahrens ein lebendes Kind zur Welt gebracht hat, aber ich bin mir sicher, dass diese Narbe das Resultat einer Geburt per Sectio ist.«

»Wir werden das prüfen«, sagte Ole. »Auch wenn mir die Phantasie fehlt, wie wir auf die Schnelle herausfinden sollen, was dahintersteckt.«

Danuta nahm ihr Handy wieder entgegen und blieb direkt vor dem Bett stehen. Ole fiel es schwer, sich bei ihrem Anblick zu konzentrieren. Aber so gern er einfach da weitergemacht hätte, wo sie vor ein paar Minuten aufgehört hatten, so wusste er auch, dass jetzt nicht der Moment dafür war. Er musste den Fokus voll auf die Ermittlungen richten.

»Noch was«, setzte Danuta noch einmal an. »Nicht nur das Hymen wurde rekonstruiert. Caroline Ahrens wurde die Gebärmutter entfernt.«

Ole schüttelte den Kopf. Er hatte nicht den Hauch einer Ahnung, wie er das alles deuten sollte.

Da, wo er immer hinfährt, gleich nachdem er mich verprügelt hat, hatte sie gesagt. In den Puff in der Taschenmacherstraße.

Noch während Morten mit den Bildern vor seinen Augen gekämpft hatte, war Birger aktiv geworden und hatte veranlasst, dass sich ein größeres Aufgebot Richtung Gewerbegebiet Roggenhorst aufmachte, wo sich das Etablissement befand. Sie hatten noch versucht, ein paar Worte mit Malin Klein zu wechseln. Was genau vorgefallen war, weshalb sie ihren Freund zuerst niedergeschlagen hatte und vor allem, ob sie sich vorstellen könne, dass er etwas mit den Morden zu tun hatte.

Sie war kaum in der Lage gewesen, vernünftige Antworten zu geben. Ihr Zustand hatte sich binnen weniger Minuten so verschlechtert, dass sie sie stabilisiert und nur noch darauf gewartet hatten, dass der RTW eintraf.

Morten und Birger hatten im ständigen Kontakt mit den Einsatzkräften gestanden, die das Pearls auf den Kopf stellten. Aber offenbar waren sie dort nicht auf Dennis Schindler gestoßen, obwohl Malin Klein sich so sicher gewesen war.

Jetzt waren es also zwei Männer, nach denen sie suchten. Die beide in Frage kamen, Jan und Caroline Ahrens umgebracht zu haben. Wobei das Motiv für den Mord an Jans Schwester vor allem bei Schindler unklar war. Oder besser gesagt, es gab bislang keines.

Sie hatten sofort alles auf den Weg gebracht, um diesen Mann, der Malin Klein krankenhausreif geschlagen hatte, zu fassen. Ida-Marie hatte eine Ringfahndung ausgerufen, nachdem sie von den Nachbarn erfahren hatten, dass Schindler nur kurz vor ihrem Eintreffen das Haus in der Lindenstraße verlassen hatte. Morten hoffte, dass er ihnen noch an diesem Abend ins Netz ging, aber je mehr Zeit verstrich, desto höher war die

Wahrscheinlichkeit, dass er irgendwo untertauchte, wo sie ihn nicht fanden.

Er hatte Birger gegen halb neun bei ihm zu Hause abgesetzt, nachdem sie sich einig gewesen waren, dass sie heute Abend nichts mehr ausrichten konnten, außer darauf zu warten, dass sich in Sachen Festnahme von Dennis Schindler etwas tat. Oder aber, dass Henning Ahrens aufgespürt wurde. Ida-Marie hatte ihn auf dem Laufenden gehalten, dass ein Einsatz auf dem Priwall lief, wo sie den in einer Seitenstraße der Mecklenburger Landstraße abgestellten Audi von Henning Ahrens gefunden hatten.

Morten war unschlüssig, ob er den Arbeitstag ebenfalls beenden sollte, um zu Hause auf andere Gedanken zu kommen, entschied sich dann jedoch, zurück ins Präsidium zu fahren. Er spürte den inneren Drang, sich an seinen Schreibtisch zu setzen, den Computer und das Licht der kleinen Lampe einzuschalten und dann so lange zu recherchieren, bis er auf etwas stieß, das ihnen weiterhalf. Das im besten Fall sogar den Durchbruch brachte. So wie er es früher immer getan hatte. In den Anfangsjahren, als er noch die meiste Zeit im Büro verbracht hatte, ehe er während Birgers Sabbatjahr mehr und mehr in dessen Rolle hineingewachsen war und die Ermittlungen an vorderster Front geführt hatte.

Auf dem Flur der Mordkommission brannte noch Licht, was Morten verwunderte. Ida-Marie hatte von zu Hause die weitere Suche nach Ahrens und die Ringfahndung nach Schindler organisiert, weil sie sich zugleich um ihren Sohn kümmern musste. Gleich mehrere Dutzend Kollegen der Streife waren heute Abend in Lübeck und auf dem Priwall im Einsatz. Dass sie als Team der Mordkommission dabei selbst kaum helfen konnten, fühlte sich seltsam an. Aber sie hatten vereinbart, erst dann Richtung Priwall zu fahren, wenn es einen konkreten Hinweis auf den Aufenthaltsort gab.

Gerade als Morten sich nach rechts in Richtung seines Büros wenden wollte, blieb sein Blick an der angelehnten Tür zur anderen Seite des Gangs hängen. Der Tür, durch die er gestern ungewollt Wortfetzen eines Gesprächs von Elif aufgeschnappt hatte. Da war irgendetwas, das sie belastete, daran bestand kein Zweifel. Vielleicht hatte sie Stress mit ihrem Freund oder was auch immer mit dieser Person war, die es offenbar in ihrem Leben gab. Er hatte kein Mitleid mit ihr, selbst wenn es ihr schlecht ging, aber wenigstens war das Unwohlsein in der Magengegend, das er bei ihrem Anblick in den letzten Monaten immer empfunden hatte, verschwunden.

Morten gab sich einen Ruck. Sie mussten ihr Verhältnis nicht heute Abend aufarbeiten, und er würde von ihr keinerlei Erklärungen für ihr Verhalten einfordern, aber weshalb sollten sie nicht normal miteinander umgehen können? An ihm sollte es nicht scheitern, das nahm er sich zumindest vor.

»Noch hier?« Eine dümmere Begrüßung fällt mir also nicht ein, fuhr es ihm direkt durch den Kopf, als er die Tür ein Stück weiter aufgeschoben hatte.

Elif blickte auf und sah ihn irritiert an.

»Ganz schön viel passiert heute«, sagte er, um die Stille zu durchbrechen. »Ich glaube, wir sollten dringend unsere Erkenntnisse sortieren und versuchen zu verstehen, womit wir es zu tun haben. Darf ich reinkommen?«

»So wie ich dich kenne, würdest du auch reinkommen, wenn ich Nein sage.«

»So denkst du über mich?« Morten ärgerte sich augenblicklich, dass er überhaupt den Schritt auf Elif zugegangen war.

»Nein, so denke ich nicht.« Sie sah ihn mit einem aufrichtig entschuldigenden Blick an. »Das war einfach nur so dahergequatscht von mir, tut mir leid. Ich weiß auch nicht, offenbar schaffe ich es wohl immer wieder, das Falsche zu sagen.«

Morten zuckte mit den Schultern und verzichtete darauf, ihre Worte zu bestätigen. »Also?«, fragte er stattdessen.

»Also was?«

»Wollen wir reden?«

»Über den Fall?«

»Worüber denn sonst«, antwortete Morten trocken. Er betrat jetzt das Büro und setzte sich gegenüber von Elif auf den Stuhl, an dem sonst Ole saß. »Weißt du eigentlich, wo er steckt?«

»Ole?«

»Ja.«

»Nach der Pressekonferenz habe ich ihn nur kurz gesehen, dann hat er sich aber ziemlich schnell verabschiedet. Seitdem habe ich nichts mehr von ihm gehört.«

Morten nickte gedankenverloren. So wie er Ole in den letzten Monaten kennengelernt hatte, passte das nicht unbedingt zu ihm. In der heißen Phase einer Ermittlung als Erster das Präsidium zu verlassen und nach Hause zu gehen war ungewöhnlich. Sofort musste er wieder an Danuta und ihre spätabendliche Nachricht an Ole denken.

»Von der Suche nach Henning Ahrens gibt es nichts Neues«, sagte Elif nach einigen Sekunden des Schweigens.

»Leider ebenso wenig bei diesem Schindler«, ergänzte Morten. »Hast du eigentlich mitbekommen, was vorhin passiert ist? Dass Malin Klein von ihrem Freund verprügelt wurde und er jetzt auf der Flucht ist?«

»Ja, ich habe einige Male mit Ida-Marie telefoniert.«

»Ziemlich üble Sache«, sagte Morten. »Und ganz offenbar auch nicht das erste Mal, dass er ihr das angetan hat. Was mich wundert – wieso sie mit so jemandem zusammen ist, wenn sie zuvor mit einem Geschäftsmann wie Ahrens liiert war. Da liegen allein schon optisch Welten zwischen den beiden.«

»Aber denkst du, dass dieser Typ etwas mit den Morden zu tun haben kann?«

»Nach dem, was Birger mir über ihn erzählt hat, würde ich ihm das durchaus zutrauen. Und wenn es wirklich stimmt, dass Ahrens und Malin Klein sich wieder getroffen haben und er Wind von der Sache bekommen hat, können wir das wohl nicht komplett ausschließen.«

»Das klingt dennoch ein bisschen so, als würdest du nicht ernsthaft daran glauben.«

»Um ehrlich zu sein, weiß ich momentan gar nicht, was ich noch glauben soll. Wobei Glaube in einer Ermittlung ohnehin ein schlechter Begleiter ist. Einerseits haben wir zwei mögliche Täter, von denen wir nicht wissen, wo sie sich gerade aufhalten, andererseits ergibt bei beiden der Mord an Caroline Ahrens nicht so richtig Sinn.«

»Ich bin mir auch ziemlich unsicher, was ich von dem Fall halten soll.« Elif klang jetzt nachdenklich. »Je tiefer ich recherchiere, desto seltsamer wird das alles.«

»Was meinst du?« Morten lehnte sich interessiert vor.

»In dieser gesamten Familie Ahrens liegt seit langer Zeit so einiges im Argen«, antwortete sie. »Das wissen wir bereits, aber ich habe noch ein paar Dinge mehr herausgefunden.«

»Du machst es spannend. Erzähl schon.«

»Wie viel Zeit hast du denn?«

»Wenn es sein muss, die ganze Nacht.« Er beobachtete sie und war sich sicher, für einen ganz kurzen Moment den Ansatz eines Lächelns über ihr Gesicht huschen zu sehen.

»So lange wollte ich dann doch nicht bleiben, es gibt ja schließlich auch noch ein Leben außerhalb der Arbeit.«

Zack. Ein einziger Satz, der ihn unvorbereitet traf wie ein Kinnhaken. Sie besaß ein Privatleben und hatte einen Freund. Er dagegen verlor sich in dunklen Gedanken, wenn er nach Hause ging. Doch Morten schluckte seine Enttäuschung hinunter und winkte mit einem »Da hast du natürlich recht« gespielt locker ab.

»Also schön«, sagte Elif. »Dann beginnen wir mal mit Christian Ahrens. Er ist 1942 in Bremen geboren und hat dort seine ersten zweiundzwanzig Jahre verbracht. Sein Studium der VWL hat er in Hamburg absolviert und ist anschließend relativ schnell Referent des damaligen Lübecker Bürgermeisters geworden. 1976 ist er dann ins Kieler Wirtschaftsministerium gewechselt, wo er erst Referatsleiter und später Abteilungsleiter für Wirtschafts- und Industriepolitik wurde. Direkt nach der Wende verschlug es Ahrens wieder zurück nach Lübeck. Er wurde Wirtschaftssenator und blieb das mehr als fünfzehn Jahre bis zu seiner Pensionierung.«

»So weit erst mal nichts Auffälliges in seiner Vita«, resümierte Morten.

»Das stimmt. Interessanter ist da schon, dass er sowohl in seiner Zeit in Kiel als auch später in Lübeck immer wieder in der Kritik stand. Dabei ging es vor allem um den Umgang mit Mitarbeitern – oder besser gesagt: mit Mitarbeiterinnen. Ich habe einen ausführlichen Artikel in den ›Lübecker Nachrichten‹ vom Anfang der neunziger Jahre gefunden, den jemand Jahre später ins Netz gestellt hat. In dem Artikel wurde geschildert, dass mindestens ein halbes Dutzend Frauen Ahrens vorwarfen, sie nicht nur auf verbale Weise sexuell genötigt zu haben, sondern dass er sie auch immer wieder unsittlich berührt habe. Offenbar hat damals aber niemand auf sie gehört, es kam zu keiner Dienstaufsichtsbeschwerde oder Ähnlichem. In dem Artikel wird er auch als jemand beschrieben, der seine Ämter mit längst vergessenen Methoden führe. Es herrschte ein Klima aus Angst, Misstrauen und vor allem gegenüber Frauen eine distanzlose Übergriffigkeit auf den Fluren.«

»Starker Tobak«, sagte Morten. »Aber überrascht mich ehrlich gesagt nicht im Geringsten, so wie ich ihn kennengelernt habe.«

»Es gibt auch einige Anekdoten über mögliche Affären, die im Internet kursieren«, erklärte Elif weiter. »Größtenteils habe ich die in Kommentarfunktionen zu älteren Online-Artikeln gefunden, das Internet vergisst nie. Ob diese Affären im beiderseitigen Einvernehmen verliefen, kann ich allerdings nicht sagen. Ich glaube, der Mann kann einfach froh sein, dass zu seiner aktiven Zeit soziale Medien noch nicht existierten oder noch in den Kinderschuhen steckten.«

»Wie war das eigentlich genau mit seiner Ehe?«, hakte Morten nach. »Wann hat er seine Frau kennengelernt?«

»Das nächste Thema, das ihn nicht gerade in einem positiven Licht dastehen lässt.«

»Inwiefern?«

»Seine Frau Ilka hat er in Kiel kennengelernt. Sie müssen ungefähr drei Jahre zusammen gewesen sein, bevor sie 1978 geheiratet haben. Jan kam dann kurz danach zur Welt.«

»Und wann sollen diese Affären gewesen sein?«

»Das muss erst in seiner Lübecker Zeit angefangen haben. Sie wurden jedenfalls ziemlich auffällig vom politischen Gegner in der Lübecker Bürgerschaft gestreut. Und es ging dabei offenbar um ein Techtelmechtel mit zwei stadtbekannten Frauen. Namen wurden aber nicht genannt.« Elif nahm einen Schluck aus dem Glas, das auf ihrem Schreibtisch stand, bevor sie fortfuhr.

»Was mir übrigens aufgefallen ist, als ich nach Fotos von Christian Ahrens gesucht habe: Es gibt nur ganz wenige Aufnahmen, auf denen er gemeinsam mit seiner Frau zu sehen ist. Ansonsten war er bei fast allen Gelegenheiten allein oder gerne auch mal bei Veranstaltungen an der Seite anderer Frauen zu sehen, mit denen er abgelichtet wurde. Sogar noch, als er die sechzig schon weit überschritten hatte.«

»Wann haben sich die beiden denn offiziell getrennt?«

»Ich weiß es nicht auf das Jahr genau, aber irgendwann in den ersten Jahren in Lübeck muss es dann zum Bruch gekommen sein. Vielleicht erklärt das die ganzen Bilder, auf denen er allein zu sehen ist.«

»Weißt du noch mehr über sie?«, fragte Morten gespannt. »Wann genau ist sie eigentlich gestorben, und wie hat sie die Jahre zwischen der Trennung und ihrem Tod verbracht?«

»Das ist vielleicht das größte Rätsel, vor dem ich stehe. Ich habe heute fast drei Stunden damit verbracht, das Leben dieser Frau zu rekonstruieren. Aber da ist im Grunde nichts aus den letzten dreißig Jahren, das irgendeinen Rückschluss zulässt. Wie ein leeres Blatt Papier. Keine Ahnung, ob sie weiterhin in Lübeck gelebt hat, zurück nach Kiel gegangen ist oder vielleicht dorthin, wo sie geboren ist.«

»Wo wäre das denn gewesen?«

»In der Nähe von Stuttgart.«

»Wir sollten auf jeden Fall Christian Ahrens danach fragen. Nicht nur, um das Ganze lückenlos zu dokumentieren, mich würde auch interessieren, inwieweit sie noch Kontakt zu ihren Kindern hatte.«

»Ich habe nicht einmal eine Bestätigung über ihren Tod gefunden«, ergänzte Elif. »Keine Todesanzeige oder irgendeine Meldung darüber. Morgen früh werde ich erst einmal hier in Lübeck bei den Behörden nachfragen, ob man den Totenschein einsehen kann. Wenn sie allerdings nicht hier gestorben ist, könnte es schwierig werden, ihren Tod überhaupt schwarz auf weiß nachzuweisen. Wir können schlecht alle Kommunen Deutschlands abtelefonieren.«

Morten stand auf und begann, vor dem Schreibtisch auf und ab zu gehen.

Er hatte keine Ahnung, ob Elifs Rechercheergebnisse etwas zu bedeuten hatten, aber der Ansatz, dass sie es ganz und gar nicht mit einer Vorzeigefamilie zu tun hatten, konnte ihnen womöglich dabei helfen zu verstehen, was passiert war. Weshalb das einzige noch lebende Kind von Christian und Ilka Ahrens vielleicht seine Geschwister ermordet hatte.

»Christian Ahrens ist der Einzige, der uns sagen kann, wie schlimm es um den Streit zwischen seinen Kindern stand und ob Henning tatsächlich der Täter sein könnte. Wir müssen ihn uns tatsächlich dringend noch einmal vorknöpfen.«

»Als Ole und ich heute Morgen mit ihm und seiner spanischen Assistenz gesprochen haben, klang er ehrlich gesagt nicht so, als würde er uns in Bezug auf Henning helfen können«, sagte Elif. »Allerdings war er ziemlich perplex, dass wir seinen Sohn verdächtigen.«

»Über diese Frau wissen wir aber auch noch gar nichts, oder?«

»Nein, ich kann mich schließlich nicht um alles gleichzeitig kümmern. Ich bin die Einzige, die hier –«

»So war das doch gar nicht gemeint«, ging Morten sofort

dazwischen. Er merkte, dass sich seine Worte leicht als Vorwurf verstehen ließen. »Ich finde es ziemlich beeindruckend, was du recherchiert hast. Wir hatten ja im Grunde bislang kaum Zeit dazu. Vollkommen surreal, dass noch nicht einmal zwei Tage vergangen sind, seitdem wir auf den Priwall gerufen wurden. Wenn du möchtest, können wir gemeinsam versuchen, noch mehr über –«

»Bevor du weiterredest«, unterbrach sie ihn. »Ich habe noch mehr herausgefunden, und zwar über Jan Ahrens, wobei ich aber nicht weiß, ob es wichtig sein könnte.«

»Erzähl.«

»Man findet über ihn im Internet bekanntermaßen ziemlich viel«, redete Elif weiter. »Er hat in den letzten Jahren Dutzende Interviews gegeben. Man kann schon sagen, dass er ein richtiger Profi darin war, Kutterfutter und sich selbst zu vermarkten. Aber auffällig ist auch, dass seine Antworten fast immer gleich klangen. Und sehr unpersönlich, im Grunde wie von einer KI generiert. Ich wurde das Gefühl nicht los, dass er manchmal sogar die Fragen des Interviewers selbst formuliert hat. Mit einer einzigen Ausnahme. Ein Gespräch, relativ kurz nachdem er sein Studium beendet hatte.«

»Wo hat er überhaupt studiert?«

»An der Ludwig-Maximilians-Universität in München. Er war ein richtiger Überflieger.«

»Ja, so was in der Art erwähnte auch sein Vater. Ein Grund mehr, warum der nicht verstehen konnte, dass Jan in der Gastronomie sein Glück suchte, anstatt ein angesehener Ökonom zu werden.«

»Damals muss Jan noch etwas anders getickt haben«, fuhr Elif fort. »Warte, ich habe das PDF noch geöffnet.« Sie scrollte mit ihrer Mouse zur passenden Textstelle.

»Das Gespräch wurde in einer Uni-eigenen Zeitung veröffentlicht, der Anlass war die Weltfinanzkrise 2008. Jan Ahrens hatte sein Studium zu dem Zeitpunkt schon längst beendet und arbeitete seit zweieinhalb Jahren für das Institut für Weltwirtschaft in Kiel. Er sollte als herausragender Absolvent und aufstrebender Ökonom über seine Einschätzungen zu der Krise und den Folgen für den globalen Handel, aber auch über die Zeit an der LMU berichten.«

»Wenn man das so hört, kann ich Christian Ahrens' Enttäuschung sogar ein wenig verstehen«, sagte Morten. »Aber natürlich auch nur fast. Denn ich will mir gar nicht vorstellen, welche Vorwürfe er seinem Sohn tatsächlich gemacht hat.«

»Spannend wird es vor allem hier in dieser Passage«, sagte Elif. »Der Interviewer fragt Jan, ob er sich schon als Kind und Jugendlicher für Wirtschaft und Politik und deren Zusammenhänge interessiert habe. Und ob schon frühzeitig klar gewesen sei, dass er mit seinen Voraussetzungen diesen Weg einschlägt. Darauf hat Jan dann wie folgt geantwortet.« Sie las den Teil des Interviews vor:

»Nun, wenn ich ganz ehrlich bin: Hätte mir jemand vor fünfzehn oder zwanzig Jahren gesagt, dass ich der beste Absolvent in der Volkswirtschaftslehre an der LMU seit mehr als einer Dekade werde, hätte ich wohl gelacht. Aber damals habe ich natürlich nicht einmal ansatzweise gewusst, was hinter einem Studium der VWL steckt und welche herausragende Bedeutung dabei die Ludwig-Maximilians-Universität einnimmt.

Du warst also ein ganz normaler Jugendlicher?

Nein, das kann ich so nicht bestätigen. Meine Kindheit war anders als die der meisten anderen, würde ich behaupten.

Inwiefern?

Ich war ein sehr in mich gekehrter Junge. Eher schüchtern, unter dem Radar laufend, wie man heutzutage wohl sagt.

Und als Schüler?

Nicht so gut wie als Student, sagen wir mal so. Bei Weitem nicht. Mein Leben hat sich im Laufe der Jahre gewandelt. Bis zu meinem zwanzigsten Lebensjahr war ich ein anderer Mensch, als ich es heute bin. Und ich glaube, meine Entwicklung ist noch nicht zu Ende.

Das klingt spannend. Also kann aus deiner Sicht jeder alles erreichen?

Ganz so einfach ist es nicht. Manchmal muss man ein anderer werden, um zu erkennen, was das Richtige für einen ist. Ich denke, jeder trägt ein Päckchen mit sich herum. Bei dem einen ist es ein kleineres, bei dem anderen ein größeres. Meines war eher größer, fast schon riesig. Aber vielleicht war das auch ein Grund, warum ich irgendwann ehrgeiziger geworden bin.

Jeder, der an seine Pubertät zurückdenkt, kann diese Worte nachvollziehen. Die Päckchen und Probleme sind in dieser Phase des Lebens wohl am größten.

Niemand kann verstehen, was ich meine, aber darum geht es hier nicht. Was ich allerdings sagen kann, ist, dass mein Leben früher anders war. Niemand hätte geglaubt, dass ich diesen Weg gehe. Keiner meiner Freunde und mit Sicherheit auch kein Lehrer. Wohl nicht mal meine Familie. Und dafür bin ich dieser Universität sehr dankbar. Hier habe ich zum ersten Mal gelernt, ich selbst zu sein.

Und trotzdem bist du zurück in den Norden nach Kiel gegangen. Wie kam es dazu?

Der Norden ist meine Heimat, aber das wäre nur die halbe Wahrheit. Ans Weltwirtschaftsinstitut zu wechseln war gewissermaßen schon immer für meinen Werdegang vorgesehen.

Vorgesehen von wem?

Nun ja, mein Vater war bis vor Kurzem Wirtschaftssenator in Lübeck, und davor hat er in leitender Funktion im Kieler Wirtschaftsministerium gearbeitet. Da ist es logisch, dass er gewisse Vorstellungen von der Karriere seines Sohns hat. Aber bitte nicht falsch verstehen, ich treffe natürlich meine eigenen Entscheidungen.

Was denkst du, wie wird es für dich weitergehen? Das Weltwirtschaftsinstitut hat in der Vergangenheit einige der anerkanntesten Ökonomen hervorgebracht. Denkst du schon an die nächsten Schritte deiner Karriere?

Ich bin noch jung und nicht einmal drei Jahre am Institut. Der nächste Schritt wäre wohl meine Promotion, aber wer weiß, was die Zukunft noch für mich bereithält.«

Elif stoppte und sah hinter ihrem Bildschirm auf. Morten versuchte, die Worte von Jan Ahrens einzuordnen. Das Bild der Familie mit dem patriarchalischen Vater wurde immer klarer, und doch ließ sich daraus nicht ableiten, weshalb Jan und seine Schwester kaltblütig erschossen worden waren.

»Die Antworten wundern mich kaum«, sagte er. »Aber die Tatsache, dass er laut eigener Aussage als Kind ganz anders und sein Päckchen riesig war, lässt natürlich Raum für Spekulationen. Allerdings wäre es gut, das gesamte Bild der Familie zu kennen. Ich schlage vor, du gehst jetzt erst mal nach Hause und ruhst dich aus. Du siehst wirklich müde aus. Ich werde mich um Details über Caroline und Henning Ahrens kümmern und versuchen, bei der Recherche genauso akribisch zu sein wie du.«

»Nicht nötig«, sagte sie und klang zwar in etwa so erschöpft, wie ihre dunklen Augenringe offenbarten, aber sie schien noch mehr zu berichten zu haben. »Ich habe auch über die beiden alles zusammengetragen, was das Internet hergibt. Wenn auch nicht so viel wie bei Jan und Christian Ahrens.«

»Das ist richtig gut«, sagte Morten anerkennend.

»Gut wäre es, wenn uns die Informationen auch tatsächlich helfen, den Täter zu finden.«

»Das ist unser Job«, sagte Morten und wollte eigentlich motivierend klingen. Aber Elif verzog den Mund, als fühle sie sich von seinen Worten erneut angegriffen.

»Es ist tatsächlich schon spät«, sagte er besänftigend. »Wir sortieren einfach morgen früh alles, was du recherchiert hast. Vielleicht verknüpfen sich die vielen losen Enden dann zu einem Ganzen. Wäre nicht das erste Mal, dass uns das gelingt. Aber erzähl doch, was du über Henning und Caroline Ahrens in Erfahrung bringen konntest.«

»Na gut, zuerst das, was ich über Caroline gefunden habe.« Elif unterdrückte erfolglos ein Seufzen. »Sie ist das mittlere der drei Geschwister, wäre im Sommer zweiundvierzig geworden. Sie wurde in Lübeck eingeschult, später hat sie dann genau wie ihre Brüder das Katharineum besucht. Allerdings hat sie nicht ihr Abitur gemacht, sondern ist nach der elften Klasse abgegangen. Ob sie sitzen geblieben ist oder freiwillig abgebrochen hat, kann ich nicht sagen. Genauso wenig darüber, was sie in der Zeit, bis sie zweiundzwanzig war, gemacht hat. Dann hat sie nämlich eine Ausbildung zur Goldschmiedin begonnen und drei Jahre später auch erfolgreich abgeschlossen. Anschließend wird es allerdings richtig dünn. Keine Ahnung, ob sie jemals einem regulären Job nachgegangen ist, darüber ließ sich nichts finden. Auch nicht über ihr Privatleben, sie taucht einfach nirgends im Internet auf. Mit der einzigen Ausnahme, dass sie vor einigen Monaten in der Kutterfutter-Filiale an der Obertrave als Betriebsleiterin eingesprungen ist.« Elif räusperte sich und trank erneut einen Schluck Wasser.

»Bei Henning Ahrens sieht die Sache nicht viel anders aus. Er ist zwei Jahre jünger als Caroline, ging auf die gleiche Schule und hat dort auch sein Abitur gemacht. Anschließend hat er ein Jurastudium begonnen. Im vierten Semester ist er allerdings auf Germanistik umgeschwenkt. Nach seinem Abschluss hat er ein paar Jahre in einem Verlag in Hamburg gearbeitet, und vor etwa zehn Jahren ist er nach Dänemark umgezogen. Was genau er dort beruflich macht, konnte ich nicht herausbekommen. Allerdings hat er vor etwa drei Jahren einen Roman veröffentlicht. Er heißt auf Dänisch ›Ingen familie‹, was auf Deutsch so viel wie ›Keine Familie‹ bedeutet. Das Buch war allerdings kein großer Erfolg, habe ich den Eindruck. Es ist im Selbstverlag erschienen.«

»Roman?«, fragte Morten argwöhnisch. »Oder vielleicht eine Autobiografie?«

»Keine Ahnung, ich bin eher zufällig durch ein Foto von ihm im Netz darauf gestoßen. Er hat es nämlich unter einem Pseudonym geschrieben: Rasmus Svan. Ich habe es eben erst aufgerufen. Gerade als du reinkamst, wollte ich den Klappentext in den Translator eingeben. Kleinen Moment, ich tippe ihn schnell ein.«

Morten spürte sofort die nervöse Anspannung, die immer dann aufkam, wenn sich ein wichtiger Schritt in einer Ermittlung ankündigte. Gespeist aus positiver Stimmung und der Angst, sich in eine Idee zu verrennen. Er trat um den Schreibtisch herum und stellte sich direkt hinter Elif.

Erst jetzt merkte er, dass er ihr seit ihrem Kuss im letzten Herbst nicht mehr so nah gewesen war. Sofort nahm er ihren Geruch wahr. Sowohl das dezent süßliche Rosenparfum als auch ihren ganz eigenen Duft. Sie trug ihre dunkelbraunen Haare heute hochgesteckt, sodass ihr wunderschöner Hals besonders gut zur Geltung kam. Da war diese silberne Kette, die ihm vorher noch nie aufgefallen war. Etwa ein Geschenk ihres Freunds?

Ihre zarten Hände mit den dunkelrot lackierten Fingernägeln huschten über die Tastatur, während immer mehr dänische Wörter auf dem Bildschirm erschienen. Aber in dieser unmittelbaren Nähe zu ihr fiel es Morten schwer, sich darauf zu konzentrieren.

»Fertig«, durchbrach sie Sekunden später die Stille. »Dann wollen wir mal sehen, wovon das Buch handelt.« Sie klickte auf den Übersetzungsbutton, im nächsten Augenblick erschien der deutsche Text. Gebannt blickten die beiden auf den Monitor.

»Als ich eines Tages aufwachte und feststellte, dass alles um mich herum gar nicht das war, was ich immer gedacht hatte, brach

eine Welt für mich zusammen. Und es wurde von Tag zu Tag immer schlimmer, mit jeder neuen Erkenntnis. Am Ende hatte ich keine andere Wahl, ich musste gehen. Sie alle verlassen, meine Familie, die gar keine war.«

Dieses Buch beschreibt die dunkelsten Seiten, die ein Sohn erleben kann. Aber auch die Hoffnungen, die damit einhergehen.

Morten starrte auf die Worte, ehe er sie noch einmal las. Und noch ein drittes Mal. Bis er keinen Zweifel mehr daran hatte, dass dieses Buch von Henning Ahrens, das er unter einem Pseudonym geschrieben hatte, nichts anderes war als die Autobiografie des Mannes, von dem sie glaubten, seine eigenen Geschwister getötet zu haben.

Nachtschicht

Harm war der Drei-zu-zwei-Mensch. In manchen Wochen, wenn er sieben Tage am Stück arbeitete, auch der Vier-zu-drei-Mensch. Das bedeutete nichts anderes, als dass ihm sein Beruf immer einen Tag mehr in der Woche Spaß machte, als dass er ihn langweilte oder sogar frustrierte.

Es gab genügend Menschen, auch in seinem direkten Umfeld, die ihn immer wieder fragten, ob ihm der Job denn niemals langweilig werden würde. Ob er keine Ambitionen hätte, mal hinter der Brücke eines anderen Schiffs zu stehen. Eines viel größeren. Raus auf die offene See zu fahren. Ein »richtiger Kapitän« zu sein, wie sie despektierlich sagten.

In den ersten Jahren hatte er mit diesen Leuten noch diskutiert, sie davon zu überzeugen versucht, wie erfüllend sein Job trotz der Eintönigkeit war. Aber irgendwann hatte er damit aufgehört. Ihm war es schlichtweg egal, was andere über ihn und seine Arbeit dachten.

Und es gab ja auch nicht wenige, die ihn beneideten. Die sich gar nichts Besseres vorstellen konnten, als tagtäglich auf der Brücke der Autofähre, die zwischen Travemünde und dem Priwall pendelte, zu stehen und sie zu navigieren. Immer mit der Aussicht auf den Kirchturm im alten Ortskern, die hübschen Häuser in der Vorderreihe, die unverwüstliche »Passat« auf der anderen Seite oder die großen Fähren, die am Skandinavienkai ablegten und mehrfach am Tag seinen Weg kreuzten. Auch wenn er hier jeden Blick auf Travemünde wie seine Westentasche kannte, konnte er sich nicht daran sattsehen. Und das nun schon seit zweiunddreißig Jahren.

Meistens fuhr er auf der »Pötenitz«, wenn sie nicht gerade wegen Altersschwäche ausfiel und in der Werft repariert wurde. Eine neue Fähre war gerade geliefert worden. Mit hybridem Antrieb und einem Namen, den er sich nicht merken konnte.

Auch er war sie bereits ein paarmal gefahren und hatte keinen großen Unterschied zu den alten Fähren feststellen können. Aber es war gut, dass nach so vielen Jahrzehnten endlich neue Schiffe zum Einsatz kamen. Sie sollte einfach funktionieren, und hoffentlich besser als die Personenfähre vorn an der Nordermole, die zweifellos ein Montagsgefährt war.

Natürlich war dieser Job intellektuell betrachtet nicht gerade der anspruchsvollste. Aber immerhin hatte er die vielen Gedanken über sein Leben, die er mit sich selbst ausmachte, wenn er stundenlang auf der Brücke stand, akribisch aufgeschrieben. Mit dem Ziel, nicht nur ein Tagebuch zu führen, sondern eine Geschichte zu erzählen. Oder zumindest kleine Anekdoten.

In all den Jahren hatte er so viele Menschen kennengelernt, mit deren Geschichten und Schicksalen er sich hatte auseinandersetzen müssen. Manche Begegnung hatte nur eine kurze Überfahrt gedauert, manch ein Berufspendler war allerdings auch regelmäßiger Begleiter seines Lebens geworden. Mit dem einen oder anderen verband ihn fast so etwas wie Freundschaft. Er hatte von ihnen Dinge erfahren, die er vielleicht gar nicht hatte hören wollen. Über Beziehungen, Probleme und Wünsche. Über politische und gesellschaftliche Themen. Und nicht zuletzt Fragen über seinen Beruf und ob der ihn denn wirklich erfülle.

Drei-zu-zwei. Zweifellos gab es diese Tage, an denen er absolut keine Lust verspürte, diesem Job nachzugehen. Aber bei wem war das schon anders? Bislang war es noch immer ein Tag mehr in der Woche, an dem er zufrieden war, wenn seine Schicht endete. Zumindest redete er sich das ein.

Heute fuhr Harm die Nachtschicht. Er mochte sie am wenigsten. In diesen Wochen fiel es ihm tatsächlich schwer, mehr Freude als Frust bei der Arbeit zu empfinden. Morgens nach Feierabend war er todmüde, fand jedoch nur selten sofort in den Schlaf. Und wenn es ihm dann irgendwann im Tagesverlauf doch noch gelang, fiel es ihm äußerst schwer, am späten Nachmittag wieder aus dem Bett zu kommen. Am Abend fuhr er dann nach Travemünde und übernahm die Brücke von einem seiner Kollegen. An solchen Tagen sah er seine Frau kaum, und an ein geregeltes Leben oder irgendwelche Unternehmungen war gar nicht zu denken.

Aber er wollte nicht klagen. Grundsätzlich war er ein positiver Mensch, sah das Glas immer halb voll statt halb leer. Eben ein Drei-zu-zwei Mensch. Nur noch ein paar Fahrten in den nächsten zwei Stunden, und er hatte auch die heutige Nacht wieder geschafft.

Die letzten Fahrzeuge schepperten über die Rampe und fuhren aufs Schiff. Viele waren es um diese Uhrzeit noch nicht, aber das dumpfe Geräusch hallte bis hier oben auf die Brücke. Als alle Autos ihre Parkposition erreicht und die Motoren abgestellt hatten, ließ er die Heckklappe hochfahren und schob den Hebel auf dem in die Jahre gekommenen Instrumentenbord nach vorn. Das Vibrieren des Stahls setzte sofort ein und war ein wohliges Geräusch in seinen Ohren.

Wenn die Fähre sich langsam in Bewegung setzte, um die Trave zu überqueren, überkam ihn selbst nach Tausenden Überfahrten, die er in seinem Leben als Kapitän schon absolviert hatte, noch immer dieses einzigartige Gefühl. Dass er das tat, wovon er schon als Kind geträumt hatte. Zweihundertsiebzig Meter Schifffahrt rüber auf den Priwall, auf die er sich damals, wenn seine Eltern mit ihm einen Ausflug auf die andere Seite gemacht hatten, immer am meisten gefreut hatte.

Harm machte noch etwas mehr Tempo. Er ließ seinen Blick schweifen. Auf Höhe der Nordermole erkannte er in der Morgendämmerung, dass eine der vielen Finnland-Fähren gerade in den Hafen einlief.

Das Wasser vor ihm glitzerte noch im Mondschein. Die Tage begannen jetzt, Anfang Mai, wieder so früh, dass die letzten Fahrten der Nachtschicht im Hellen stattfanden. Hinter ihm über dem alten Ortskern von Travemünde ging bereits die Sonne auf.

Zwei Drittel der Strecke hatten sie hinter sich gebracht, und schon war wieder der Zeitpunkt gekommen, das Bremsmanöver einzuleiten. Doch plötzlich blinzelte er, um seinen Blick zu schärfen. Am gegenüberliegenden Ufer, in Höhe der Seniorenresidenz, sah er im Halbdunkel einige Passanten, die mit den Armen wedelten. Er versuchte zu erkennen, ob es Freunde von ihm waren, aber diese Erklärung schien ihm vollkommen unsinnig. Nicht nur, dass er sehr wenige Freunde besaß, die ihm noch dazu niemals während seiner Arbeit zuwinken würden. Seine Freunde waren längst nicht so jung wie die Leute am Ufer. Und weshalb sollten sie ihn auch in dieser Herrgottsfrühe hier grüßen?

Winkten sie tatsächlich nur? Es kam ihm beinahe so vor, als wollten sie ihm etwas mitteilen. Ihn vor etwas warnen. Sie riefen ihm aufgeregt Worte entgegen, aber hier in seiner Kabine auf der Brücke konnte er sie nicht verstehen.

Keine fünfzig Meter mehr. Harm musste sich jetzt konzentrieren, um das Anlegemanöver einzuleiten. Das Landpersonal wartete wie üblich stoisch darauf, dass die Fähre festmachte und es die Autofahrer und Fußpassagiere vom Schiff geleitete. Nichts deutete darauf hin, dass etwas nicht in Ordnung war.

Höchstens noch zwanzig Meter. Noch immer gestikulierten die Menschen an Land, jetzt noch verzweifelter als zuvor. Sie schrien, aber er konnte sie einfach nicht hören. Erkannte er da Panik in ihren Augen?

Sein Kollege auf dem Autodeck, der die Fahrzeuge einwies, rannte im nächsten Augenblick vor bis an die Bugklappe und schlug die Hände über dem Kopf zusammen. Dann wandte er sich um und machte ebenfalls mit wilden Handbewegungen klar, dass Harm das Schiff sofort zum Stoppen bringen musste, wenn der es richtig deutete.

Verdammt, fuhr es ihm durch den Kopf. Was zum Teufel war denn bloß los?

Noch zehn Meter.

Sein Blick fiel auf den jetzt nur noch schmalen Streifen Wasser zwischen Anleger und Fähre. Plötzlich sah er, was der

Grund für ihre Warnungen war. In der Trave schwamm etwas, das aussah wie ein menschlicher Körper. Ein verdammt lebloser Körper.

Hastig zog er den Hebel nach hinten und versuchte augenblicklich, die Maschinen zu stoppen. Aber er wusste, dass es längst zu spät war. Niemals würde es ihm gelingen, die Fähre jetzt noch komplett zum Stillstand zu bringen.

Harm schloss die Augen und zählte langsam von drei runter. Froh darüber, dass die Tür zum Brückenraum geschlossen war. Denn das übliche Geräusch, wenn der Stahl des Schiffs auf den Anleger traf, würde sich dieses Mal wahrscheinlich anders anhören. Er vermochte sich gar nicht vorzustellen, wie es klang, wenn ein Mensch zermalmt wurde.

Im nächsten Moment spürte er eine leichte Erschütterung. Die Fähre hatte angelegt. Obwohl er nicht gesehen hatte, was mit dem menschlichen Körper geschehen war, war er sich sofort sicher, dass er die Bilder, die in den letzten Sekunden in seinem Kopf entstanden waren, niemals wieder loswerden würde.

Und noch etwas anderes wurde ihm in diesem Augenblick bewusst: Zum ersten Mal fühlte sich das Glas tatsächlich halb leer an. Etwas hatte sich verändert. Auf dieser einen Fahrt über die Trave war etwas in ihm kaputtgegangen. Vielleicht war heute der Moment gekommen, an dem das Pendel umgeschlagen war. Denn wenn Harm in sich hineinhörte, fühlte es sich an, als wäre er auf einmal ein Zwei-zu-drei-Mensch.

Kleiner Ole

Die zahlreichen Mitteilungen auf seinem Handy hatte Ole erst am späten Abend gesehen. Genau wie die Sprachnachrichten von Ida-Marie und Elif.

Nachdem er eine Weile überlegt hatte, was die Vermutungen hinsichtlich einer möglichen Vergewaltigung von Caroline Ahrens, die schon einige Jahre zurückliegen musste, für die Ermittlungen bedeuten konnten, hatte Danuta ihn auf andere Gedanken gebracht. Sie war eine Zeit lang im Bad verschwunden, und als sie wieder zurück ins Schlafzimmer kam, hatte sie sich zurechtgemacht. Sie trug ein grünes, eng anliegendes Kleid, das so kurz war, dass Ole im ersten Moment glaubte, sie trage nichts als ein langes Top. Aber die dunkle Strumpfhose im Fischgrätenmuster war ein deutliches Zeichen, dass sie vorhatte, in diesem Outfit auszugehen.

In ihrem stark geschminkten Gesicht und auf dem schwarzen Haar glänzte und funkelte es. Als hätte eine Fee Glitzerstaub über ihr verteilt.

»Zieh dich an, wir müssen los«, hatte sie gesagt.

»Und wohin?«

»Wir gehen eine Kleinigkeit essen und anschließend in der Gollan-Werft feiern.«

»Feiern?« Ole war nach allem anderen als Feiern zumute. Der Sex hatte zwar Energie in ihm freigesetzt, aber die Details über Caroline Ahrens hatten ihn gleich wieder runtergezogen.

»Warst du schon mal auf einer Goa-Party?«

Nein, er war noch nie auf einer Goa-Party gewesen. Bis zum gestrigen Abend. Sie hatten in der Sudden Death Brewery Pizza gegessen und sich durch ein paar Pale Ales und IPA mit den ungewöhnlichsten Geschmacksrichtungen probiert. Gegen zehn waren sie dann rüber in eines der Nachbargebäude des ehemaligen Industriegeländes gegangen, das vor einigen Jahren

Stück für Stück zu einer Kulturwerft umgewandelt worden war und mittlerweile zu den angesagtesten Locations in Schleswig-Holstein gehörte.

Es war nicht die Musik, auf die er sich nicht hatte einlassen können, denn elektronische Musik hörte er selbst gern. Es waren auch nicht die Leute, die zugegebenermaßen ein wenig wie in Trance wirkten, während sie in der großen Halle auf die psychedelischen Bässe getanzt hatten. Ole hatte einfach die gesamte Situation überfordert. Das, was er mit Danuta erlebte, geisterte genauso ununterbrochen durch seinen Kopf wie die Ermittlungen und vor allem die Ergebnisse der Obduktion von Caroline Ahrens' Leiche.

Er hatte sich schließlich dafür entschieden, den »Polnischen« zu machen, wie man so sagte. Er hatte sich ziemlich feige davongestohlen, als er sich bei Danuta entschuldigt hatte, dass er nur mal kurz um die Ecke müsse. Als er ihr auf dem Weg nach Hause schreiben wollte, dass es ihm leidtue und er sich morgen bei ihr melden werde, hatte er schließlich die ganzen eingegangenen Text- und Sprachnachrichten gesehen.

Für einen kurzen Moment hatte er überlegt, sich einen der E-Roller zu schnappen, die überall rund um das Gelände standen, und Richtung Präsidium zu fahren, aber es war fast Mitternacht, und die Chance, noch jemanden anzutreffen, wohl doch eher gering.

Dass er Elif und Morten tatsächlich noch angetroffen hätte, erfuhr Ole, als sein Handy aufblinkte, gerade nachdem er zu Hause aufgeschlossen und sein Telefon auf dem Sideboard im Flur abgelegt hatte.

So richtig schlau war er aus den Worten nicht geworden, aber offenbar hatten sie Dinge über die Familie Ahrens herausgefunden, die ziemlich sicher darauf schließen ließen, dass die Morde etwas mit den familiären Auseinandersetzungen zu tun hatten. Und dass Henning Ahrens ein Buch geschrieben hatte, in dem er offenbar alles im Detail geschildert hatte. Was auch immer damit gemeint war.

Er musste mit den anderen sprechen, und zwar so schnell wie möglich.

Gleich nachdem er gegen kurz nach sieben wach geworden war, hatte er Ida-Marie und Elif geschrieben, dass er die Nachrichten gestern zu spät gesehen habe, aber jetzt im Prinzip schon auf dem Weg ins Präsidium sei. Dann hatte sein Handy erneut vibriert.

Es war Danuta. Offenbar hatte sie schon wieder ein Foto geschickt. Mit einem mulmigen Gefühl und in Erwartung eines weiteren Nacktfotos von ihr öffnete er die App. Sofort schrak er zusammen.

Es handelte sich tatsächlich um ein Nacktfoto. Aber es war er selbst, der von hinten zu sehen war. Während er mit Danuta Sex hatte. Ihr Gesicht war nicht zu erkennen, aber das Foto wirkte durchaus erniedrigend für eine Frau. Dabei war diese Stellung gestern Abend doch ihre Idee gewesen.

Sofort spürte er eine Gänsehaut, die sich über seinen gesamten Körper legte, während seine Wangen immer heißer wurden. Peinlich berührt, erwischt worden zu sein, traf ihn zugleich die endgültige Erkenntnis, dass er es mit einer Verrückten zu tun hatte.

Im nächsten Moment ploppte eine Nachricht im Chatverlauf auf: »Ich habe jede Menge Fotos, auf denen du noch besser zu sehen bist. Und sogar ein hübsches Video. Du solltest dir also in Zukunft ganz genau überlegen, ob du mich noch einmal so hängen lässt wie gestern Abend. Wenn du nicht willst, dass noch andere Frauen und Männer außer mir den kleinen Ole bewundern dürfen.«

Ole zog sich einen Küchenstuhl heran und setzte sich, während seine Beine unkontrolliert zitterten. Seine Gesichtszüge waren dagegen wie versteinert. Alles um ihn herum verdunkelte sich mit einem Mal.

Wie hatte er nur so dumm und naiv sein können, sich in diese Situation zu bringen? Er hatte schon gestern Abend gewusst, dass es besser wäre, sich von ihr fernzuhalten. Aber er, dem

Kontrolle über sein Leben immerzu so wichtig gewesen war, hatte sich von einfachsten Instinkten treiben lassen.

Er hatte ein Problem. So viel war klar. Und so wie er Danuta mittlerweile einschätzte, würde sie keine Skrupel kennen, aus ihren Drohungen Realität werden zu lassen.

Falschgelegen

Ida-Marie fühlte sich müde und erschöpft. Es war gestern Abend spät geworden, sie hatte nur wenige Stunden geschlafen, und die auch noch schlecht. Mit Simon hatte sie seit Tagen kaum gesprochen, und wenn, dann hatten sie sich zumeist gestritten. Zu groß war der Graben aktuell zwischen ihnen. Sein Plan, mit Kalle Hansen und Birger Andresen eine eigene Detektei oder, wie sie es nannten, eine Agentur zu gründen, klang nicht nur irrsinnig, er war es auch. Eigentlich hatte sie Birger direkt darauf ansprechen wollen, aber sie wusste, dass Simon ihr das nicht verzeihen würde.

Er hatte versprochen, sich auch weiterhin um den Kleinen zu kümmern, so wie er es die letzten zwölf Monate bereits getan hatte. Aber wie sollte das in Zukunft funktionieren? Schon seit einiger Zeit war er immer mal wieder an den Wochenenden oder in den Abendstunden unterwegs. Er treffe sich mit früheren Bekannten, um auf alte Zeiten anzustoßen, hatte er sich herausgeredet, aber sie hatte schnell herausgefunden, dass es der etwas schräge Privatermittler Kalle Hansen war, mit dem er offenbar etwas Gemeinsames ausheckte. Ausgerechnet Hansen, mit dem sich auch Birger früher regelmäßig getroffen hatte, um an Informationen zu gelangen.

Drei Männer mit Riesenegos und Charaktereigenschaften, die für ihre Mitmenschen nicht herausfordernder sein konnten. Was sollte dabei herauskommen, wenn sie ernsthaft eine Detektei gründeten, um die größtmöglichen Verbrechen dieser Zeit aufzudecken? So zumindest hatte Simon es ihr erklärt. Die Alarmglocken hatten so laut in ihren Ohren geschrillt, dass sie Angst um ihre Trommelfelle gehabt hatte.

Was Simon da vorhatte, stresste sie so sehr, dass selbst ihre Ermittlungen darunter litten. Auch wenn sie hoffte, dass es niemandem auffiel. Mit ihren siebenundvierzig Jahren war sie auch nicht mehr die Jüngste, das vergaß Simon, der fünf Jahre jünger als sie war, bisweilen. Sie sah nun mal deutlich jünger aus, worüber sie sich nicht beklagen wollte, und hatte ihr erstes Kind so spät bekommen, dass ihre Ärztin sie eindringlich über die Risiken aufgeklärt hatte. Aber alles war gut gegangen. Vielleicht steckte sie in einem deutlich jüngeren Körper, auch wenn es sich jetzt gerade nicht so anfühlte.

Der Anruf vorhin hatte ganz und gar nicht dazu beigetragen, dass sich ihre Gemütslage verbesserte. Denn offenbar war jetzt auch noch die Leiche von Henning Ahrens gefunden worden. Zumindest waren sich die Kollegen von der Wasserschutzpolizei in Travemünde, die als Erste am Fundort gewesen waren und die Leiche aus dem Wasser gezogen hatten, nahezu sicher, dass es sich um den Mann handelte, den sie verdächtigt hatten, seine Geschwister umgebracht zu haben. Genauso vermuteten sie anhand des Zustands der Leiche, dass sie schon einige Tage im Wasser gelegen hatte. Und dass sie heute Morgen auch noch mit einer der Priwallfähren kollidiert war.

Sie hatten also falschgelegen. Henning Ahrens war nicht der Täter, den sie suchten, er war selbst Opfer geworden. Und die Streitigkeiten zwischen den Brüdern waren nicht das Motiv, auf das sie bis eben noch gesetzt hatten.

Ida-Marie versuchte, sich auszumalen, was das für ihre weiteren Ermittlungen bedeuten konnte, spürte aber sofort wieder die Erschöpfung, die über sie hereinbrach. Ihr fehlte in diesem Augenblick die Kraft, auch nur einen klaren Gedanken zu fassen.

Es war kurz vor acht. Sie musste die anderen verständigen. Elif hatte schon an ihrem Schreibtisch gesessen, als Ida-Marie vor einer Viertelstunde den Flur der Mordkommission betreten hatte. Aber Mortens Büro war noch verwaist. Kurzerhand griff sie zu ihrem Handy und wählte seine Nummer. Egal wie schwierig seine persönliche Situation auch war, sie hatte das Gefühl, seine Fähigkeiten als Ermittler jetzt mehr denn je zu brauchen.

Wahlkampf

Ich warte darauf, dass er mir endlich die Tür öffnet. Ich darf auf keinen Fall nervös werden und meine Konzentration verlieren.

Einige Entscheidungen habe ich erst in den letzten Tagen getroffen. Ich habe sie alle beobachtet, teilweise wochenlang. Tagsüber und nachts, bei der Arbeit und zu Hause. Bis ich mir sicher war, wie ich vorgehen will.

Alles hat bislang funktioniert. Selbst meine Ablenkungsmanöver. Meine kleinen Provokationen, mit denen ich die Polizei noch ein wenig mehr aus dem Konzept gebracht habe. Das hat sogar ein wenig Spaß gemacht. Bei all dem Hass, den ich die ganze Zeit verspüre.

Mit dem Haus, vor dem ich jetzt stehe, verbindet mich nichts. Damals haben wir in einem anderen Haus gewohnt. Soweit ich mich erinnere, auch in einer stattlichen Villa, aber es waren nur einige Jahre, bis ich mit meiner Mutter gegangen bin. Oder wohl eher gehen musste. Wie auch immer man das sagen will.

Ich weiß, dass er um diese Uhrzeit allein ist. Viel zu oft habe ich hier in den letzten Wochen gestanden und beobachtet, wann er die Vorhänge zu- und wieder aufzieht. Oder wann diese Frau zu Besuch kommt.

Eigentlich hatte ich mir überlegt, über die Terrasse auf der Rückseite des Hauses in die Wohnung zu gelangen. Aber etwas sagt mir, dass es sicherer ist, einfach zu klingeln und ihn zu überraschen, als um das Haus herumzuschleichen.

Irgendetwas stimmt jedoch nicht, befürchte ich. Es dauert mittlerweile schon ziemlich lange. Hört er das Klingeln nicht? Oder kann es sein, dass er nicht zu Hause ist? Vielleicht sollte ich meine ursprüngliche Idee wieder ins Auge fassen und von hinten einen Blick in die Wohnung werfen.

Gerade als ich wieder diese unangenehme Nervosität verspüre und befürchte, dass vielleicht doch nicht alles glattlaufen wird, knackt es in der Gegensprechanlage.

»Hallo, wer ist da?«

Seine Stimme fährt mir ins Mark. Alles kommt wieder hoch. Aber ich muss ruhig bleiben.

»Guten Morgen, entschuldigen Sie die frühe Störung. Wie Sie wissen, findet nächste Woche die Kommunalwahl statt, ich würde Sie gerne von mir überzeugen.«

»Haben Sie mal auf die Uhr gesehen?«

»Der frühe Vogel fängt den Wurm«, antworte ich mit übertrieben heiterer Stimme.

»Von welcher Partei sind Sie?«, fragt Ahrens mürrisch.

»Da ich weiß, wer Sie sind, dürfte Ihnen die Farbe gefallen. Nur fünf Minuten, versprochen. Ich würde mich sehr freuen, wenn Sie mich unterstützen.«

Die Verbindung über die Gegensprechanlage bricht ab. Hat er etwa einfach aufgelegt, weil er kein Interesse an einem Gespräch hat? Aber dann ertönt doch noch der Summer. Vorsichtig drücke ich die Tür auf und senke meinen Kopf. Ich betrete das Treppenhaus und kann direkt seine Anwesenheit spüren, obwohl ich meinen Blick nicht hebe. Noch nicht.

Vielleicht ist es sein Geruch, den ich auch nach so langer Zeit sofort wiedererkenne. Und von dem mir sofort schlecht wird.

Es ist also so weit. Mehr als zwanzig Jahre sind vergangen, seit wir uns zuletzt gegenübergestanden haben. Zumindest so nah, dass auch er mich sehen kann. Denn ich habe ihn viel zu häufig sehen müssen, wenn ich ihn beobachtet habe, um mein Vorgehen zu planen.

Zwanzig Jahre, in denen ich erfolglos auf der Suche nach der Antwort war, wie ein Mensch einem anderen so etwas antun kann. In denen ich unter Panikattacken und Depressionen gelitten habe. In denen ich meinen Hass auf mich selbst und andere Menschen niemals ganz in den Griff bekommen habe. In denen ich begriffen habe, dass jeder Einzelne, an dem ich mich nun räche, einen großen Teil meines Schicksals ausmacht. Aber es gab nur einen Hauptschuldigen. Und der steht jetzt vor mir. Das Monster, wie ich ihn nenne.

Ich hebe meinen Kopf und ziehe die Kapuze herunter. Mit zwei schnellen Schritten haste ich auf ihn zu, sodass er keine Chance hat, die Tür vor mir zu schließen.

Es läuft mir eiskalt den Rücken hinunter, als ich nur noch eine halbe Armlänge vor ihm stehe und die Pistole auf ihn richte. Ich habe mich gefragt, wie er wohl reagieren wird. Ob er vielleicht Angst zeigt. Ob die Erkenntnis, was geschehen ist und was ihm jetzt bevorsteht, langsam oder schnell einsickert. Vielleicht reagiert er auch mit dieser herablassenden Abschätzigkeit, an die ich mich so gut erinnern kann.

Nichts von alldem passiert. Er blickt mich fragend an, bis ich verstehe, dass er mich nicht erkennt. Er hat keine Ahnung, wer ich bin. Ich könnte ihn davon überzeugen, mich übernächsten Sonntag zu wählen, denke ich innerlich lächelnd. Aber das will ich natürlich nicht. Denn dann wird er längst nicht mehr am Leben sein.

Schmeißfliegen

Um kurz nach sieben war Morten wach geworden, weil der Traum, in dem er sich befand, auf ein katastrophales Ende zusteuerte. Wie so häufig in den letzten Monaten. Obwohl es sich gerade noch alles real und zum Greifen nahe angefühlt hatte, gelang es ihm nicht, sich auch nur ein einzelnes Detail vor Augen zu rufen. Lediglich die immer gleiche Schlusssequenz: der Flug der Kugel aus seiner Waffe, die im nächsten Augenblick auf einer Stirn einschlägt.

Nachdem er geduscht hatte, stopfte er sich rasch einen Toast mit Marmelade in den Mund und verließ kurz darauf seine Wohnung in der Engelsgrube. Angetrieben von der Nachricht aus dem Krankenhaus auf seiner Mailbox, die eingegangen war, als er sich im Badezimmer fertig gemacht hatte: Malin Klein war ansprechbar und hatte darum gebeten, dass er vorbeikomme, weil sie dringend mit ihm reden müsse.

Seit gestern Abend glaubte Morten nicht mehr daran, dass Dennis Schindler etwas mit den Morden zu tun hatte. Er war sich sicher, dass das Motiv in den zerrütteten Verhältnissen der Familie Ahrens lag. Dennoch mussten sie Schindler so schnell wie möglich aus dem Verkehr ziehen. Was er Malin Klein angetan hatte, würde hoffentlich für eine längere Haftstrafe sorgen. Und vielleicht konnte sie ihm noch einen besseren Tipp als das Pearls geben, wo die Kollegen gestern Abend nicht fündig geworden waren.

Malin Klein lag auf Station im Uniklinikum. Ein weiterer Hinweis, dass es ihr besser ging. Als er ihr Zimmer betrat, zuckte er allerdings zusammen. Die Verletzungen in ihrem Gesicht hatten sich zu Hämatomen in den schillerndsten Farben entwickelt. Beide Gesichtshälften waren dick angeschwollen, und das linke Auge war kaum mehr als solches zu erkennen.

»Ich bin hart im Nehmen, nur ein paar Kratzer«, sagte Malin Klein zur Begrüßung. Sie versuchte, sich locker zu geben. Allerdings waren ihre Worte durch die aufgeplatzten Lippen und die starken Verletzungen auf den Wangen nur schwer zu verstehen.

»Das hätte auch anders ausgehen können«, sagte Morten ernst. »Haben Sie ihn denn nie angezeigt?«

»Hätte ich es getan, wäre ich jetzt tot.«

Morten meinte, unter den Schwellungen den Ansatz eines bitteren Lächelns zu erkennen. Noch immer war es ihm unerklärlich, wie sie mit diesem Typen überhaupt zusammengekommen war, nachdem sie mit einem intelligenten und erfolgreichen Mann wie Jan Ahrens eine Beziehung geführt hatte.

»Sie wollten mit mir sprechen. Haben Sie noch eine Idee, wo Dennis sich aufhalten kann? Ihr Tipp mit dem Pearls hat sich ja leider als erfolglos erwiesen.« Er hörte selbst den Vorwurf in seiner Stimme und ruderte schnell etwas zurück. »Es war natürlich trotzdem sinnvoll, dass wir dem Hinweis gleich nachgegangen sind.«

»Ich hätte schwören können, dass er dorthin fährt«, antwortete sie angestrengt. »Nicht nur zum … Sie wissen schon, was ich meine.«

Morten nickte.

»Dennis traf sich dort auch immer mit den anderen.«

»Den anderen?«

»Diese Leute, die immer um Jan herumhingen wie lästige Schmeißfliegen.«

»Sie meinen die Leute, von denen er sich Geld leihen wollte?«

»Was heißt ›wollte‹?«, antwortete Malin Klein überrascht. »Sie haben ihm seit Jahren jede Menge Geld gegeben, zu wirklich üblen Bedingungen. Und genommen haben sie sich trotzdem noch viel mehr.«

»Ich verstehe nicht.«

»Ich spreche von Schutzgeld«, sagte sie. »Alle denken immer, so etwas gibt es nur auf dem Kiez in Hamburg. Dabei leiden viele Läden auch hier darunter. Sie machen sich abhängig von der Kohle dieser Leute.«

»Sie sagen also, dass Jan bedroht wurde?«

»Er hat mir mal gesagt, dass sein größter Fehler gewesen wäre, nicht auf seinen Vater zu hören und sich stattdessen auf diese Typen einzulassen. Sie haben ihm seit Jahren das Leben schwer gemacht. Ich weiß, wovon ich rede.«

»Wie meinen Sie das?«

»Haben Sie sich gar nicht gefragt, wie es sein konnte, dass Jan und ich ein Paar waren?«, fragte sie und lächelte wieder schief. »Der erfolgreiche Unternehmer und jemand wie ich.«

»Ich weiß nicht«, antwortete Morten zögerlich. Natürlich hatte er sich diese Frage schon gestellt, aber das wollte er ihr nicht zeigen. Er mochte sie auf eine bestimmte Weise, ihre ehrliche Art, das natürliche Wesen und gleichzeitig auch ihre Verwundbarkeit. Und jetzt machte sich plötzlich eine Vermutung in ihm breit, worauf sie hinauswollte.

»Ich habe auch im Pearls gearbeitet«, kam sie seinen Gedanken im nächsten Moment zuvor. »Dort habe ich Jan kennengelernt. Er war eine ziemlich verlorene Seele, muss ich sagen. Wir hatten bei den meisten seiner Besuche gar keinen Sex, sondern haben nur geredet. Irgendwann haben wir uns dann auch privat getroffen. Ich hätte mir wirklich mehr vorstellen können, aber …«

»Aber?«

»Wir durften nicht. Sie haben ihm klar zu verstehen gegeben, dass er seine Finger von mir lassen soll. Verstehen Sie, das sind meine Chefs.«

Morten schüttelte den Kopf. Er musste erst einmal verarbeiten, was er da hörte. Malin Klein war also eine Prostituierte und Jan Ahrens ihr Freier gewesen. Er hätte sich das von ihr nicht ansatzweise vorstellen können. Dieser Fall wurde wirklich immer abenteuerlicher. »Wer sind diese Menschen?«, fragte er schließlich.

»Viele von ihnen gehören zu einem dänischen Hells-Angels-

Chapter, einige haben auch arabische Wurzeln und leben in Hamburg. Sie haben längst in ganz Norddeutschland Strukturen aufgebaut.«

Morten stöhnte bei dem Gedanken, dass neue Rockerstrukturen in Schleswig-Holstein entstanden waren, von denen sie offenbar nichts wussten, laut auf. Wenn diese Ermittlung darauf hinausliefe, würden sie auch noch das LKA dazuholen müssen. Dann hatten sie es mit weit mehr als nur einem Doppelmord zu tun.

»Es gibt mehrere Hinweise darauf, dass Jan verschwinden wollte«, wechselte Morten das Thema. »Wussten Sie das?«

Zum ersten Mal antwortete Malin Klein nicht sofort, sondern schien zu zögern. Aber aus ihrem lädierten Gesicht war nichts abzulesen.

»Waren es die Probleme mit diesen Typen, vor denen er fliehen wollte, oder gab es noch einen anderen Grund?«, ließ Morten nicht locker.

»Ich weiß es nicht«, antwortete sie schließlich. »Als wir zusammen waren, hatte ich allerdings oft das Gefühl, dass er mit dem, was er erreicht hatte, abschließen wollte. Als sehnte er sich nach einem ganz anderen Leben und wollte nur noch eine Fassade aufrechterhalten. Die Bedrohungen und Erpressungen haben vielleicht dazu beigetragen, dass er einen Schlussstrich ziehen wollte, aber ich glaube, es gab da etwas anderes, das ihn belastet hat.«

»Und was?«

»Wie gesagt, ich –«

»Hat es mit seiner Familie zu tun?«, hakte Morten direkt ein. »Wissen Sie von den Streitigkeiten zwischen Jan und seinem Bruder?«

»Es tut mir leid, ich kann Ihnen dazu wirklich nicht mehr sagen.«

Das angedeutete Schulterzucken war Zeichen genug, dass sie den ausschlaggebenden Grund für Jan Ahrens' Ausstiegspläne vielleicht tatsächlich nicht kannte.

»Na schön«, sagte Morten. »Mich würde allerdings interessieren, weshalb Sie mit diesem Schindler zusammen sind.«

»Wir sind nicht zusammen«, antwortete Malin Klein. »Also nicht so, wie man es als Paar sein sollte. Er ist dafür abgestellt worden, mich zu kontrollieren.«

»Damit Sie weiter für diese Leute arbeiten und sich von Jan fernhalten?«

Beinahe entschuldigend sah sie ihn jetzt an, ohne ihm zu antworten. Da war jede Menge Traurigkeit aus ihrem lädierten Gesicht abzulesen, aber trotz allem strahlte sie auch immer noch etwas leicht Naives und Zuversichtliches aus.

»Glauben Sie, dass Schindler Jan getötet hat?«, fragte Morten frei heraus.

»Schwer zu sagen, ausschließen würde ich es jedenfalls nicht.«

»Sie wissen wahrscheinlich noch nicht, dass gestern Jans Schwester ebenfalls tot aufgefunden wurde«, fuhr Morten fort. »Auch sie wurde kaltblütig erschossen. Weshalb sollten diese Typen sie ausschalten? Wusste sie irgendetwas, das sie nicht wissen durfte? Oder hat es mit den Schulden zu tun?«

»Ich weiß es nicht.« Malin Kleins Antwort klang ehrlich. »Sehen Sie mich an, denen ist alles zuzutrauen.«

»Wo kann Schindler stecken? Haben Sie noch irgendeine andere Idee als das Pearls?«

»Ich kenne einige Orte, an denen sie sich in der Vergangenheit getroffen haben, aber ich befürchte, die werden sich irgendwohin zurückgezogen haben, wo sie nur sehr schwer zu finden sind. Vielleicht sind sie nach Dänemark verschwunden oder in Hamburg untergetaucht.«

»Die Grenzen werden kontrolliert«, sagte Morten nachdenklich. »Sie müssen mir jeden einzelnen Ort nennen, von dem Sie wissen. Aber vorher habe ich noch eine andere Frage.«

»Bitte.« Malin Klein nickte ihm zu.

»Stimmt es, dass Jan Ahrens und Sie sich zuletzt wieder getroffen haben? Dass da wieder mehr zwischen Ihnen lief?«

»Wie bitte?«

»Ist das vielleicht der wahre Grund, weshalb Schindler Jan getötet hat?«

»Wie kommen Sie darauf, dass Jan und ich …?« Sie brach ab und schüttelte energisch den Kopf.

Stella Ahrens. Morten knetete mit Daumen und Mittelfinger seine Stirn. Sie hatte angeblich beobachtet, dass Jan Ahrens und Malin Klein sich geküsst hatten. Malin Kleins Reaktion kam ihm nicht gespielt vor, aber er war sofort auf der Hut. Denn eines war klar: Eine der beiden Frauen log ihn an. Und in seinem Kopf verselbstständigten sich immer schneller die Gedanken darüber, was das zu bedeuten hatte.

Bis ihn im nächsten Moment das Vibrieren seines Handys in der Jackentasche zurück ins Hier und Jetzt holte.

Nudeln mit Tomatensoße

Schon früh in meiner Kindheit gab es diese Momente, in denen ich mich gefragt habe, ob wirklich alles so normal ist, wie unser Vater es uns versuchte vorzumachen. Ich glaube, jeder von uns hat relativ früh gemerkt, dass wir anders sind. Eben nicht normal. Etwas sonderbar, wir waren nun mal die Kinder eines bekannten Politikers.

Ich habe damals mit niemandem darüber gesprochen. Nicht mit meinen Eltern und auch nicht mit meinen Geschwistern.

Auch mein Bruder hat geschwiegen, obwohl ich mir sicher bin, dass er die ganze Sache schon früh durchschaut hatte. Das war wohl auch der Grund, dass er manchmal anders war als ich oder andere in seinem Alter. Das wiederum war für alle in der Familie eine Herausforderung. Er hatte Probleme in der Schule – und mit seinem Sozialverhalten sowieso. Es war zweifellos eine schwierige Zeit.

Elif versuchte, alles auszublenden, was an diesem Morgen geschehen war. Eben erst der Fund von Henning Ahrens' Leiche. Die erfolglose Suche nach Dennis Schindler. Und eine Chefin der Mordkommission, deren Nerven längst blank lagen.

Die Tatsache, dass auch Henning Ahrens erschossen worden war, änderte die Ausgangslage massiv, dennoch war Elif sich sicher, dass die Lösung des Falls vor ihr auf dem Bildschirm flimmerte. Absatz für Absatz kopierte sie Text aus dem eBook »Ingen familie« in das Übersetzungsprogramm. Noch hatte sich der Nebel über dem Geheimnis der Familie Ahrens nicht gelichtet. Aber die Andeutungen, die der Autor des Buches machte, wurden immer konkreter.

Mein Vater war selten zu Hause. Und wenn er zu Hause war, wünschten wir uns, dass er so schnell wie möglich wieder ver-

schwand. Mit uns Kindern redete er selten, meistens nur, um uns zu sagen, wie wenig er von uns hielt. Als ich noch nicht wusste, was mein Vater tatsächlich getan hatte, betrachtete ich sein Verhalten als einigermaßen normal für die damalige Zeit. Väter waren im letzten Jahrtausend noch die Versorger der Familie gewesen, die sich wenig Zeit für ihre Kinder nahmen. Und darüber, was sie in ihren Jobs erlebten, redeten sie zu Hause nicht. Aber um ehrlich zu sein, bei uns tickten die Uhren anders. Manchmal kam es mir vor, als wäre mein Vater mit seinen Ansichten in grauer Vorzeit stehen geblieben.

Überhaupt war in den ersten Jahren, nachdem wir von Kiel nach Lübeck gezogen waren, und wenn ich mich recht erinnere, auch schon vorher, meine Mutter das größere Problem in unserer Familie. Sie war in meinen Erinnerungen eigentlich immer krank. Nicht krank wie andere. Sie hatte keine Erkältung oder andere Infekte. Und schon gar keine Krankheit, die die Organe befiel. Aber als Kind verstand ich das nicht richtig. »Sie hat es wieder an den Nerven«, sagte mein Vater dann lapidar. »Sie braucht ihre Ruhe, ihr müsst die nächsten Tage für euch selbst sorgen.«

Das mussten wir dann auch. Wir kochten uns Nudeln mit Tomatensoße, machten unsere Wäsche selbst und kauften ein, wenn etwas Wichtiges fehlte. Obwohl wir noch zur Grundschule gingen, waren wir teilweise wochenlang auf uns allein gestellt.

Dass meine Mutter unter schweren Depressionen litt und deshalb über einen längeren Zeitraum nicht aus ihrem Bett aufstehen konnte oder manchmal auch für mehrere Tage einfach verschwand, habe ich erst verstanden, als sie schon längst tot war.

Es waren diese einzelnen Passagen, die Elif interessierten. Der Großteil des Buches beschrieb vor allem, wie Henning Ahrens von seiner Leidenschaft, dem Segeln, berichtete. Oder den Vorzügen, in Dänemark zu leben. Im Großen und Ganzen wenig spannender Stoff, wie Elif fand. Bei dem sie sich fragte, wer das Buch freiwillig zu Ende las. Aber vielleicht wurde es ja noch besser.

Mein Bruder wurde im Laufe der Jahre immer seltsamer. Wir hatten nie besonders viel miteinander zu tun gehabt. Aber als er in die Pubertät kam, redete er kaum noch ein Wort mit uns. Er war sehr introvertiert und wirkte oft schüchtern. Im Nachhinein würde ich fast meinen, er hat die depressive Ader unserer Mutter geerbt. Umso erstaunlicher, dass er sich aus diesem inneren Käfig als Erwachsener befreien konnte. In dem Moment, in dem er aus dem Einflussbereich unseres Vaters weit genug heraus war, taute er plötzlich auf. Ich war wirklich stolz auf ihn, und wir verstanden uns auch wieder gut, aber dann ist bei ihm irgendetwas gekippt. Das war vor ziemlich genau acht Jahren.

Elif verglich das Erscheinungsdatum des Buches mit der Eröffnung der ersten Kutterfutter-Filiale. Das passte zeitlich in etwa.

Mit jedem übersetzten Textabschnitt verstand sie die Familie besser, aber noch immer fehlte das entscheidende Detail. Sie hatte gehofft, dass Henning Ahrens ihnen die Erklärung für die Morde liefern würde. Oder zumindest das Motiv. Aber bislang deutete er die Dinge nur an. Wie sich sein Vater verhalten hatte, die psychischen Probleme seiner Mutter, die Veränderungen seines Bruders. Der anfangs banale Streit zwischen ihnen, der dann eskaliert war, bis sie kein Wort mehr miteinander sprachen. Was hatte Jan Ahrens für immer vergessen wollen, warum einen Schlussstrich ziehen und sich von jeder Schuld lossagen wollen?

Sie näherte sich dem letzten Drittel des Buches, und es wunderte sie nicht, weshalb es kein Erfolg in Dänemark gewesen war. Es plätscherte vor sich hin, ohne dass es größere Spannungsmomente oder spektakuläre Ereignisse in der Familie Ahrens gab.

An einigen dänischen Worten, die ihr mittlerweile bekannt vorkamen, sah Elif, dass nun wieder ein Kapitel kam, das mit der Familie zu tun hatte.

Jeder von uns trägt dieses Päckchen mit sich herum. In allen befindet sich derselbe Inhalt. Wir kennen ihn, weshalb wir niemals darüber geredet haben. Der größte Fehler in meinem Leben. Wir hätten etwas dagegen unternehmen müssen. Sie beschützen. Aber wir waren nicht für sie da. Wir haben weggeschaut, als es passierte.

Elif spürte eine Unruhe in sich aufsteigen. Eine Mischung aus Neugier und Ungeduld. Wann kam er denn endlich auf den Punkt? Wen hätten die Geschwister beschützen müssen?

Wir waren vielleicht zu jung, um es zu verstehen. Aber das wäre eine Ausrede, die nicht zählen darf. Wir hatten geglaubt, dieses Mädchen, unsere kleine Schwester, hätte es verdient, bestraft zu werden. Dass sie unseren Vater sehr verärgert hatte und es sein gutes Recht war, sie zu verprügeln. Windelweich zu schlagen, bis sie blutete. Sie vor uns allen zu erniedrigen. Sie zu verstoßen wie eine Aussätzige. Ja, so ist es gewesen.

Die Worte waren von solch furchtbarer Wucht, dass Elif schwer schlucken musste. Es gab also noch jemanden in dieser Familie. Christian Ahrens hatte eine weitere Tochter gehabt.

»Verdammt.« Morten versuchte, sich zu sammeln. »Wie sicher ist das?«

»Ziemlich sicher«, antwortete Ida-Marie, die ihm am Telefon gerade mit ernster Stimme erklärt hatte, dass eine Wasserleiche in Höhe des südlichen Fähranlegers auf dem Priwall gefunden worden war, bei der es sich allem Anschein nach um Henning Ahrens handelte.

»Die Leiche befindet sich in keinem guten Zustand mehr, aber einiges deutet darauf hin, dass er es ist. Sowohl die Kleidung als auch der erste Abgleich mit Fotos, die uns vorliegen. Aber eine abschließende Identifizierung muss natürlich noch vorgenommen werden.«

Sofort glühten in Mortens Kopf die Synapsen. Sie waren tatsächlich die ganze Zeit auf dem Holzweg gewesen. Er war der Einzige, der leise Zweifel gehegt und auch andere Spuren aufgetan hatte. Aber seit Elif gestern Abend auf diesen Roman von Henning Ahrens alias Rasmus Svan gestoßen und beiden klar geworden war, dass es sich um eine Autobiografie und Abrechnung mit seiner Familie handelte, war auch Morten der festen Überzeugung gewesen, dass Henning derjenige war, den sie suchten. Bis zu seinem Besuch im Uniklinikum gerade eben. Seitdem hatte er zwei weitere Namen im Kopf, die ihm keine Ruhe ließen.

Klar war, dass sie alles neu denken mussten. Henning Ahrens war tatsächlich gefunden worden. Allerdings nicht, wie erhofft, lebend. »Auf dem Priwall«, wiederholte er leise.

»Ja, das lässt wohl nur einen Schluss zu«, bestätigte Ida-Marie.

»Die beiden Brüder sind gemeinsam auf dem Boot ums Leben gekommen«, sprach Morten aus, was beide dachten. »Weißt du, ob die Leiche ebenfalls Schusswunden aufweist?«

»Ja, tut sie. Eine am Hinterkopf und eine an der Schulter. Wie ich die Kollegin verstanden habe, dürfte es sich dabei auch um die Todesursache handeln.«

»Alle drei Geschwister sind tot, jemand hat die gesamte Familie ausgelöscht«, sagte Morten und versuchte, sich immer wieder den gestrigen Abend vor Augen zu rufen. Die Übersetzung des Romans hatten Elif und er auf heute Morgen verschoben. Es war kurz vor Mitternacht gewesen, und sie hatten sich ausruhen müssen.

Jetzt fragte sich Morten allerdings, ob das vielleicht ein Fehler gewesen war. Hätten sie die Nacht durchgearbeitet, wüssten sie womöglich längst, was in der Familie vorgefallen war und weshalb auch Henning Ahrens sterben musste. Und eventuell sogar, wer dahintersteckte.

»Ich habe davor gewarnt, uns zu früh auf eine Person als Täter festzulegen«, sagte Ida-Marie.

»Zumindest bis heute Morgen gab es keine andere Idee, an der wir uns hätten hochziehen können«, hielt Morten dagegen. »Ich fand Oles Theorie durchaus nachvollziehbar. Aber ich habe neue Ansätze ins Spiel gebracht, falls du dich erinnerst.«

»Was hat es denn mit diesem Buch von Henning Ahrens auf sich?«, fragte Ida-Marie unbeeindruckt. »Elif hat mir gestern Abend noch geschrieben, dass ihr da auf etwas gestoßen seid.«

»Wir müssen es dringend durch den Übersetzer jagen. Ahrens hat seine Familiengeschichte in Dänemark unter einem Pseudonym veröffentlicht.«

»Er wird wohl kaum aufgeschrieben haben, wer ihm eines Tages eine Kugel in den Kopf feuert«, sagte Ida-Marie kühl.

»Nein, vielleicht müssen wir auch zwischen den Zeilen lesen können«, erklärte Morten. »Der Klappentext deutet darauf hin, dass Henning Ahrens unter seinem Vater gelitten hat. Elif hat jede Menge über die Familie herausgefunden. Die waren untereinander nicht nur zerstritten, das Verhältnis war regelrecht zerrüttet. Du hast den Alten selbst erlebt, er muss ein schlimmer Vater und Ehemann gewesen sein.«

»Allerdings«, sagte Ida-Marie mit gedämpfter Stimme.

»Ich muss gerade an Elifs Worte von gestern denken«, warf Morten ein.

»Was meinst du?«

»Sie erwähnte, dass sie in Christian Ahrens' Augen Angst erkannt hätte. Genau in dem Moment, als Elif und Ole erwähnt haben, dass Henning unser Hauptverdächtiger ist.«

»Denkst du etwa, er ist auch in Gefahr?«

»Ich halte es zumindest für sinnvoll, eine Streife vorbeizuschicken, um nachzusehen, ob alles in Ordnung ist.«

»Okay, ich gebe das gleich weiter. Besser, wir gehen hier auf Nummer sicher.« Sie hielt kurz inne, ehe sie schließlich noch einmal ansetzte. »Wenn er solch ein tyrannischer Vater war, wer sollte es dann auf ihn abgesehen haben?«, fragte sie. »Ich meine, seine Kinder sind tot. Ich wüsste nicht, wer –«

»Lass uns darüber in Ruhe reden«, unterbrach Morten seine Chefin. »Ich bin auf dem Weg ins Präsidium. Dann sollte das ganze Team so schnell wie möglich zusammenkommen.«

»In Ordnung, bis gleich.«

Ida-Marie legte auf und raufte sich ihre gewellten blonden Haare, die sie seit einiger Zeit nur noch schulterlang trug. Sie blieb noch eine Weile sitzen, dann stand sie auf und verließ unter leisem Seufzen das Büro.

Ihre Hoffnung, diesen Fall kurzfristig aufzuklären, verlor sich immer mehr. Stattdessen mussten sie befürchten, dass noch weitere Menschen in Gefahr waren.

Karten auf den Tisch

Mortens Blick fiel durch das Seitenfenster, während er am Bahnübergang auf der Ratzeburger Allee vor den geschlossenen Schranken warten musste. Heute Morgen war es im Gegensatz zu den vergangenen Tagen verhangen, und einige dunkle Wolken zogen über die Stadt.

Wer zum Teufel brachte drei Geschwister um?, sinnierte er und lehnte sich in seinem Sitz zurück. Jetzt, wo Henning Ahrens als Täter ausschied, blieb noch Dennis Schindler, aber es ergab aus seiner Sicht keinen Sinn, dass er auch Caroline Ahrens umgebracht hatte. Und warum hätte er Jan und Henning so vergleichsweise umständlich auf dem Boot in der Pötenitzer Wiek erschießen sollen?

Morten kam ein Gedanke. Der Moment war gekommen, wo er alle Karten auf den Tisch legen musste. Er konnte Ida-Marie nicht länger verschweigen, dass er auf eigene Faust Gespräche geführt hatte. Der Erfolg der Ermittlungen stand über allem. Und den durfte er nicht gefährden, indem er wichtige Informationen zurückhielt. Das hatte ihm Birger gestern Abend auch noch einmal eindringlich zu verstehen gegeben.

Er wählte ihre Nummer. Nach dem dritten Klingeln meldete sie sich.

»Ich muss dir etwas sagen«, sagte Morten zögerlich.

»Wenn jemand so beginnt, ahne ich nur das Schlimmste.«

»Von dieser Sorge kann ich dich leider nicht ganz befreien«, entgegnete er und versuchte, so zurückhaltend und freundlich wie möglich zu klingen. »Ich habe mich gestern und heute mit einigen Menschen unterhalten, die für unsere Ermittlungen nicht ganz unwichtig sind«, wählte er einigermaßen unverdächtige Worte.

»Und dabei warst du allein?«

»Ja, niemand hatte –«

»Ich habe es geahnt«, unterbrach sie ihn direkt.

»Dass ich nicht tatenlos bei den Ermittlungen zusehen kann?«

»Dass ich dir nicht vertrauen sollte«, antwortete sie. »Wenn Solveig das erfährt, bist du fürs Erste suspendiert.«

»Von mir wird sie es nicht erfahren, und dir sollte klar sein, dass du dann ebenfalls Probleme bekommst«, entgegnete Morten trotzig. In die Offensive zu gehen war in dieser Situation ein spontaner Entschluss, aber er trug die Idee bereits seit gestern Abend mit sich herum. Während er ziellos durch Lübeck gefahren war, hatte er sich den Kopf darüber zermartert, wie er Ida-Marie erklären konnte, dass er sich nicht an ihre Ansage gehalten hatte, ohne dass sie ihn fallen ließ. Er hatte sich entschieden, ihr einfach damit zu drohen, selbst mit unterzugehen, wenn sie verriet, was er getan hatte. Nicht die feine englische Art, aber etwas Besseres fiel ihm nicht ein.

»Meinst du das wirklich ernst?«, fragte sie gleichermaßen erstaunt wie schockiert. »Du drohst deiner Vorgesetzten?«

»Ich drohe nicht«, sagte er. »Alles, was ich will, ist, Teil dieser Ermittlungen zu sein. Vom Schreibtisch aus kann ich viel zu wenig ausrichten. Und ich kann selbst einschätzen, ob ich in der Lage bin, Gespräche zu führen, ohne dass mich irgendetwas aus der Fassung bringt oder ich irgendwelche Bilder sehe.«

»Was für Bilder denn?«, griff sie seine Worte auf.

Vollkommen unbedacht hatte er schon wieder viel mehr als nötig gesagt. Morten ärgerte sich und überlegte hastig, wie er sich der Situation entziehen konnte. »Ich habe manchmal Bachmann noch vor mir gesehen, wie er dastand und den Arm um den Hals der Ministerin gelegt hatte. Aber das ist jetzt vorbei, ich bin total fokussiert.«

»Es fällt mir ehrlich gesagt schwer, dir noch irgendein Wort zu glauben«, sagte sie kühl. »Ich weiß nicht, wie wir noch weiter zusammenarbeiten können. Ich spüre kein Vertrauen mehr zu dir.«

»Das wird sich wieder einstellen«, wiegelte Morten ab. »Dafür werde ich alles tun, das verspreche ich.«

»Dass du mir Dinge verschweigst, ist das eine, aber mir zu drohen ist wirklich …« Ida-Marie brach ab und schien schwer zu schlucken, meinte Morten durch die Leitung zu hören.

»Willst du denn gar nicht wissen, mit wem ich gesprochen habe?«, fragte er nach einigen Sekunden des Schweigens.

»Nein, nicht wirklich«, antwortete sie. »Aber ich bin professionell genug, im Gegensatz zu dir, es mir anzuhören, wenn es denn hilft.«

»Alles, was ich getan habe, diente nur unseren Ermittlungen. Meine Gespräche mit Stella Ahrens und Malin Klein waren im Nachhinein wirklich erhellend. Ich habe viel über Jan Ahrens erfahren. Und übrigens, Birger und ich waren gestern Abend für Malin Klein da, nachdem sie von ihrem Freund verprügelt wurde. Ich war heute Morgen bei ihr im Krankenhaus. Kein anderer hat sich um sie gekümmert.«

»Das ist alles schön und gut, aber wir hatten eine klare Vereinbarung. Ich hatte dir untersagt, auf eigene Faust zu ermitteln. Was daran hast du nicht verstanden?«

»Warte, es wird noch schlimmer«, antwortete Morten. »Denn ich habe auch mit dem Sohn von Jan und Stella Ahrens gesprochen.«

»Du hast was?« Ida-Marie klang jetzt regelrecht schockiert. »Ich hoffe für dich, dass wenigstens seine Mutter dabei war«, fügte sie noch an.

»Leider nicht, das hätte sie wohl auch nicht zugelassen. So musste ich ihn in seiner Schule abpassen.« Morten hatte jetzt keine Skrupel mehr, alles zu beichten, was in den letzten zwei Tagen geschehen war.

»Das kann doch jetzt wirklich nicht dein Ernst sein.« Ida-Marie klang nur noch konsterniert.

»Du kannst dir vorstellen, dass ich mich auch alles andere als wohl in meiner Haut gefühlt habe, aber Karl, dieser Junge, hat wirklich einige äußerst interessante Dinge gesagt, die wir so schnell wie möglich mit den anderen Erkenntnissen zusammenbringen müssen.«

»Du hast ein Kind über dessen toten Vater ausgefragt, obwohl ich dir untersagt habe, überhaupt mit jemandem allein zu sprechen?«

»Ich habe Dinge über Jan Ahrens erfahren, die wir bislang nicht wussten«, wiederholte Morten unbeeindruckt. Dabei versuchte er, jede Form von Schuldbewusstsein zu vermeiden. »Es könnte sogar sein, dass Jan Ahrens eine Ahnung hatte, in welcher Gefahr er sich befand. Zumindest hat sein Sohn Andeutungen gemacht, dass er Lübeck nicht erst in einem halben Jahr verlassen und offenbar ein anderer Mensch sein wollte, als er in der Öffentlichkeit war.«

»Und das sagt sein neunjähriger Sohn?«

»Mit seinen Worten natürlich.«

»Trotzdem. Du hast dich nicht daran gehalten, was wir besprochen haben. Ich habe eine klare Ansage gemacht, was ich von dir erwarte, und du hast genau das Gegenteil getan. Das war fahrlässig und rücksichtslos. Und zu allem Überfluss drohst du mir auch noch. Wenn wir nicht gerade in diesen schwierigen Ermittlungen stecken würden und wir auf jeden aus dem Team angewiesen wären, dann …« Sie verzichtete darauf, auszusprechen, was sie dachte.

Morten verstand allerdings, dass er einen Fehler begangen hatte. Ihr die Wahrheit zu sagen war blauäugig gewesen. Wie konnte er so naiv sein zu denken, sie würde Verständnis dafür aufbringen, dass er auf eigene Faust losgezogen war und mit Angehörigen der Opfer gesprochen hatte? Sogar mit einem Kind, was natürlich ohne vorherige Absprache und Begleitung durch die Mutter tatsächlich verantwortungslos von ihm gewesen war.

»Reden wir gleich in meinem Büro weiter«, durchbrach sie seine Gedanken. »Wir müssen auch noch einmal über diese Journalistin von den ›Lübecker Nachrichten‹ sprechen.«

»Paula Hinrichs?«, fragte er überrascht. »Was ist mit ihr?«

»Sie war gestern Nachmittag wieder bei der Pressekonferenz«, antwortete Ida-Marie jetzt deutlich ruhiger. »Sie wusste ziemlich viel über unsere Ermittlungen, zu viel für meinen Geschmack.«

»Glaubst du etwa, jemand steckt ihr …?«

»Nein«, wiegelte sie direkt ab. »Aber sie hat dich beobachtet, als du bei Malin Klein warst. Keine Ahnung, ob sie auch mit ihr gesprochen hat, aber sie meinte, wir sollten doch mal einen Blick auf ihren Freund werfen. Nach dem, was gestern Abend passiert ist, würde ich sagen, dass sie damit nicht gerade falschlag. Wir wissen übrigens immer noch nicht, wo sich dieser Schindler aufhält.«

Morten überlegte, ihr von seinem Gespräch eben im Uniklinikum zu erzählen. Von Malin Kleins Vermutung, Schindler könne in Hamburg oder sogar Dänemark untergetaucht sein. Und davon, dass sie nicht ausschloss, dass er der Täter war.

»Mir gefällt das mit dieser Journalistin nicht«, redete Ida-Marie weiter, während Morten gar nicht mehr richtig hinhörte. Hatte sie nicht eben gesagt, sie wolle das Gespräch in ihrem Büro fortsetzen? »Aber wir müssen das wohl akzeptieren, zumindest solange sie unsere Ermittlungen nicht beeinträchtigt. Ich habe vorhin mit dem Chefredakteur der Zeitung telefoniert. Er schwärmt in höchsten Tönen von ihr und hat um Verständnis gebeten, falls wir mit ihrer forschen Art Probleme haben.«

»Wie nett von ihm.«

»Im Zweifelsfall kann sie uns sogar nützlich sein«, sagte Ida-Marie. »Wir sollten sie vielleicht einbinden, wenn wir das Gefühl haben, sie ist uns einen Schritt voraus.«

»Einbinden?« Morten war überrascht. »Hast du ihm nicht gesagt, er soll sie zurückpfeifen? Wollen wir wirklich hinnehmen, dass eine Lokalreporterin an uns vorbei ermittelt und Befragungen mit Zeugen und Verdächtigen führt?«

»Ehrlich gesagt hat es das schon immer gegeben«, antwortete Ida-Marie. »Wir sollten auf jeden Fall aufpassen, dass sie kein schlechtes Wort über uns verliert. Am besten wirfst du in nächster Zeit ein Auge auf sie.«

Morten schluckte die Worte, die ihm auf der Zunge lagen, herunter. Wollte sie ihn etwa für diese Aufgabe abstellen, nur damit er nicht wieder auf den Gedanken kam, auf eigene Faust in die Ermittlungen einzugreifen?

Einsilbig verabschiedeten sich die beiden voneinander. Aber nicht, ohne dass Ida-Marie noch einmal ein »Das hat mich wirklich enttäuscht« hinterherschob.

Morten knirschte mit den Zähnen, während sich die Bahnschranken vor ihm wieder öffneten. Er war sauer auf Ida-Marie, dass sie offenkundig nicht sah, welchen Wert seine Erkenntnisse für die Ermittlungen besaßen. Dass sie sich daran festbiss, was sie ihm auferlegt und er nicht befolgt hatte. Aber noch viel mehr ärgerte er sich über sich selbst. Er hätte einfach seine Klappe halten und die Informationen, über die er verfügte, so geschickt einsetzen sollen, dass er bestenfalls gemeinsam mit Elif den Täter überführen konnte und niemand von seinen Alleingängen erfuhr.

Wenn da nicht dummerweise diese Journalistin wäre, die ihn gesehen und dann offenbar auch noch während der PK gewissermaßen verpfiffen hatte.

Er näherte sich der Kreuzung an der Wallbrechtbrücke. Um zum Präsidium zu fahren, musste er sich links einordnen. Aber stattdessen rollte er auf der mittleren der drei Spuren einfach im Verkehr mit. Kurz vor der Ampel wechselte er die Fahrbahn. Allerdings zog er nach rechts rüber und bog dann auf die Rampe zur B 75 ab. Was sollte er im Präsidium, wenn er vielleicht einen weiteren Mord verhindern konnte?

Kabelbinder

Obwohl er nicht davon ausging, dass es etwas brachte, klingelte Morten ein drittes Mal.

Ohne Erfolg. Christian Ahrens war nicht zu Hause. Im besten Fall. Im schlechtesten Fall öffnete er die Tür nicht, weil etwas passiert war, das schon gestern durch Mortens Kopf gegeistert war.

War es nicht wahrscheinlich, dass auch das Familienoberhaupt in Gefahr war?

Erst der Klappentext von Henning Ahrens' Roman, der wohl doch eher einer Autobiografie glich, hatte ihn wieder zweifeln lassen. War der ehemalige Wirtschaftssenator womöglich Täter und nicht eines der Opfer in der ganzen Angelegenheit? Klar war jedenfalls, dass er derjenige war, der mehr wusste als jeder andere, der noch am Leben war. Aber bislang hatte er ihnen definitiv nicht alles gesagt, was ihm bekannt war.

Morten sondierte die Umgebung. Von hier vorn konnte er die Wohnung von Ahrens nicht einsehen, die Fenster lagen etwas zu hoch. Einen offiziellen Weg um das Haus herum gab es nicht, nur ein sorgfältig gepflegtes Beet, das von klein gewachsenen Obstbäumen umrandet wurde.

Er vergewisserte sich, dass ihn von der Elsässer Straße aus niemand beobachten konnte, dann schlich er auf Zehenspitzen zwischen Tulpen, Pfingstrosen und Hortensien am Haus entlang zum rückwärtigen Garten. Die riesige Grünfläche, die sich abschüssig zur Wakenitz hin erstreckte, ließ Morten einen Moment lang innehalten. Wenn ich eines Tages irgendwie noch zum großen Geld kommen sollte, wäre ein Grundstück in dieser Lage sicherlich meine erste Wahl, dachte er. Dann würde er mit einem kleinen Ruderboot, das an seinem Privatanleger lag, über die Wakenitz schippern und im Sommer große Gartenpartys schmeißen. Er lächelte bei dem Gedanken daran. Wohl wissend, dass beides niemals eintreten würde und eigentlich auch gar nicht zu ihm passte.

Er betrachtete die Rückseite der großen Villa. Er hatte es richtig in Erinnerung behalten, die Wohnung von Christian Ahrens besaß eine Glastür, durch die man auf einen kleinen Terrassenbereich und dann in den großen Garten gelangte.

Morten zuckte zusammen, als er ganz unten in der Nähe des Wassers eine Person erkannte. Offenbar handelte es sich um den Gärtner des Anwesens, der noch letztes Laub aus dem Winter zusammenharkte.

Morten näherte sich so unauffällig wie möglich der Tür. Sonnenstrahlen brachen auf einmal durch die Wolkenschicht und fielen direkt auf die Scheibe, sodass er für einen Augenblick geblendet war. Als er seinen Blick wieder geschärft hatte, rückte er so nahe an die Tür heran, dass seine Nase das Glas berührte. Sofort fuhr er zusammen.

Mitten in dem Raum, der sich vor ihm auftat und in dem er vorgestern mit Ahrens gesprochen hatte, lag jemand bäuchlings auf dem Boden. Die Hände waren auf dem Rücken zusammengebunden, und über dem Kopf steckte ein dunkler Sack. Auch die Füße waren offenbar miteinander verknotet. Morten versuchte zu erkennen, ob sich die Person bewegte. Noch lebte. Aber sie lag regungslos auf den alten Dielen.

Er fasste an den Knauf der Tür, aber sie war wie befürchtet von innen verschlossen. Es schien ihm auch unmöglich, sie aufzustemmen oder mit dem kleinen Dietrich, den er bei sich trug, etwas auszurichten. Sein Blick fiel auf einen abgegrenzten Bereich auf der anderen Seite des Hauses, in dem mittig ein kleiner Brunnen stand. Drum herum lagen ordentlich angeordnet viele größere Steine und Findlinge. Morten kam eine Idee, und ihm blieb keine andere Wahl, wenn er dem Menschen in der Wohnung helfen wollte. Sofern es nicht längst zu spät dafür war.

Er eilte zu dem Brunnen und schnappte sich einen Stein, der

etwas größer als seine Hand war. Dann ging er zurück, stellte sich eine Körperlänge entfernt vor die Glastür und warf den Naturstein gegen die Scheibe. Augenblicklich zersprang sie, Dutzende kleinere und größere Risse, aber sie zerbrach nicht. Morten hob den Stein wieder auf und warf ihn noch einmal gegen dieselbe Stelle. Die Bruchstelle vergrößerte sich, hielt allerdings noch immer stand.

Also noch ein dritter Versuch. Bislang hatte er sich etwas zurückgehalten, damit mögliche Splitter nicht die Person im Innern des Hauses trafen. Aber wenn es nicht anders möglich war, die Scheibe zu zerstören, musste er es eben mit voller Wucht versuchen.

Es funktionierte. Das Glas zerbarst endgültig und fiel stückweise zu Boden. Er wartete, bis er sicher war, dass sich nichts mehr löste, dann fasste er vorsichtig durch das entstandene Loch an den Messingtürgriff innen und bewegte ihn in die waagerechte Position, bis er die Tür problemlos öffnen konnte. Während er den Raum betrat, knirschten unter seinen Schuhen die Scherben.

In dem Moment wand sich die Person am Boden plötzlich wie ein Aal. Auch das dumpfe Geräusch einer unterdrückten Stimme war zu hören. Er scannte den Körper. Aufgrund der engen Jeans und der Absatzschuhe hatte er keinen Zweifel, dass es sich um eine Frau handelte.

Ohne zu zögern, riss er ihr den Sack vom Kopf und drehte sie auf die Seite. Er hatte keine Vorstellung, wen er erwartet hatte, aber das Gesicht der Frau, die ihn mit einer Mischung aus Panik und Wut ansah, konnte er überhaupt nicht zuordnen. Es vergingen einige Sekunden, bis der Groschen fiel. Wahrscheinlich handelte es sich bei ihr um María Jiménez. Die Frau, die sich um Ahrens kümmerte. Was genau das auch immer hieß.

Behutsam entfernte er das Panzertape, das auf ihrem Mund klebte. Die Frau rang nach Luft, ihre vertrockneten Lippen ließen vermuten, dass sie hier schon eine ganze Weile lag. Trotzdem stieß sie sofort einen lauten Wutschrei aus.

»Machen Sie mir diese Dinger ab!«, rief sie mit starkem spanischem Akzent und nickte in Richtung der Kabelbinder an ihren Füßen und Handgelenken.

Morten richtete sich auf und sah sich um. Während sie auf Spanisch weiterschimpfte, entdeckte er auf einem antiken Sekretär in einer Ecke des Raums einige Büromaterialien. Er griff nach einer Schere, mit der er sich an dem harten Kunststoff der Kabelbinder versuchte. Es war schwerer als gedacht, die Fesseln zu durchtrennen. Als er es schließlich geschafft hatte, sank auch er zu Boden und setzte sich im Schneidersitz vor die Frau.

»Morten Sandt«, sagte er, »Kriminalpolizei. Ich rufe gleich einen Krankenwagen, aber vorher muss ich Ihnen dringend ein paar Fragen stellen. Sind Sie María Jiménez?«

»*Sí.*«

»Was ist hier vorgefallen? Wer hat Ihnen das angetan?«

»Sie hat mich von hinten niedergeschlagen und gefesselt«, antwortete María Jiménez und zeigte mit der rechten Hand auf eine Stelle am Hinterkopf. Mit ihrer sich noch immer überschlagenden Stimme in Verbindung mit dem spanischen Akzent war sie nur schwer zu verstehen. »Ich glaube, sie hat Christian entführt«, schob sie noch hinterher.

»Und wer ist *sie*?«, fragte Morten.

»Keine Ahnung, ich habe sie ja nicht gesehen.«

»Wie können Sie sich dann sicher sein, dass es eine Frau war?«

»Mir war schwarz vor Augen, aber ich habe trotzdem noch ganz leise ihre Stimme gehört«, antwortete sie. »Wahrscheinlich dachte sie, ich wäre nicht mehr bei Bewusstsein, als sie mich gefesselt hat.«

»Diese Stimme haben Sie aber noch nie zuvor gehört?«

»Nein.«

»Haben Sie denn irgendeine Idee, wer die Frau gewesen sein kann?«

»Nein, überhaupt nicht. Aber ich habe gehört, dass sie

Christian gedroht und ihm irgendwelche Vorwürfe gemacht hat, die ich nicht verstanden habe.«

»Wissen Sie, wie lange Sie hier gelegen haben?«

»Ich kam um kurz nach halb neun, wie spät ist es denn jetzt?«

»Fast zehn«, antwortete Morten nachdenklich.

»Wehe, wenn mir diese Frau noch einmal über den Weg läuft, dann garantiere ich für nichts«, schimpfte María Jiménez jetzt wieder.

»Wie ist sie hier überhaupt reingekommen?«, ignorierte Morten ihre wütenden Worte.

»Sie war schon hier, als ich kam. Ich schloss auf und betrat die Wohnung. Plötzlich hörte ich Schritte hinter mir, dann ging alles ganz schnell, und ich habe auf dem Boden gelegen.«

»Vielleicht hat Christian Ahrens die Frau selbst hereingelassen«, sagte Morten mehr zu sich selbst als zu María Jiménez.

»Möglich.«

»Denken Sie, dass sich die beiden kennen?«

»Mit Sicherheit, so wie sie mit ihm geredet hat«, antwortete sie.

»Konnten Sie denn verstehen, worum es dabei ging?«

»Nein, nicht wirklich. Mein Kopf tat so weh, dass ich dachte, er explodiert. Ein paarmal habe ich gehört, dass sie etwas von ›zwanzig Jahren‹ sagte. Und dass er ein Monster sei.«

»Ein Monster?«

»Ja, das waren ihre Worte.«

»Okay.« Morten war auf einmal wie elektrisiert. Er spürte, dass er kurz davorstand herauszufinden, wer diese Frau war. Die Mörderin von drei Menschen. »Würden Sie sagen, dass Sie diejenige sind, die Christian Ahrens im Moment am nächsten steht?«

»Ich denke schon.«

»Dann sollten Sie doch eine Idee haben, wer ihn in seinem eigenen Haus überfällt und anschließend entführt. In den vergangenen achtundvierzig Stunden wurden seine drei Kinder tot aufgefunden. Sie wurden erschossen, jemand scheint es also auf die gesamte Familie Ahrens abgesehen zu haben. Haben Sie keine Vermutung, was dahintersteckt?«

»Christian hat niemals über seine Kinder gesprochen«, antwortete María Jiménez nun mit deutlich gedämpfter Stimme. »Ich weiß nicht viel über seine Vergangenheit, aber ich glaube, es muss da etwas gegeben haben. Einen Grund, weshalb die Familie zerbrochen ist. Seine Ehe, das Verhältnis zu seinen Kindern …« Sie brach ab und schluckte schwer. »Wissen Sie, ich habe Christian noch nie so erlebt wie in den letzten zwei Tagen. Er hat zwar versucht, es sich nicht anmerken zu lassen, aber ich glaube, er leidet sehr unter dem Tod von Jan und Caroline. Da kam alles wieder hoch, was zwischen ihnen vorgefallen ist.«

Morten musste wieder an »Ingen familie« denken, das Buch von Henning Ahrens. Es würde ihnen womöglich alle Hintergründe liefern, eine niedergeschriebene Erklärung für das, was vorgefallen war. Sie brauchten nichts mehr im Nachhinein aufzuklären, weil die Motive und alles, was zu diesen Taten geführt hatte, längst verschriftlicht waren. Sofern Ahrens tatsächlich konkret genug geworden war.

Aber vielleicht musste Morten gar nicht warten, bis das Buch übersetzt war, um die richtigen Rückschlüsse ziehen zu können. Noch einmal ging er im Kopf die Gedanken durch, die ihm vorhin während seines Gesprächs mit Malin Klein im Uniklinikum gekommen waren. Eine der beiden Frauen hatte ihn angelogen. Und je länger er darüber nachdachte, desto sicherer war er sich, dass es Stella Ahrens war. Sie war auf der Hut gewesen und hatte ihn mit Argwohn betrachtet. Von der ersten Sekunde an, in der er ihr gegenüberstand, hatte er dieses Gefühl gehabt.

Treffer

Wir haben sie im Stich gelassen, während sie den Zorn unseres Vaters zu spüren bekam. Vielleicht waren wir manchmal froh darüber, dass wir von Schlägen verschont blieben. Wobei das nur die halbe Wahrheit wäre. Ich weiß, dass auch mein Bruder als ältestes Kind viele Prügel einstecken musste, weil mein Vater niemals zufrieden war. Er hat ihn als Versager beschimpft, als einen Sohn, der nicht seinen Ansprüchen gerecht werde. Der sich schämen solle, weil er so schweigsam sei. Ob er nicht vielleicht in einer Jugendpsychiatrie besser aufgehoben wäre. Aber wie peinlich das für ihn und die Familie wäre, das sei unvorstellbar. Überhaupt gäbe es für das alles nur eine Verantwortliche, und das sei unsere kranke Mutter, habe ich ihn beinahe täglich brüllen hören.

Elif versuchte, die Schilderungen nicht an sich heranzulassen. Sie lasen sich wie der reinste Horror. Christian Ahrens war nicht nur ein Patriarch wie aus längst vergangenen Zeiten gewesen. Er hatte seine Familie systematisch sowohl psychisch als auch physisch schikaniert.

Als unsere Mutter uns verließ und meine kleine Schwester mitnahm, wurde es etwas besser. Die Wut meines Vaters ließ nach, was aber auch daran lag, dass wir anderen älter wurden.

Das Buch änderte jetzt wieder seinen Tonfall. Ahrens schrieb vom Segeln und von seinem Alltag in Kopenhagen, wo er sich mit Gelegenheitsjobs über Wasser gehalten und sich künstlerisch in verschiedenster Weise ausprobiert hatte. Elif interessierte dagegen nur noch, um wen es sich bei seiner kleinen Schwester handelte. War sie die Täterin? Hatte sie sich also an ihnen allen gerächt?

Es dauerte bis zum letzten Kapitel, ehe Ahrens noch ein letztes Mal auf sehr Persönliches zurückkam.

Unsere Familie ist keine Familie. Wir sind zerbrochen daran, was unser Vater uns angetan hat. Unsere Mutter ist vor zwei Jahren gestorben, kurz zuvor hatte ich sie besucht. Seit der Scheidung lebte sie in einem abgeschieden gelegenen Haus kurz hinter der ehemaligen Grenze. Wir hatten uns mehr als fünf Jahre nicht gesehen. Ich ahnte, dass sie nicht mehr lange zu leben hatte. Im Nachhinein weiß ich nicht, was ich mir davon versprochen hatte, aber unser Treffen verlief ziemlich ernüchternd. Wir hatten uns nicht viel zu sagen, was vor allem an ihrem psychischen Zustand unter einer einsetzenden Demenz lag. Ich hätte sie gerne in anderer Erinnerung behalten.

Zu meinen Geschwistern habe ich heute keinen Kontakt mehr. Mein Bruder ist nicht mehr der Mensch, der er einmal war. Er hat sich verändert, als habe er beschlossen, mit aller Macht dagegen anzukämpfen, ein zurückgezogenes Leben voller Depressionen wie seine Mutter zu führen. Leider hat er dabei nicht gemerkt, wie viele Leute er vor den Kopf stößt. Nicht einmal seine Frau ist bei ihm geblieben. Manchmal denke ich, es steckt mehr von unserem Vater in ihm, als er sich einzugestehen vermag.

Ich fühle mich schuldig, wenn ich auf die Scherben blicke, die unsere Familie hinterlassen hat. Wie konnten wir zulassen, dass unser Vater das Leben meiner kleinen Schwester zerstört? Auch wenn wir selbst seine Opfer waren, hätten wir es damals verhindern müssen.

Meine kleine Schwester. Meine Halbschwester.

Sie war nicht die Tochter meines Vaters. Das wussten wir damals nicht, auch wenn wir es vielleicht geahnt hatten. Ich habe es erst erfahren, als ich nahezu erwachsen war. Er hat sie bestraft, ihr Leben in eine Hölle verwandelt, weil meine Mutter ihn betrogen hatte. Unsere Familie lag in Trümmern.

Für mich wird es kein Zurück geben. Ich habe längst abge-

schlossen mit meiner Familie, die niemals eine gewesen ist. Ich schäme mich dafür, ihren Namen zu tragen.

Meine kleine Schwester. Ich habe erfahren, dass es ihr gut geht. Sie ist Journalistin und lebt in Hamburg. Sie ist die Einzige in dieser Familie, die es verdient hat, glücklich zu sein. Ich hoffe sehr, dass sie den Schmerz aus ihrer Kindheit verdrängen konnte.

Elif lehnte sich zurück und atmete tief durch. Es waren noch ein paar Seiten bis zum Ende des Buchs, aber anhand der folgenden Sätze erkannte sie, dass Ahrens es mit einer weiteren Segelanekdote abgeschlossen hatte.

Ein seltsames Werk aus Belanglosigkeiten und der autobiografischen Abhandlung über eine grausame Familiengeschichte.

Wer war diese jüngere Schwester? Halbschwester, korrigierte Elif sich gedanklich.

Es gehe ihr gut, und sie arbeite als Journalistin, hatte Henning Ahrens geschrieben. Dennoch deutete alles darauf hin, dass sie ihre Geschwister getötet hatte.

Es konnte doch nicht so schwierig sein, ihren Namen herauszufinden. Als Ilka Ahrens die Familie verließ, hatte sie ihre jüngste Tochter mitgenommen. Laut ihrem Sohn in ein abgeschieden gelegenes Haus kurz hinter der ehemaligen Grenze.

In Elifs Kopf ratterte es jetzt. Wenn es ein Dorf in direkter Nähe zu Lübeck war, kamen nicht viele in Frage. Selmsdorf, Herrnburg und Palingen waren die westlichsten Dörfer Mecklenburg-Vorpommerns.

Hastig gab sie den Namen Ilka Ahrens in Verbindung mit den Dörfern in die Suchmaschine ihres Browsers ein.

Kein Treffer.

Sie versuchte es mit verschiedenen Wortkombinationen. Aber offenbar hatte Ilka Ahrens keine Spuren im Internet hinterlassen. Nicht verwunderlich, sie musste dort bestimmt mehr als zwanzig Jahre zurückgezogen gelebt haben und war mit Mitte siebzig gestorben, wenn Elif sich nicht verrechnet hatte.

Frustriert stand sie auf. Mussten sie etwa jedes einzelne abgelegene Haus in diesen Ortschaften überprüfen? Das würde Stunden, wenn nicht Tage dauern. So viel Zeit bliebe ihnen nicht.

Eine Idee hatte sie noch. Sie setzte sich wieder und tippte in die Suchmaschine die Begriffe »Frau«, »gestorben«, »ehemaliger Wirtschaftssenator« und »Lübeck« ein. Ilka hatte sich von Christian Ahrens scheiden lassen, vielleicht hatte sie dessen Nachnamen gar nicht mehr getragen und ihren Mädchennamen angenommen.

Wieder nichts.

Noch einmal anders. »Todesanzeige«, »Ilka«, »Herrnburg«.

Nichts.

»Todesanzeige«, »Ilka«, »Palingen«.

Treffer.

Elif spürte sofort das Adrenalin in ihrem Körper, während sie den kurzen Trauertext überflog: »Ilka Hinrichs, verstorben im Alter von vierundsiebzig Jahren. In Trauer, deine Tochter Paula. Palingen, März 2019.«

Sie hatten also einen Namen. Paula Hinrichs.

Auch wenn Elif keine Ahnung hatte, ob sie damit richtiglag.

Im Schatten der Tannen

Als Elif am Telefon den Namen der Frau genannt hatte, waren vor Mortens Augen die vergangenen achtundvierzig Stunden wie ein Film im Zeitraffer vorbeigelaufen. Vor allem die Frage, ob er es hätte ahnen können, beschäftigte ihn. Aber immer wieder verwarf er den Gedanken. Nur weil sie in diesem Fall recherchiert hatte und ihnen ein paarmal einen Schritt voraus gewesen war, hätte er sie nicht verdächtigen können, hinter den Morden zu stecken.

Es gab also noch jemanden in dieser Familie, von dem sie nichts gewusst hatten. Von dem niemand außer der Familie selbst etwas gewusst hatte. Ilka Ahrens hatte vor fast sechsunddreißig Jahren noch ein weiteres Kind zur Welt gebracht. Eine Tochter, deren Vater jedoch nicht Christian Ahrens war. Wer ihr Erzeuger war, spielte in diesem Moment keine Rolle. Obwohl nicht auszuschließen war, dass sich Paula Hinrichs womöglich auch an ihm rächen würde.

Mit deutlich überhöhter Geschwindigkeit steuerte Morten seinen Peugeot jetzt auf der Brandenbaumer Landstraße stadtauswärts. Er war eigentlich auf dem Weg zu Stella Ahrens gewesen, weil er sich sicher war, dass sie María Jiménez niedergeschlagen und ihren ehemaligen Schwiegervater entführt hatte. Es hatte zwar noch keinen Sinn ergeben, aber sie musste ihn angelogen haben, als sie von dem Kuss zwischen Jan und Malin Klein erzählt hatte. Malin hatte das vehement dementiert, ihre Worte hatten glaubhaft geklungen.

Vielleicht war alles nur ein Missverständnis gewesen, oder Stella Ahrens hatte Malin Klein in Schwierigkeiten bringen wollen, weil sie insgeheim doch ein größeres Problem damit hatte, dass ihr Ex-Mann mit ihr zusammen gewesen war.

Elif hatte das ganze Rätsel um die Familie Ahrens mehr oder weniger im Alleingang gelöst. Es war nur ein kleiner Hinweis in dem Buch gewesen, das sie seit den frühen Morgenstunden hatte übersetzen lassen. Henning Ahrens hatte seine Mutter vor einigen Jahren, kurz bevor sie gestorben war, noch einmal besucht. Sie hatte sich nach der Trennung von Christian Ahrens zurückgezogen und in einem Haus nahe der Palinger Heide gelebt. Auf diese Weise war es Elif gelungen herauszufinden, wie ihre Tochter hieß.

Paula Hinrichs.

Die Halbschwester der drei anderen Kinder von Ilka Ahrens oder genauer: Ilka Hinrichs. Paula war also die Frau, die sie suchten. Diejenige, die nun auch Christian Ahrens entführt hatte. Die Journalistin, die ihnen bei den Pressekonferenzen auf den Zahn gefühlt hatte und über mehr Wissen verfügte, als ihnen lieb gewesen war.

Wer in diesem Haus in Palingen wohnte oder ob es womöglich leer stand, wussten sie nicht, aber der eingetragene Name der Besitzerin im Grundbuch hatte keinen Zweifel mehr zugelassen. Nach dem Tod von Ilka Hinrichs war es in das Eigentum ihrer Tochter übergegangen.

Morten und Elif waren sich sofort einig gewesen, dass sie sich auf dieses Haus konzentrieren mussten. Es schien ihnen sehr wahrscheinlich, dass Paula Hinrichs Christian Ahrens dorthin gebracht hatte. An den Ort, an den ihre Mutter damals gemeinsam mit ihr geflohen war, nachdem sie die seelischen und körperlichen Grausamkeiten ihres Mannes nicht mehr ertragen hatte.

Sie hatten vereinbart, dass Elif Ida-Marie Bescheid geben sollte, um das ganz große Aufgebot anzufordern. Vorsichtshalber sollten sie auch einige Einsatzkräfte in die Glockengießerstraße in Lübecks Altstadt schicken, denn hier wohnte Paula Hinrichs offenbar, wie Elif herausgefunden hatte.

Morten würde auf jeden Fall auf die anderen und das MEK warten, hatte er zugesichert. Inzwischen hatte seine Chefin allerdings bereits zweimal versucht, ihn auf dem Handy zu erreichen. Er war nicht rangegangen, auf ihre mantraartigen

Wiederholungen, er solle keine Alleingänge machen, konnte er in dieser Situation gut verzichten. Er würde tun, was nötig war, wenn er das Gefühl hatte, dass das Leben des ehemaligen Wirtschaftssenators der Hansestadt akut in Gefahr war. Wäre die Situation allerdings stabil, würde er selbstverständlich auf die Verstärkung warten.

Die Sonne hatte mittlerweile die Wolken vollständig verdrängt und stand hoch am Himmel, als er hinter Herrnburg in eine kleine Straße abbog. Nachdem er anfangs links und rechts noch an Häusern vorbeifuhr, folgten irgendwann zu beiden Seiten nur noch Felder und angrenzender Wald. Hinter ein paar Bäumen, deren Laub noch nicht allzu dicht war, zeichnete sich nach einigen hundert Metern links von ihm ein Haus ab.

Morten stellte seinen Wagen in einer kleinen Ausbuchtung rechts von der Straße ab und schaltete den Motor aus. Er überlegte, Elif oder Ida-Marie anzurufen, um zu fragen, wie lange es noch dauern würde, bis die Verstärkung eintraf. Aber er verwarf den Gedanken schnell wieder. Sie waren mit Sicherheit schon auf dem Weg.

Er stieg aus und folgte der schmalen Straße, die aus dem Ort herausführte, bis zu dem Haus, das aus der Nähe betrachtet einen heruntergekommenen Eindruck machte. Ein einfaches Einfamilienhaus, vermutlich noch aus der Vorwendezeit, von dem an vielen Stellen der Putz abbröckelte. Hier hatte die ehemalige Frau des Wirtschaftssenators also nach der Trennung gelebt. Einige Jahre davon gemeinsam mit ihrer Tochter.

Auf der geschotterten Einfahrt stand ein weißer Kleinwagen. Er sah neu aus und strahlte förmlich vor der grauen Hausfassade und dem verwitterten Holz des angrenzenden Schuppens. Neben der Haustür standen zwei runde Blumenkübel, aus denen Unkraut wuchs. Hinter verschmutzten Fenstern erkannte Morten altmodische Gardinen und Osterdekoration. Er war sich sicher, dass in diesem Haus seit dem Tod von Ilka Hinrichs niemand mehr lebte.

Unschlüssig, wie er einen besseren Blick ins Innere werfen konnte, trat er einige Schritte zurück bis zur Straße. Rechts wurde das Grundstück von einer Reihe Tannen begrenzt, an die sich ein Feld anschloss. Es konnte nicht schaden, die Möglichkeiten auszuloten, sich dem Haus von der Rückseite zu nähern. So würde er den Einsatzkräften mit einer Lagebeschreibung behilflich sein können.

Im Schatten der Tannen lief er geduckt über den sandigen Boden, bis er den hinteren Bereich des Hauses einsehen konnte. Ein weitläufiger Garten mit mehreren Obstbäumen. Die Rasenfläche sah verwildert aus und erinnerte mehr an eine Blumenwiese. Auf einem kleinen Terrassenbereich stand eine alte Hollywoodschaukel. Ein Stapel Brennholz war offenbar umgefallen und verteilte sich auf den Waschbetonplatten.

Viel wichtiger war allerdings etwas anderes. In der Mitte des Gartens, unter den großen Ästen eines alten Apfelbaums, standen zwei einfache weiße Plastikstühle. Auf ihnen saßen Paula Hinrichs und ihr gegenüber Christian Ahrens.

Die Situation war absurd. Morten hatte keinen Zweifel daran, dass sie den Mann töten wollte, aber alles wirkte in diesem Moment komplett friedlich. Die Blumenwiese und der blühende Apfelbaum. Bienen summten, Vögel zwitscherten.

Er schätzte die Distanz von hier, wo er hinter einer Tanne hockte, bis zu den beiden auf mindestens fünfundzwanzig Meter. Er konnte nicht erkennen, was zwischen ihnen vorging. Ob und was sie redeten. Rechts vor ihm auf der Wiese befand sich allerdings ein weiterer großer Obstbaum. Wenn er es schaffte, unbemerkt vorzulaufen und sich hinter ihm zu verstecken, würde er vielleicht hören können, worüber sie sprachen.

Morten schlich noch ein paar Meter weiter, bis er einigermaßen sicher war, dass sie ihn nicht sehen konnten, dann schlüpfte er zwischen zwei Tannen hindurch und rannte in gebückter Haltung über die Wiese. Als er den dicken Stamm des Birnbaums erreicht hatte, machte er sich so dünn wie möglich und hoffte, dass sein Körper komplett verdeckt war. Sie hatten ihn nicht bemerkt, war er sich sicher.

Vorsichtig lugte Morten links am Baum vorbei auf die beiden. Maximal zehn Meter betrug nun die Entfernung. Näher würde er nicht herankommen. Er beobachtete, wie Paula Hinrichs plötzlich einen Umschlag aus der Innentasche ihrer Jacke hervorzog und ihn öffnete. Fast bedächtig holte sie mehrere Zettel heraus und faltete sie auseinander. Es schien sich um einen Brief zu handeln.

Sie sah auf und blickte Christian Ahrens einige Sekunden lang tief in die Augen, bevor sie ihren Blick wieder senkte. Offenbar, um aus dem Brief vorzulesen.

Morten spitzte die Ohren, um ihre Worte zu verstehen. Eigentlich hätte er jetzt längst eingreifen müssen. Aber die Ansage von Ida-Marie war unmissverständlich gewesen. Keine Alleingänge. In diesem Fall fiel es ihm nicht einmal schwer. Denn er wollte die ganze Geschichte von Paula Hinrichs aus ihrem Mund hören. Das, was womöglich in diesem Brief stand.

Die Gefahr, dass sie Ahrens in den nächsten Minuten erschießen würde, erschien ihm zumindest nicht allzu groß. Aber selbstverständlich musste er auf der Hut sein, um gegebenenfalls doch einzugreifen.

Im nächsten Moment erhob Paula Hinrichs ihre Stimme.

»Mein Engel,
es gibt kein einziges Wort in irgendeiner Sprache, das zum Ausdruck bringen könnte, wie traurig ich bin und wie sehr es mir leidtut, was dir auf dieser Welt widerfahren ist. Für mich am schlimmsten war immer die Erkenntnis, dass ich es nicht verhindern konnte. Ich habe dir nicht geholfen, wenn dieses Monster dich erniedrigt hat. Oder all diese schlimmen Dinge getan hat. Du weißt, wie schlecht es mir damals ging. Dass ich psychisch am Ende war. Ich war einfach zu schwach, um mich zu wehren, um dir zu helfen. Aber das ist natürlich keine Ausrede, ich hätte für dich da sein müssen.

Auch wenn es bitter klingt, ich habe immer gesehen, wie sehr du gelitten hast. Nicht nur damals, auch später, als wir weggezogen sind und uns nicht mehr viel leisten konnten. Obwohl es sich wie eine Befreiung anfühlte, waren die ersten Jahre für mich sehr schlimm. Ich habe oft darüber nachgedacht, ob dieses Leben noch einen Sinn ergibt. Nur deinetwegen habe ich diese Phase überlebt. Auch wenn mir natürlich klar ist, dass ich das Geschehene nicht wiedergutmachen konnte.

Ich würde dir gerne schreiben, dass du ein unbeschwertes Leben führen sollst. Dass du die Vergangenheit über Bord wirfst und nie wieder daran zurückdenkst, was passiert ist. Aber ich befürchte, das wird nicht gelingen. Es gibt keinen Schalter, den man umlegen kann, wenn die Menschen, die für dein Leid verantwortlich waren, noch am Leben sind.

Dieses Monster gehört getötet. Ich hätte es tun sollen. Und glaub mir, es gab die Situationen, in denen ich das große Küchenmesser schon in der Hand hatte. Ich war zu feige.

Du bist aber stärker als ich, das weiß ich. Du kannst es schaffen. Und du musst es schaffen, um dich selbst zu befreien. Meine Tage sind gezählt, du hast dein Leben noch vor dir. Allerdings wirst du nur frei sein, wenn du tust, was nötig ist. Du musst das Böse vernichten.«

Paula Hinrichs räusperte sich leise und hob ihren Kopf. Sie hatte mit starker Stimme gesprochen, aber ihr war anzusehen, wie schwer es ihr gefallen war, die Worte im Angesicht dieses Mannes, der sie, wie Elif berichtet hatte, über Jahre psychisch und körperlich gequält hatte, auszusprechen.

Sie faltete den Brief wieder zusammen und steckte ihn zurück in ihre Jackentasche.

»Worauf wartest du noch?«, fragte Ahrens nach einigen Sekunden der Stille. Seine Stimme klang trotzig.

»Du hast mich nicht einmal erkannt, als ich heute Morgen vor dir stand«, sagte sie und schüttelte den Kopf. »Hattest du mich etwa vergessen? Nach allem, was du mir angetan hast?«

»Wie könnte ich dich und deine jämmerliche Mutter jemals vergessen!«

»Wusstest du von Anfang an, dass ich nicht deine Tochter bin?«

»Von dem Moment, als sie sagte, sie sei schwanger. Ich hätte sie zum Abbruch drängen sollen, aber es war bereits zu spät. Vielleicht hätte ich ihr einen kleinen Tritt geben sollen, damit sie die Treppe hinunterfällt, aber ich wollte mir wegen dieser Frau nicht die Hände dreckig machen.«

»An mir konntest du das«, sagte Paula Hinrichs mit zusammengepressten Lippen. »Das hat niemanden interessiert. Nicht mal meine Geschwister, die dabei zugesehen haben.«

»Es sind nicht deine Geschwister.« Ahrens klang erbarmungslos, nicht den Hauch von Reue zeigend.

»Waren«, korrigierte Paula Hinrichs. »Sie waren nicht meine Geschwister. Ich habe das getan, was meine Mutter mir mit auf den Weg gegeben hat. Das Böse vernichten. Sie waren böse, weil sie nichts getan haben, um mich vor dem Monster zu schützen.«

»Lächerlich. Du bist so irre im Kopf wie deine Mutter.«

»Ja, vielleicht hast du recht, und ich habe ihre Krankheit geerbt. Aber die Skrupellosigkeit, den unbedingten Willen, andere Menschen zu bestrafen, das habe ich offenbar von dir gelernt.«

»Du hast gar nichts von mir«, reagierte Ahrens weiterhin stoisch. »Deine Mutter hat sich von irgendeinem dahergelaufenen Wahnsinnigen in der Klapsmühle vögeln lassen. Kein Wunder, dass dabei eine Psychopathin herauskommt.«

Morten spürte, dass es in Paula Hinrichs brodelte. Auch er selbst musste das immer stärker aufkommende Gefühl von Wut unterdrücken.

»Wie hast du dich gefühlt, wenn du mich verprügelt hast, bis ich geblutet habe?«

Zum ersten Mal antwortete Christian Ahrens nicht. Stattdessen wandte er sein Gesicht von ihr ab und sah plötzlich direkt in Mortens Richtung. Hastig zog der seinen Kopf zurück.

»Ich weiß, dass es dich erregt hat, wenn du mich erniedrigt hast.«

Wieder keine Reaktion von ihm.

»Ich war ein Kind«, sagte Paula Hinrichs mit einer Mischung aus Entrüstung und Fassungslosigkeit. »Und du warst der Wirtschaftssenator. Der erfahrene Politiker mit der Vorzeigefamilie. Niemand wusste, dass du ein Sadist bist. Der seine sexuelle Befriedigung darin sucht, ein Kind zu quälen.«

Ahrens schwieg weiter.

»Ich war entschlossen, dich zu töten«, sagte sie und klang jetzt wieder ruhiger. Morten wagte es, erneut einen Blick auf die beiden zu werfen. »Das Böse zu vernichten, um frei zu sein. Aber vielleicht ist es besser, dich am Leben zu lassen. Du müsstest die Schuld auf dich nehmen, dass –«

»Erschieß mich endlich!«, brach es auf einmal aus ihm hervor. »Los!«

»Nein, den Gefallen tue ich dir ganz bestimmt nicht.«

»Dann mache ich es eben selbst.« Plötzlich stand Ahrens auf und griff nach ihrem linken Arm. Paula Hinrichs schien völlig überrumpelt zu sein. Trotz seines Alters und des steifen rechten Beins, an das sich Morten erinnerte, gelang es Ahrens, sie festzuhalten und mit der freien Hand zwischen ihre Oberschenkel zu greifen. Einen Augenblick später erkannte Morten den Grund dafür.

Die Pistole. Sie hatte sie zwischen ihren Beinen versteckt gehalten.

Ahrens ließ von Paula Hinrichs ab und trat einige wackelige Schritte zurück, während er die Waffe fest in der Hand hielt.

Die Situation eskalierte. Anders, als Morten erwartet hatte. Sollte er etwa dabei zusehen, wie sich Ahrens das Leben nahm? Es war nicht so, dass Morten sich keine Gerechtigkeit wünschte. Aber der Tod war keine gerechte Strafe.

Ohne noch länger darüber nachzudenken, zückte er seine Dienstpistole und trat hinter dem Baum hervor. »Waffe fallen lassen, sofort!«, rief er laut.

Als Paula Hinrichs und Christian Ahrens ihn sahen, erstarrten sie für einen kurzen Augenblick. Aber es war Ahrens, der als Erster reagierte. Er hob seine rechte Hand, in der er die Pistole hielt. Doch anstatt sie auf sich selbst zu richten, zielte er auf Paula Hinrichs.

»Lassen Sie das!« Morten spürte selbst die Panik in seiner Stimme. Etwas in ihm war vor einigen Sekunden in Gang gesetzt worden. Etwas, vor dem er sich fürchtete, gegen das er sich aber nicht wehren konnte.

Ahrens' Finger war jetzt am Abzug. Paula Hinrichs stand regungslos vor ihm. Kaum mehr als eine Körperlänge entfernt. Sie schien keine Angst zu haben. Im Gegenteil, Morten meinte sogar, ein schwaches Lächeln auf ihren Lippen zu sehen. Vielleicht wäre sie froh, wenn alles vorbei wäre.

Ahrens würde abdrücken, so viel war sicher. Aber egal was sie getan hatte, Paula war es nicht, die sterben würde. Morten durfte das nicht zulassen.

»Zum letzten Mal, nehmen Sie die Waffe runter!«

Es war, als hörte Ahrens ihn nicht. Jeden Moment würde er schießen.

Morten blieb keine Wahl. Jetzt zielte auch er. Die Bilder kamen augenblicklich zurück. Die Kugel, wie sie in Zeitlupe durch die Luft flog und schließlich auf der Stirn einschlug. So präzise wie von einem Scharfschützen.

Diesmal war es jedoch keine Einbildung. Morten hatte längst abgedrückt. Ein Volltreffer mitten auf die Schläfe.

Jenseits der Vorstellungskraft

»Wir haben den Arzt ausfindig gemacht, der die Hymenrekonstruktion bei Caroline Ahrens vorgenommen hat«, sagte Ole. Er hatte Ida-Marie auf dem Flur abgepasst, als sie gerade von der Pressekonferenz zurückgekommen war. Schon die zweite an Tag drei, nachdem sie den Fall aufgeklärt hatten. Sie sah abgekämpft aus, was nicht weiter verwunderlich war. Alle im Team hatten auch nach dem tödlichen Schuss auf Christian Ahrens noch bis an die Belastungsgrenze arbeiten müssen.

»Er ist längst im Ruhestand, war aber redselig und konnte sich noch an die Patientin erinnern. Caroline Ahrens hat ihren Wunsch, sich das Hymen wiederherstellen zu lassen, damit begründet, keinerlei Verlangen nach einem Partner zu haben, also gewissermaßen asexuell zu sein. Letzteres war wahrscheinlich eine Folge der Hysterektomie, die sie schon als junge Erwachsene vornehmen ließ.«

»Hysterektomie?« Ida-Marie sah ihn fragend an.

»Sie hat sich die Gebärmutter entfernen lassen, offenbar weil es Komplikationen während einer ungewollten Schwangerschaft gegeben hatte. Das Kind kam im achten Monat tot zur Welt.«

»Wissen wir, wer der Vater war?«

»Nein, dazu konnte der Arzt nichts sagen. Aber Caroline Ahrens erwähnte als Grund wohl auch schlimme Erfahrungen aus ihrer Kindheit, auf die sie nicht näher eingehen wollte. Sie hat allerdings betont, nicht Opfer sexuellen Missbrauchs geworden zu sein.«

»Passt zu den Schilderungen aus dem Buch von Henning Ahrens«, nickte Ida-Marie. »Dann können wir wohl zumindest ausschließen, dass Christian Ahrens sich auch noch sexuell an seinen Kindern oder Paula Hinrichs vergangen hat.«

»Wobei Paula Hinrichs ausgesagt hat, dass es ihn erregt habe, wenn er sie erniedrigte«, gab Ole zu bedenken.

Ida-Marie schüttelte den Kopf. Was sie über die Familie und vor allem über Christian Ahrens herausgefunden hatten, überstieg sämtliche Vorstellungskraft. »Habt ihr noch etwas über Jan Ahrens' Pläne in Erfahrung bringen können?«, wechselte sie das Thema. »Wollte er nun wirklich die Zelte abbrechen und in Neuseeland ein neues Leben führen?«

»Davon ist auszugehen. Wir können es zwar nur vermuten, aber es scheint, als habe er komplett aussteigen wollen. Vielleicht gelingt es uns, noch mehr aus Dennis Schindler herauszubekommen. Bislang schweigt er allerdings.«

Ole dachte an den gestrigen Tag, als sie gemeinsam mit Kollegen der Polizei aus Hamburg Schindler und zwei weitere Komplizen in einer Wohnung im Stadtteil Billstedt festgenommen hatten. Er würde wegen schwerer Körperverletzung angeklagt werden, darüber hinaus mussten sie prüfen, ob er tatsächlich zu einem Hells-Angels-Chapter gehörte. Aber das war eine andere Baustelle, um die sie sich kümmern würden, wenn der Fall Ahrens vollständig abgeschlossen war.

»Dann scheint es, als hätten wir alle offenen Fragen geklärt, oder?«

»Zumindest, was die Aufklärung der Morde angeht«, antwortete Ole. »Trotzdem will mir vieles noch nicht in den Kopf.«

»Ich kann dich trösten«, sagte Ida-Marie. »So geht es mir im Grunde nach jeder größeren Ermittlung.«

»Hast du eigentlich noch etwas von Morten gehört?« Ole hatte seinen Kollegen zuletzt unter einem Apfelbaum sitzend gesehen, kurz nachdem sie Paula Hinrichs festgenommen hatten. Er hatte ihnen nüchtern erklärt, dass er entscheiden musste, ob Ahrens oder sie überleben würde, und er sich schließlich dafür entschieden hatte, den eigentlichen Täter in dieser tragischen Familienangelegenheit zu erschießen. Seitdem war er krankgeschrieben, obwohl er dieses Mal nicht so gewirkt hatte, als werfe ihn der tödliche Schuss völlig aus der Bahn.

»Ich habe gestern kurz mit ihm gesprochen«, antwortete Ida-Marie. »Er rief mich an, weil Malin Klein sich bei ihm gemeldet hat. Als sie hörte, dass wir Schindler und Komplizen in Gewahrsam genommen haben, wollte sie noch eine Sache klarstellen. Sie hatte Morten gegenüber dementiert, wieder mit Jan zusammen zu sein, weil sie Angst hatte, Schindler könne davon erfahren. Aber offenbar war dies doch der Fall. Vor einigen Wochen hatte Jan sie kontaktiert, alles ging wohl ziemlich schnell. Malin Klein war allerdings vom ersten Moment an auf der Hut, weil sie glaubte, mit Ahrens stimme irgendetwas nicht. Im Nachhinein ist ihr klar geworden, dass es an seinem Plan lag, Lübeck zu verlassen. Er wollte diese letzte Zeit mit ihr verbringen. Die Erkenntnis muss sie ziemlich erschüttert haben.«

»Wahrscheinlich wäre es nur noch eine Frage von Tagen gewesen, bis Ahrens abgetaucht wäre«, sagte Ole nachdenklich. »Er hat versucht, noch einige Dinge in seinem Leben zu klären, indem er Zeit mit den ihm wichtigsten Menschen verbracht hat. Auch wenn wir den Grund für seinen Entschluss wohl niemals ganz in Erfahrung bringen werden.« Ole setzte noch einmal an: »Hat Morten denn sonst noch etwas durchklingen lassen? Ich meine, wie er mit der Sache klarkommt?«

Ida-Marie atmete tief durch. »Er sagt, es gehe ihm gut, aber da wäre ich mir nicht so sicher. Die nächsten Wochen werden schwierig für ihn. Solveig und ich stehen massiv unter Druck. Wie sollen wir erklären, dass Morten zum zweiten Mal jemanden im Rahmen einer Ermittlung erschießt? In diesem Fall noch dazu nicht einmal die Täterin.«

»Wir dürfen an dieser Stelle aber auch nicht zulassen, dass es zu einer Täter-Opfer-Umkehr kommt«, erwiderte Ole.

»Wie auch immer, Morten wird große Probleme bekommen. Keine Ahnung, ob er zukünftig noch unserem Team angehören wird. Vielleicht wird er versetzt oder sogar beurlaubt.«

»Ich würde es gut finden, wenn du dich für ihn einsetzt. Er hat nichts Falsches getan. Wir waren nicht in seiner Situation.«

»Keine Sorge, das mache ich bereits. Wenn es nach unserer Polizeipräsidentin ginge, wäre Morten schon seit letztem Herbst nicht mehr Teil der Mordkommission.«

»Wir brauchen ihn.«

»Ich weiß.«

Ole schwieg eine Weile. Er hoffte, dass sie es wirklich wusste und dafür sorgte, dass Morten an Bord bliebe. So verschieden sie waren, er mochte ihn inzwischen und verstand immer mehr, wie wichtig er für ihre Ermittlungen war. Es war fast so, als wäre Morten in die großen Fußstapfen von Oles eigenem Vater getreten.

Nachdem Ida-Marie sich schon in den Feierabend verabschiedet hatte, ging Ole noch einmal in Richtung seines Büros. Für ihn persönlich waren die letzten Tage weniger schwierig gewesen, als er befürchtet hatte. Danuta hatte sich angesichts ihrer Ermittlungen zurückgehalten. Sie hatten sich nicht gesehen, und die wenigen Nachrichten von ihr waren einigermaßen verständnisvoll gewesen. Aber er wusste genau, dass sie ihm keine Ruhe lassen würde. Und wenn sie tatsächlich kompromittierendes Videomaterial von ihnen beiden besaß, würde sie wahrscheinlich nicht zögern, es gegen ihn zu verwenden, um zu erreichen, dass er nach ihrer Pfeife tanzte. Er musste dringend etwas dagegen unternehmen. Sich aus ihren Fängen befreien. Gleichwohl er ihr auf eine gewisse Weise komplett verfallen war.

Plötzlich hörte er Elifs Stimme, die bis auf den Flur drang. Sie telefonierte und klang aufgelöst. Ole hatte in letzter Zeit immer mal wieder gespürt, dass sie angespannt, bisweilen auch aufgewühlt war. Wahrscheinlich hatte es mit ihrer Beziehung zu tun, um die sie allerdings ein großes Rätsel machte.

Sollte er einfach hereinplatzen und so tun, als hätte er nichts gehört? Sicherlich keine feine Art. Aber stehen zu bleiben und zu lauschen, was sie sagte, war auch nicht besser. Im Gegenteil.

Ole blieb gar keine Wahl, er konnte jedes ihrer Worte klar und deutlich verstehen. Und zweifellos hatte sie gerade gesagt, dass sie sich nichts mehr wünschte, als einfach nur mit Morten zusammen zu sein.

Agentur Knurrhahn

»Agentur Knurrhahn«.

So stand es in schnörkeliger Serifenschrift auf dem Messingschild neben dem Klingelknopf.

Sie meinten es wirklich ernst. Birger musste lächeln. Und sie kleckerten nicht, sondern klotzten. Denn das Büro, das sie in der Königstraße kurz vor dem Koberg angemietet hatten, befand sich in einem beeindruckenden lübschen Bürgerhaus, in guter Gesellschaft zu einer Anwalts- und Notarkanzlei.

Knurrhahn. Der Name war Kalles Idee gewesen. Er war der Meinung, er passe perfekt zu ihnen. Ein Fisch, der über den Grund des Meeres huschte und in der Lage war, knurrende Geräusche von sich zu geben. Und genau wie sie vor allem in den Abendstunden aktiv wurde. Birger hatte nicht widersprochen. Vielleicht waren sie tatsächlich drei erfahrene Knurrhähne.

Er musste klingeln, weil er noch keinen Schlüssel für die Räumlichkeiten besaß. Nach nur wenigen Sekunden öffnete Kalle Hansen die Tür und machte eine einladende Geste.

Ihr Büro befand sich in der ersten Etage. Kalle ging wortlos die Treppe hinauf und führte ihn in den kleinen Flur, von dem drei einzelne Zimmer, ein Besprechungsraum, eine Küche und ein WC abzweigten. Einhundertfünf Quadratmeter.

Der Dielenboden sah frisch geschliffen aus. Die hohen Decken mit den Stuckbordüren ließen die Räume fast herrschaftlich wirken. Auch bei den Möbeln hatten Simon und Kalle offenbar nicht gespart. Schicke Glastische, Designersideboards und teure Computer und Monitore mit einem angebissenen Apfel im Logo.

Sie betraten den großen Raum mit dem lang gezogenen Tisch, an dem mindestens zehn Personen Platz finden konnten.

»Das Geld für die Story in der ›New York Times‹ haben wir hier investiert«, sagte Simon, der an ein Fensterbrett an einem der großen Fenster zur Straße gelehnt dastand und Birger erwartungsvoll ansah. »Keine halben Sachen mehr. Von hier aus machen wir die Agentur Knurrhahn weltweit bekannt.«

Eine Nummer kleiner hatte Simon noch nie gestanden, ging es Birger durch den Kopf. Er dachte immer groß und hatte das in der Vergangenheit immer nur auf sich selbst bezogen, aber jetzt mussten sie als Team funktionieren, um zu erreichen, was er und Kalle sich vorgenommen hatten.

»Du kannst dir deinen Platz noch aussuchen«, sagte Kalle. »Wir richten uns ganz nach dir. An zwei Tagen in der Woche darfst du sogar Homeoffice machen.« Er trat an den Tisch und nahm einige Zettel in die Hand, die am Kopfende gelegen hatten. »Das ist der Gesellschaftsvertrag«, sagte er nüchtern.

Birger wurde das Gefühl nicht los, dass Kalle die Agentur lieber ohne ihn geführt hätte. Er hatte keinen Zweifel daran, dass es vor allem Simon war, der ihn dabeihaben wollte. Wenn er daran zurückdachte, wie spinnefeind sie sich vor einigen Jahren noch gewesen waren und dass sie diese Realität auch niemals ganz aus dem Weg geräumt hatten, erschien es ihm noch immer absurd, mit ihm eine gemeinsame Gesellschaft zu gründen.

»Es fehlt nur noch deine Unterschrift«, sagt Kalle. »Der Sekt liegt kalt, für mich natürlich nur ein besonders gutes Wasser. Aber wir haben eine noch viel bessere Überraschung für dich.«

»Die ihr mir, so wie ich euch kenne, natürlich erst mitteilt, nachdem ich unterschrieben habe.«

»Selbstverständlich.«

»Ich will echt nicht zu viel verraten«, sagte nun Simon. »Wenn an der Sache wirklich etwas dran ist, so wie unser Informant vermutet, dann wird das eine Story, mit der wir Regierungen ins Wanken bringen.« Er kam zu ihnen an den Tisch.

»Im Vertrag ist alles so geregelt, wie wir besprochen haben«, fuhr er fort. »Alles, was an Geld reinkommt, wird gedrittelt. Ausgaben werden ebenfalls auf alle gleichermaßen umgelegt. Vor jedem Projekt wird festgelegt, wer welche Aufgaben übernimmt. Falls es während der Ermittlungen zu Abweichungen oder Problemen kommt, wird das sofort angezeigt, dann sprechen wir über eine Lösung.«

»Hast du dir eigentlich so ein Manager-Handbuch besorgt und es auswendig gelernt?«, frotzelte Birger. Er kannte Simon Winter gut genug. Wenn der etwas tat, dann zu einhundert Prozent, in Perfektion. Dazu kamen seine fast autistischen Züge, die ihn bisweilen wie eine Maschine wirken ließen.

»Wir brauchen klare Regeln, sonst wird das nicht funktionieren«, antwortete Simon. »Wir drei sind uns bewusst, dass wir nicht gerade die einfachsten Menschen sind, und schon gar nicht im Umgang untereinander. Aber wenn wir unsere Stärken zusammenlegen, wird uns niemand aufhalten.«

Birger lächelte innerlich. Simon war wirklich überzeugt von dem, was er sagte. Er hatte schon immer das Maximale erreichen wollen. Er bezeichnete sich als besten Ermittler zwischen Nord- und Ostsee, und Birger war sich sicher, dass er das als große Untertreibung empfand. Aber allein hatte es für ihn nicht funktioniert. Seine Art und das persönliche Schicksal, dass er ohne Eltern aufgewachsen war, hatten vieles verhindert. Nun, in dieser Konstellation gemeinsam mit Kalle Hansen und ihm, schien Simon überhaupt keinen Zweifel daran zu haben, dass sie einfach jedes Verbrechen auf der Welt aufdecken konnten.

»Ich muss nicht mehr überredet werden«, sagte Birger. »Ich habe meine Entscheidung bereits getroffen. Es ist mir nicht leichtgefallen, weil ich weiß, was das Ganze nach sich ziehen wird. Und auch ihr solltet euch darüber bewusst sein, welches Risiko ihr eingeht. Ich denke zum Beispiel an deine Krankheit, Kalle, da musst du aufpassen, dass du dich nicht übernimmst. Und Simon, du hast eine Frau und ein Kind, vergiss das nicht und kümmere dich um die beiden. Ich werde mir jedenfalls immer das Recht herausnehmen, uns alle darauf hinzuweisen, wenn etwas aus dem Ruder läuft. Und wenn die Konsequenz wäre, dass wir ein Projekt nicht weiterverfolgen, dann ist das eben so. Es gibt wichtigere Dinge im Leben.«

»Willst du, dass wir das noch mit in den Vertrag aufnehmen?«, fragte Kalle leicht genervt.

»Nein, ihr werdet schon merken, wenn mir etwas gegen den Strich geht. Ich habe keine Lust, mir den gesamten Vertrag durchzulesen, bevor ich unterschreibe. Habt ihr reingeschrieben, dass wir nichts machen, was mit Mord und gewöhnlichen Gewaltverbrechen zu tun hat?«

»In Artikel 2, Paragrafen 1 bis 5 wird alles ausgeschlossen, was wir letzte Woche gemeinsam festgelegt haben«, erklärte Simon mit stoischer Ruhe. »Mit der einzigen Ausnahme …« Er zögerte.

Birger schwante plötzlich Böses. Als hätte er geahnt, dass es doch noch einen Haken gab. Mit Sicherheit hatte Simon etwas in den Vertrag geschrieben, das ihm Bauchschmerzen bereiten würde.

»Kalle möchte das Geschäftsfeld ›Seitensprung‹ nicht aufgeben und sich auch in Zukunft noch auf die Lauer legen, um jemanden auf frischer Tat dabei zu ertappen, wie er seinen Ehepartner betrügt.«

»Aber nur, wenn es sich um eine Affäre internationalen Ausmaßes handelt«, ergänzte Kalle und grinste jetzt. Zum ersten Mal, seit Birger das Büro betreten hatte, hellte sich das Gesicht des Mannes auf, der vor seiner Krebserkrankung nicht nur optisch ein anderer Mensch gewesen war. Von dem lauten und bisweilen etwas exzentrischen Privatdetektiv war nichts mehr übrig. Manchmal vermisste Birger diesen Kalle Hansen allerdings.

»Hier.« Kalle hatte in die Innentasche seines braunen Cordsakkos gegriffen, das er zur Feier des Tages aus dem Schrank geholt hatte, und einen Füllfederhalter hervorgezogen. »Unterschreib jetzt endlich. Wir haben keine Zeit zu verlieren. Unsere erste Aufgabe wartet auf uns.«

»Fangen wir heute noch an?«

»Im Prinzip stecken wir schon mittendrin.«

Birger setzte an und unterschrieb dort, wo sein Name gedruckt war. Direkt neben den beiden anderen. Ab jetzt gehörte ihm also ein Drittel der Agentur Knurrhahn. Es fühlte sich surreal an, aber das Adrenalin, das im nächsten Augenblick durch seinen Körper strömte, machte ihm bewusst, was er getan hatte.

»Darum geht's.« Kalle unterbrach seine Gedanken und reichte ihm einen Zettel, auf dem handschriftlich einige Notizen vermerkt waren. Birgers Augen flogen über die Worte, während sich seine Stirn von Sekunde zu Sekunde mehr in Falten legte. Als er fertig war, verharrte er für einen Moment. Dann blickte er hoch und sah in zwei gespannte Gesichter. Er musste lauthals lachen und schüttelte ungläubig den Kopf.

Mehr denn je hatte Birger das Gefühl, dass die beiden verrückt waren, wenn sie das allen Ernstes vorhatten.

Blumenwiese

Sie hatten auf der Blumenwiese unter dem Apfelbaum gestanden und sich in den Armen gelegen. Morten hatte sich erst noch wehren wollen, aber dann ließ er es über sich ergehen.

Es war gar nicht schlimm gewesen. Im Gegenteil, es fühlte sich sogar gut an. Als wäre es das Normalste auf der Welt, auf eine gewisse Weise vertraut. Vielleicht lag es daran, dass sie etwas gemein hatten. Etwas, das nur wenige Menschen von sich behaupten konnten. Sie hatten getötet.

Morten hatte sich darauf eingelassen, Paulas Körper zu spüren. Minutenlang hatten sie Wange an Wange die friedliche Stille um sich herum aufgesogen. Versucht, Kraft zu schöpfen, weil beide wussten, was schon in Kürze über sie hereinbrechen würde. Vollkommen absurd, wenn er an ihr erstes Aufeinandertreffen im Präsidium zurückdachte.

Es hatte sich wie eine halbe Ewigkeit angefühlt, und je länger es dauerte, desto näher waren sie sich gekommen. Ohne ein einziges Wort miteinander zu wechseln, hatten sie sich eng aneinandergeklammert. Die Dreifachmörderin und der Doppelkiller.

Als sie schließlich hörten, dass sich die Einsatzwagen näherten, hatten sie voneinander abgelassen, nicht ohne dass Morten kurz durch ihre blonden Haare strich. Im nächsten Moment hatte er einen Anflug von Panik in ihrem Gesicht wahrgenommen. Sie blickte sich um, als würde sie in Erwägung ziehen, davonzulaufen. Er hatte sie fixiert und eindringlich den Kopf geschüttelt. Sie würde keine Chance haben.

»Ich wollte doch nur frei sein«, hatte sie mit Verzweiflung in der Stimme gesagt.

»Das weiß ich.«

»Lass mich bitte nicht allein.«

Morten hatte nicht gewusst, was er darauf antworten sollte. Er wollte sie nicht alleinlassen, aber was blieb ihm schon übrig?

Aus den Augenwinkeln hatten sie gesehen, dass die uniformierten Männer über die Blumenwiese stürmten, um diesen Moment zwischen ihnen jäh zu zerstören. Morten hatte sich noch einmal zu ihr vorgebeugt und ihr etwas zugeflüstert. Dann war er zur Seite getreten.

Es waren die Worte, an die er seit einer Woche ununterbrochen denken musste. Und obwohl sein erneuter Todesschuss ihm selbst genügend Probleme einbringen würde und ein internes Verfahren gegen ihn drohte, stand für ihn fest, dass er das Versprechen, das er Paula auf der Blumenwiese unter dem Apfelbaum gegeben hatte, unbedingt einhalten musste.

Er würde sie nicht alleinlassen, das hatte er ihr versichert. Und er würde alles in seiner Macht Stehende tun, dass sie freikäme. Auch wenn er bislang noch nicht den Hauch einer Ahnung hatte, wie er das anstellen sollte.

Alle Bücher von Jobst Schlennstedt:
Auch als eBook erhältlich

Krimis mit Birger Andresen

Tödliche Stimmen
ISBN 978-3-89705-561-2

Der Teufel von St. Marien
ISBN 978-3-89705-624-4

Möwenjagd
ISBN 978-3-89705-825-5

Traveblut
ISBN 978-3-89705-918-4

Küstenblues
ISBN 978-3-95451-110-5

Todesbucht
ISBN 978-3-95451-299-7

#hanseterror
ISBN 978-3-95451-813-5

Nebelmeer
ISBN 978-3-7408-0079-6

Lübsche Wut
ISBN 978-3-7408-0310-0

Lauerholz
ISBN 978-3-7408-0679-8

Weißer Sand
ISBN 978-3-7408-1336-9

Sturm über der Ostsee
ISBN 978-3-7408-1950-7

Krimis mit Jan Oldinghaus

Westfalenbräu
ISBN 978-3-89705-768-5

Dorfschweigen
ISBN 978-3-89705-996-2

Sennegrab
ISBN 978-3-7408-0526-5

Velmerstot
ISBN 978-3-7408-0819-8

Mord auf Westfälisch
ISBN 978-3-7408-1502-8

Krimis mit Simon Winter

Spur übers Meer
ISBN 978-3-95451-450-2

Lübeck im Visier
ISBN 978-3-95451-691-9

Hafenstraße 52
ISBN 978-3-7408-0002-4

Unter dem Pseudonym Jesper Lund erschienen

Schwedensommer
ISBN 978-3-7408-1133-4

Schwedenlicht
ISBN 978-3-7408-1659-9

111-Orte-Reihe

111 Orte an der Ostseeküste, die man gesehen haben muss
ISBN 978-3-7408-1096-2

111 Orte in Ostwestfalen-Lippe, die man gesehen haben muss
ISBN 978-3-7408-1648-3

111 Orte an der Ostseeküste Mecklenburg-Vorpommerns, die man gesehen haben muss
ISBN 978-3-7408-0742-9

111 Orte in Lübeck, die man gesehen haben muss
ISBN 978-3-7408-1548-6

111 Orte in der Lüneburger Heide, die man gesehen haben muss
ISBN 978-3-95451-844-9

111 Orte in Bielefeld, die man gesehen haben muss
ISBN 978-3-7408-1653-7

111 Orte für Kinder in und um Lübeck, die man gesehen haben muss
ISBN 978-3-7408-0845-7

Wanderführer

Komm, lass uns wandern. Lübecker Bucht, Holsteinische Schweiz, Lauenburgische Seen
ISBN 978-3-7408-1413-7